C H V

Scholem Jankew Abramowitsch

# DIE REISEN BENJAMINS DES DRITTEN

Herausgegeben und übersetzt
von Susanne Klingenstein

Carl Hanser Verlag

1. Auflage 2019

ISBN 978-3-446-26395-6

Umschlag: Peter-Andreas Hassiepen, München
Motiv: © ullstein bild – Imagno
Satz: Satz für Satz, Wangen im Allgäu
Druck und Bindung: Friedrich Pustet, Regensburg
Printed in Germany

Kurze

# REISEN BENJAMINS DES DRITTEN

das heißt

## Die Fahrten oder eine Reisebeschreibung von Benjamin dem Dritten

der auf seinen Reisen sehr weit kam, nämlich bis zu den Bergen der Finsternis, und genug wunderlich Neues und Schönes sah und hörte, was schon in allen siebzig Sprachen herausgegeben wurde und jetzt auch in unserer Sprache

herausgegeben wird durch die Vermittlung von

Mendele dem Buchhändler

Erstes Buch

Wilna

Gedruckt und veröffentlicht von der Witwe
und den Brüdern Romm
Im Jahr 5639

קיצור

# מסעות בנימין השלישי

דאס הייסט

## דיא נסיעה אדער א רייזע־בעשרייבונג פון בנימין דעם דריטען:

וואס ער איז אויף זיינע נסיעות פערגאנגען העט ווייט אזש אונטער דיא הרי חושך, און האט זיך גענוג אנגעזעהען און אנגעהערט חידושים שיינע זאכען, וואס זייא זיינען ארויס געגעבען געווארין אין אלע שבעים לשונות און היינט אויך אין אונזער לשון.

ארויס געגעבען בהשתדלות

## מענדעלי מוכר ספרים

ספר ראשון






# ווילנא

בדפוס והוצאות האלמנה והאחים ראם

שנת תרל"ט לפ"ק


**КИЦУРЪ МАСООТЪ БИНЯМИНЪ ГАШЛИШИ.**

т. е.

Краткое описаніе путешествія Бенямина III.

Книга I.

Сочиненіе С. Абрамовича.


ВИЛЬНА,

Типографія Вдовы и бр. Роммъ.

Жмудскій переулокъ дома №№ 327 и 328.

1878.

# Vorwort
## von Mendele dem Buchhändler

*Omer Mendeli moicher sforim,* so spricht Mendele der Buchhändler: Gelobt sei der Schöpfer, der den Lauf der Gestirne am Himmel bestimmt und das Schicksal all seiner Geschöpfe hier auf Erden. Auch nicht der kleinste Grashalm kriecht unter der Erddecke hervor, wenn er nicht von einem Engel getrieben wird: Wachse! Kriech heraus! Wie viel mehr stimmt das für einen Menschen. Auch er hat einen Engel, der ihn antreibt und sagt: Nun komm schon! Kriech heraus! Und wie viel mehr noch stimmt das für unsere feinen Menschen, unsere schönen Jüdlein, sie sollen leben! Natürlich, keiner von ihnen will so verrückt sein, dass er den Mund zuerst aufmacht. Bei uns wird aus einem Hohlkopf kein Ratgeber, aus einem Narr kein Frommer und aus einem groben Klotz kein Literat, bis nicht der Engel eines jeden ihn dazu treibt, ja ihn nötigt. Die Engel knöpfen sich auch unsere Armen vor: Gedeiht, ihr Armen, ihr Habenichtse, ihr Hungerleider, egal, ob ihr von Geburt an brotlos wart oder es erst wurdet, egal, ob ihr im Verborgenen darbt oder vor aller Augen. Sprießt! Wachset wie das Gras, wuchert wie die Nesseln. Geht, jüdische Kinder, geht in die Häuser betteln.

Doch davon wollte ich gar nicht sprechen. Ich wollte Euch, teure Freunde, erzählen, wie einer unserer Brüder in die große weite Welt aufbrach und zu Ruhm kam.

Letztes Jahr waren alle englischen und deutschen Zeitungen voll mit Beschreibungen der erstaunlichen Reise, die Benjamin, ein polnisches Jüdlein, in die östlichen Länder unternahm. »Denkt an! Was kann das bedeuten?«, schrieben sie überrascht. Ein Jude, ein polnischer Jude, ohne Waffen und Maschinen, nur mit einem Bettelsack über der Schulter und einem Beutel für Gebetsmantel und Gebetsriemen unter dem Arm, taucht in Weltgegenden auf, die selbst große und berühmte englische Reisende nicht zu erreichen vermochten. Mit rein menschlicher Kraft konnte er das doch gar nicht geschafft haben. Da musste eine Macht am Werk gewesen sein, die den Verstand übersteigt. Der Verstand ist ja bekanntlich in dem Maße machtlos, wie die Macht unverständig ist. Aber egal, wie sich die Geschichte dort zutrug, die Welt muss Benjamin dankbar sein für die Neuheiten und großartigen Dinge, die er entdeckte. Von jetzt an wird die *mappa,* will sagen die Landkarte, anders aussehen. Die Medaille der Geographischen Gesellschaft in London wurde Benjamin ganz zu Recht verliehen.

Die jüdischen Zeitungen haben diese Berichte natürlich gierig aufgeschnappt und sich während des ganzen letzten Sommers endlos darüber verbreitet. Leser dieser Blätter werden sich nur zu gut daran erinnern. Alle Weisen der jüdischen Geschichte seit Adam wurden aufgezählt, um zu belegen, was für ein kluges Volk die Juden sind. Außerdem wurde eine Liste aller Reisenden in allen Epochen aufgestellt, von Benjamin dem Ersten, der vor siebenhundert Jahren lebte, bis zu Benjamin dem Zweiten und der Heerschar der Reisenden, die heute bei uns herumzieht. Um die Reise unseres Benjamins noch glänzender erscheinen zu lassen, haben sie nach altem jüdischen Brauch die Konkurrenten in den Schmutz gezogen und gesagt, die heutigen Reisenden seien nichts weiter als eine Bande ausgelaugter Vaganten ohne Saft und Kraft, deren Reisen, wenn man dieses Wort überhaupt gebrauchen wolle, darin bestünden, dass sie sich von Haus zu Haus schleppten wie Almosenempfänger. Im Vergleich zu Benjamin dem Dritten, dem einzig wahren Reisenden, seien diese Leute nichts als Affen. An Benjamin und die Bücher, die über seine Reise entstanden, hefteten die Zeitungen stets den alten Vers *loi bo kaboisem haseh* oder auf gut Deutsch: Nie zuvor gedieh bei uns Juden ein solches Kraut, ein so duftendes Gewächs! Einstimmig riefen sie: Gepriesen und mit Diamanten geschmückt soll der werden, der den teuren Schatz der Reisen Benjamins, der jetzt in fremden Sprachen versunken liegt, in die heilige Sprache hebt, so dass auch unsere Brüder sich am Honig laben können, der aus dem jüdischen Bienenstock fließt, und es ihnen licht wird in den Augen.

*Wa-ani mendeli,* und ich, Mendele, der ich ja vom tiefen Wunsch beseelt bin, stets nützlich zu sein und unseren kleinen Juden im Rahmen meiner Möglichkeiten zu helfen, konnte mich schließlich nicht länger beherrschen und sagte: Bevor die jüdischen Schriftsteller, deren kleinster Finger mächtiger ist als meine Lenden, ausgeschlafen haben und Benjamins Reisebericht in der heiligen Sprache herausgeben, will ich versuchen, ihn verkürzt auf gut Jiddisch zu veröffentlichen. Also gürtete ich trotz meines Alters und meiner Gebrechen, mögt ihr verschont bleiben, meine Lenden wie ein Held und bemühte mich, aus dem großen Schatz Benjamins die Dinge hervorzuziehen, die für die Kinder Israels etwas taugen, und sie frei und auf meine Weise darzustellen. Ich fühlte mich von oben sehr dazu angetrieben durch ein: *Hokitso*, Mendele, raff dich auf und kriech hinter dem Ofen hervor! Nimm eine gute Handvoll von den duftenden Gewürzen aus Benjamins Schatz und bereite daraus etwas Köstliches, das deine Brüder erfreut.

So bin ich denn mit Gottes Hilfe hervorgekrochen und habe die wonnige Speise zubereitet, die ich jetzt vor Euch stelle. Greift zu, teure Freunde, und lasst sie Euch wohlsein.

DAS ERSTE KAPITEL

## Wer Benjamin ist, woher er kommt und wie ihn plötzlich die Reiselust überfällt

»*Kol jomej*«, so erzählt Benjamin der Dritte selbst, »*kol jomej nisgodolti betunejadewke*, mein ganzes Leben, das heißt bis zu meiner großen Reise, wuchs ich in Tunejadewke heran. Dort wurde ich geboren und erzogen, und dort hatte ich das Glück, meine Frau, die tugendhafte Dame Selde, zu heiraten, lang soll sie leben.«

Das Städtchen Tunejadewke ist ein entlegenes Nest, abseits der großen Straße und so abgeschnitten von der Welt, dass, wenn alle Jubeljahre einmal ein Reisender erscheint, man Türen und Fenster aufreißt, um den Neuen verwundert zu begaffen. Aus den Fenstern äugend fragen die Nachbarn einander: Ha, wer mag das sein? Woher kommt der so plötzlich aus heiterem Himmel? Was kann der hier wollen? Hat der was vor? Es kann doch nicht sein, dass einer sich einfach aufmacht und hierher reist? Da steckt doch was dahinter. Das muss man ergründen. Beim Spekulieren will jeder seine Klugheit und Weltläufigkeit beweisen. Aus dem hohlen Bauch geschöpfte Vermutungen fallen wie Mist. Alte Leute erzählen Legenden und kramen Fabeln von Besuchern hervor, die in dem und dem Jahr gekommen waren. Spaßvögel tauschen anzügliche Anekdoten aus.

Männer streichen sich über die Bärte und lächeln, alte Frauen weisen erbost die Spaßvögel zurecht, lachen aber dabei, und junge Hausfrauen schicken unter gesenkten Lidern schalkhafte Blicke hervor, halten die Hände vor die Münder und ersticken fast vor Lachen. Das Gespräch über diese Angelegenheit rollt von Haus zu Haus wie ein Schneeball, der bei jeder Umdrehung größer wird, und landet schließlich im Bethaus vor dem Ofen, wo Unterhaltungen über alle Dinge zu guter Letzt landen, sei es über Familiengeheimnisse oder die Politik in Stambul, Türken und Österreicher betreffend, sei es über Geldgeschäfte, zum Beispiel über die Höhe von Rothschilds Vermögen im Vergleich zu dem der großen Gutsbesitzer und Magnaten; auch Gerüchte über feindselige Regierungserlasse und Pogrome, über die Roten Juden und ähnliche Dinge landen dort. Was sich so ansammelt, wird stets der Reihe nach von einem Komitee ehrwürdiger Männer aufgegriffen und verhandelt, die sich dort den ganzen Tag bis spät in die Nacht aufhalten, Frau und Kinder darob vernachlässigen und sich mit all diesen Geschäften getreulich befassen, der Sache ganz um des Himmels willen hingegeben, ohne für ihre Mühe und Arbeit auch nur einen roten Heller zu nehmen. Von diesem Komitee gelangen die Angelegenheiten oft ins Bad und auf die oberste Bank und werden dort in der Vollversammlung der städtischen Wohltäter bestätigt. Damit ist alles festgelegt und unumstößlich. Selbst wenn dann alle Könige des Ostens und Westens kämen und sich auf den Kopf stellten, könnten sie doch nichts mehr ausrichten. Der Türke ist schon mehr als einmal in einer solchen Versammlung auf der obersten Bank fast ins Unglück gestürzt worden, und wer weiß, was aus ihm geworden wäre, wenn nicht einige aufrechte Wohltäter ihm durch persönliche Beziehungen geholfen hätten. Rothschild, der arme Kerl, hätte dort einmal fast zehn, fünfzehn Millionen verloren. Dafür half ihm einige Wochen später Gott. Die Versammlung war, wie man so sagt, in angeheiterter Stimmung. Auf der obersten Bank ging es lebhaft zu. Die Birkenbesen wurden kräftig geschwungen, und unter ihrem wohltätigen Einfluss gewährte man Rothschild auf einen Schlag einen Reingewinn von ungefähr hundertfünfzig Millionen Rubel.

Die Einwohner von Tunejadewke sind zwar so ziemlich alle, mögt ihr verschont bleiben, arme Schlucker und Habenichtse, aber man muss zugeben, sie sind fidele Habenichtse, fröhliche Bettler und furiose Optimisten. Fragte man zum Beispiel einen Tunejadewker Juden so mir nichts, dir nichts, wo und wie er Geld verdient, bliebe er zunächst verwirrt stehen und wüsste keine Antwort. Doch schon bald kommt er zu sich und sagt in aller Unschuld: »Wovon ich lebe? Ich? Ach, es gibt einen Gott, sage ich Euch, der seine Geschöpfe nicht im Stich lässt. Er versorgt und wird auch weiterhin versorgen.«

»Gut, aber was genau macht Ihr? Betreibt Ihr vielleicht ein Handwerk oder macht kleine Geschäfte?«

»Gepriesen sei der Ewige. Ich empfing, gottlob, so wie Ihr mich hier seht, ein Geschenk von Seinem Lieben Namen, ein köstliches Instrument, eine Singstimme, und bete damit in der Umgebung an den Hohen Feiertagen die Zusatzgebete. Außerdem bin ich ein Beschneider und Matzen-Rädler, wie es kaum einen anderen gibt. Manchmal gelingt mir auch eine Heiratsvermittlung. Ich habe, so wie Ihr mich hier seht, einen angestammten Platz in der Synagoge. Außerdem betreibe ich nebenher, aber das muss unter uns bleiben, einen kleinen Ausschank, der etwas abwirft, und ich besitze eine Ziege, die gibt, unberufen, reichlich Milch; und nicht weit von mir wohnt ein reicher Verwandter, der lässt sich in schlechten Zeiten auch schon einmal melken. Aber abgesehen davon ist Gott ein Vater, sage ich Euch heute, und die Kinder Israels sind die barmherzigen Nachkommen von Barmherzigen. Na ja, man soll sich nicht versündigen.«

Man muss den Einwohnern von Tunejadewke das Kompliment machen, dass sie zufrieden sind mit dem, was Gott gibt. Was Kleidung angeht und Essen, sind sie nicht anspruchsvoll. Ist zum Beispiel die Schabbat-Kapote verschlissen, zerrissen und zerfetzt, mit Straßendreck beschmutzt und auch sonst nicht besonders sauber, so macht das nichts, denn sie ist immer noch aus Atlas und glänzt. Sieht man stellenweise wie durch ein Sieb die nackte Haut – wen regt das auf? Wer sieht schon hin? Und wie ist das mit Fersen und Sohlen? Durchgescheuert? Wen stört das? Sind Fußsohlen und Fersen denn nicht auch Teile des menschlichen Körpers? … Ein Stück Brot mit Kartoffelsuppe, wenn es das nur gibt, ist ein sehr gutes Mittagessen. Wer am Freitag einen kleinen Laib Weißbrot und ein Stück Suppenfleisch ergattert, den erwartet ein königliches Mahl. Etwas Besseres gibt es auf der ganzen Welt nicht, sollte man meinen. Erzählte man ihnen von anderen Gerichten außer Fischsuppe, gebratenem Fleisch mit Möhren und geschmorten Pastinaken, erschiene ihnen das so wild und abstrus, dass sie darüber Witze rissen und in lautes Gelächter ausbrächen, als sei man selbst verrückt und wollte auch sie verrückt machen, ihnen ein Kind in den Bauch reden und ihnen weismachen, eine Kuh sei übers Dach geflogen und hätte ein Ei gelegt. Ein Stück Johannisbrot am Frühlingsfest Tu bischwat ist eine herzerquickende Frucht. Wenn man sie ansieht, verglasen die Augen und man erinnert sich seufzend an das Heilige Land: Ach, *tolichejnu kommius,* sollst uns führen, liebherziger Vater, *kommius,* wirklich aufrecht, *learzejnu,* in unser Land, wo sogar die Ziegen Johannisbrot essen! … Zufällig brachte jemand einmal eine Dattel ins Städtchen. Da hättet ihr sehen sollen, wie die Leute zusammenliefen, um das Wunder zu bestaunen. Man schlug den Chumesch auf und bewies, dass *tamar,* die Dattel, wirklich im Fünfbuch erschien. Man denke, die Dattel, diese Dattel stammte aus *Eretz Jisroel*! Während sie auf die Dattel starrten, kam es ihnen vor, als stünde ihnen das Heilige Land vor Augen: Hier überquert man den Jordan, dort ist die Höhle Machpela, wo die Patriarchen ruhen, das Grab der Mutter Rachel, die westliche Mauer des Tempels; bald schon badet man in den heißen Quellen von Tiberias, erklimmt den Ölberg, isst sich satt an Johannisbrot und Datteln und stopft sich die Taschen voll mit Erde des

Heiligen Landes. Ach, seufzten sie, und ihre Augen füllten sich mit Tränen.

»Damals«, so berichtet Benjamin, »war ganz Tunejadewke, so groß es auch sein mochte, im Heiligen Land. Man redete mit Wonne vom Messias. Bald, schon sehr bald, käme ja Gottes großer Freitagnachmittag. Der neue Polizeigewaltige, der erst vor kurzem hierher versetzt worden war, regierte damals das Städtchen auf überhebliche Art. Einigen Juden riss er die Käppchen vom Kopf, einem schnitt er eine Schläfenlocke ab, andere schnappte er ohne Pässe spätabends auf der Straße, wieder einem anderen beschlagnahmte er die Ziege, weil sie ein neues Strohdach abfraß. Er war auch der Grund dafür, dass sich das Komitee am Ofen stark mit dem Türken auseinandersetzte: Wie lange noch würde der Fürst der Ismaeliten seine Macht ausüben? Wie üblich kam die Rede auf die zehn verlorenen Stämme und wie glücklich sie in jenen fernen Weltgegenden lebten, in Macht, Reichtum und Ansehen. Dann wurden auch die sagenhaften Roten Juden aufgerufen, die Mosessöhne, und man erzählte Geschichten von ihren fabelhaften Heldentaten. Eldad ha-Dani musste natürlich auch antanzen, versteht sich. Dieser Zeit verdanke ich am meisten, dass ich später meine Reise unternommen habe.«

Bis dahin glich Benjamin einem Küken im Ei oder einem Wurm im Meerrettich. Er glaubte, jenseits von Tunejadewke sei die Welt zu Ende und ein süßeres, besseres Leben als hier könne es nicht geben.

»Ich meinte damals«, schreibt Benjamin an einer

Stelle, »niemand könne reicher sein als der Pächter unseres herrschaftlichen Gutes. Sein Haus und die vornehme Einrichtung waren nicht zu verachten! Man denke: vier Paar Messingleuchter, ein sechsarmiger Hängeleuchter mit einem Adler darauf, zwei kupferne Töpfe für Essen, das weder Fleisch noch Milch enthielt, dazu fünf kupferne Pfannen, ein Bord mit Zinntellern und sicher fast ein Dutzend neusilberne Löffel, zwei kleine silberne Becher, eine Gewürzbüchse, ein Chanukka-Leuchter, eine Zwiebeluhr mit doppeltem Deckel und einer dicken Kette aus schwarzen Samtperlen, zwei Kühe auf einmal und ein Kalb zum Aufziehen, zwei Schabbat-Kapoten und noch viele andere gute Dinge dieser Art. Ich dachte damals auch, dass es nur einen Weisen gebe, nämlich Reb Aisik-Dowid Reb Arn Josseles Sore-Slates. Von ihm wurde ernsthaft gesagt, er habe in seiner Jugend das Bruchrechnen gelernt. Mit etwas mehr Glück hätte er es zum Minister gebracht. Und wer hatte schon, dachte ich damals, ein so majestätisches Aussehen und eine so gewinnende Art zu reden wie unser Chaikel, der Stotterer; und wer war so kenntnisreich als Heilkünstler, der Tote ins Leben zurückführen konnte, wie unser Feldscher, von dem das Gerücht umlief, er habe die medizinische Weisheit bei einem Zigeuner gelernt, der von den Zauberern Ägyptens abstammte.«

Kurz, das Leben in seinem Städtchen erschien Benjamin sehr schön und sehr gut. Zwar lebte er in großer Armut; er, seine Frau und seine Kinder gingen in Lumpen; aber hatten denn Adam und seine Frau sich im Paradies dafür geschämt, dass sie nackt waren und barfuß gingen? Dennoch drangen die phantastischen Geschichten von den Roten Juden und den zehn Stämmen tief in sein Gemüt, und seitdem fühlte er die Enge des Städtchens. Es zog ihn fort, fort in ferne Länder. Sein Herz sehnte sich nach ihnen in der Art kleiner Kinder, die verlangend die Hände nach dem Mond ausstrecken. Man mag fragen, was haben eine Dattel, ein Polizeigewaltiger, ein Samtkäppchen, eine Schläfenlocke, ein Jude, der auf nächtlicher Straße verhaftet wird, eine Ziege und ein neues Strohdach mit alldem zu tun? Nun, sie alle haben eine tiefe Veränderung in Benjamin bewirkt und dazu geführt, dass er die Welt mit seiner berühmten Reise beglückte. Man macht ja oft genug die Erfahrung, dass kleine Ursachen zu großen Dingen führen: Der Bauer sät Weizen und Roggen, der Müller mahlt sie; ein kleiner Teil davon kommt in die Brennerei und wird zu Schnaps, etwas von dem Mehl gerät in die Hände Gitels, der Schankwirtin, die es säuert, knetet, wälzt und zu Pasteten formt. Hinzu kommt, dass die Phönizier vor Tausenden von Jahren entdeckten, wie man Glas herstellt, wodurch Becher und Schnapsgläschen in die Welt kamen. Und all diese kleinen Ursachen führten bei uns in vielen Städten zum Aufstieg der üblen Gemeinde-Verwalter, der berüchtigten Macher.

Schon möglich, dass in Benjamin von Anfang an der Funke eines Weltreisenden glühte, aber der Funke wäre erloschen, hätten ihn nicht die kleinen Ursachen und die Erzählungen von alten Zeiten entfacht. Selbst wenn man annehmen wollte, dass der Funke nie ganz erloschen wäre, so wäre er doch ohne diese Ursachen sehr schwach gewesen und hätte wohl nur gerade gereicht, aus Benjamin einen Wasserlieferanten zu machen oder bestenfalls einen Fuhrmann.

Ich bin in meinem Leben sehr vielen Fuhrleuten und Peitschenschwingern begegnet, die, ich schwöre es, genauso das Zeug dazu gehabt hätten, Reisende zu werden, wie die Leute, die heute so bei uns Juden herumziehen. Aber davon wollte ich nicht sprechen.

Seit jener Zeit pflegte Benjamin sich mit großer Lust und Hingabe in die Reisen Rabba bar bar Chanas über das Meer und durch die Wüste zu vertiefen. Später entdeckte er das Buch *Eldad ha-Dani* und das Buch *Die Reisen Benjamins,* der vor siebenhundert Jahren bis ans Ende der Welt fuhr, außerdem das Buch *Preisungen Jerusalems* mit allen Zusätzen und das Buch *Bild der Welt,* das in sieben kleinen Pamphleten alle sieben Wissenschaften umfasst und überraschende und wunderliche Dinge von der ganzen Welt und ihren wildfremden Geschöpfen erzählt. Diese Bücher öffneten ihm die Augen und verwandelten ihn einfach in einen anderen Menschen.

»Diese wunderschönen Erzählungen«, so formuliert Benjamin in seinem Buch, »pflegten mich immer wieder tief zu bewegen. Oh, wie oft habe ich vor Begeisterung geschrien, wenn mir doch Gott vergönnte, wenigstens ein Hundertstel davon mit eigenen Augen zu sehen! Meine Gedanken waren weit, weit weg.«

Seitdem war ihm Tunejadewke wirklich zu eng. Er beschloss, sich mit aller Kraft von dort loszureißen, wie das Küken, das mit seinem Schnabel die Schale aufpickt und dem Ei entschlüpft in die lichte Welt.

## DAS ZWEITE KAPITEL

# Wie Benjamin ein Opfer wird und Selde eine Ewig-Verlassene

Von Natur aus war unser Weltreisender Benjamin ein echtes Hasenherz. Er hatte Angst, nachts auf die Straße zu gehen, und um kein Geld der Welt wollte er allein in einem Zimmer schlafen. Sich ein wenig vom Städtchen zu entfernen, hieß für ihn, sich glatt in Lebensgefahr zu begeben – weiß man denn, was einem, Gott behüte, alles zustoßen kann? Der kleinste Straßenköter versetzte ihn in Todesangst.

»Einmal«, so erzählt Benjamin, »das war im Monat Tammus, an einem furchtbar heißen Tag, ich erinnere mich, als sei es erst heute passiert, ging unser Rav mit einem seiner Leute zum Fluss, ganz in der Nähe unseres Städtchens, um zu baden. Ich und ein paar meiner Freunde folgten ihnen in ehrerbietigem Abstand. Wir vertrauten völlig darauf, dass es in der Gegenwart des Ravs zu keiner schlimmen Begegnung kommen konnte und wir, gottgewollt, unter seinem Schutz wohlbehalten nach Hause zurückkehren würden. Mit so einem Rav ist schließlich nicht zu spaßen; die ganze Welt hat vor ihm Respekt; keiner ist angesehener und vornehmer als er! Seine Titel füllen eine ganze Seite! Der Rav, unser Beschützer, schritt breit und würdevoll ein gutes Stück voraus. Als er im Begriff war, sich zu entkleiden, tauchte plötzlich ein Bauernlümmel auf und hetzte seinen Hund auf ihn. Unser Beschützer lief halbtot davon. Mit der einen Hand hielt er – bitte um Vergebung – die abgeknöpfte Hose, mit der anderen den runden, gesteppten Samthut. Meine Freunde und ich waren fassungslos. Denn wenn schon der Leviathan an der Angel hängt, was dürfen da erst die kleinen Fische im Schlamm erwarten? Wir gürteten unsere Lenden und rannten voraus, flink wie die Hirsche, riefen um Hilfe und erhoben ein bitteres Geschrei, bis wir atemlos zusammen mit unserem Helden die Stadt erreichten. Alles lief zusammen. Getümmel, Wirbel, Gezeter: ›Es brennt! Mord! Totschlag!‹ Kein Mensch wusste, was los war.«

Nachdem Benjamin sich vorgenommen hatte, in die fernen Länder zu reisen, war ihm das Wichtigste, seine Angst loszuwerden. Er zwang sich, spätnachts allein auf die Straße zu gehen, allein in einem Zimmer zu schlafen und allein vor der Stadt spazieren zu gehen, obwohl er dadurch einiges an Gesundheit einbüßte und im Verlauf der ausgestandenen Schrecken sehr abmagerte. Sein verändertes Verhalten zu Hause und im Bethaus, sein versonnenes, bleiches Gesicht und sein stundenlanges Verschwinden aus der Stadt erschienen allen äußerst merkwürdig. Die Leute begannen über ihn zu reden und allerlei Gerüchte zu verbreiten. Manche sagten, er sei offensichtlich verrückt, im Kopf völlig entgleist. Erstens, sagten sie, sei Benjamin schon immer ein bisschen einfältig gewesen, bei ihm säßen bekanntlich die Schrauben etwas locker. Zweitens gebe es in Tunejadewke schon seit ein paar Jahren keinen Dorftrottel mehr, und das ginge im Grunde nicht. Schließlich sage ein Sprichwort: Jede Stadt habe ihre Weisheit, jede Stadt ihre Narrheit. Auf gut Jüdisch: Jede Stadt habe ihren Weisen und jede Stadt ihren Verrückten – und gerade jetzt bei der großen Hitze! Warum sollte also die Erklärung für sein Verhalten nicht einfach sein, dass er den Verstand verloren hatte? Andere aber, angeführt von Reb Aisik-Dowid Reb Arn Josseles Sore-Slates, winkten ab: »Teh, teh! und nochmals teh!«. Benjamin sei wohl einfältig, sogar sehr einfältig, aber daraus folge keineswegs, dass er jetzt tatsächlich verrückt geworden sei. Denn wenn es so wäre, stelle sich doch die Frage, warum gerade jetzt und nicht früher? Ganz im Gegenteil: Vor zwei Jahren und im Vorjahr war die Sommerhitze doch sehr viel größer gewesen. Was also schließen wir daraus? Die Antwort: Bemühen wir zur Erklärung unseren Fluss. Also nehmt unseren Fluss zum Beispiel. Wir wissen aus der Überlieferung, dass unser Fluss seit Urzeiten jedes Jahr ein Menschenleben fordert. Nun ist das aber schon seit einigen Jahren nicht mehr vorgekommen. Im Gegenteil, der Fluss selbst ist im Lauf der Zeit so stark geschrumpft, dass man ihn jetzt stellenweise trockenen Fußes durchschreiten kann … Und Benjamin? Was ist mit ihm? Kurz gesagt, die Frage bleibt offen. Die meisten Leute aber, unter ihnen insbesondere die Frauen, sagten: Er muss sich mit »Jenen« eingelassen haben. Er hat einen Pakt mit ihm geschlossen … mit dem Herrn der Finsternis …

Warum sonst treibt er sich nachts allein herum? Warum sonst verschwindet er oft stundenlang? Warum sonst schläft er allein in der Vorratskammer? Selde, seine eigene Frau, erzählt, sie höre bei ihm in der Vorratskammer nachts ein Klopfen und ein Tappen, als ginge dort jemand herum.

Die Unterhaltung über diesen Gegenstand gelangte natürlich auch vor den Ofen und von dort in die Versammlung auf der obersten Bank. Doch man erzielte im Fall Benjamin keine Übereinstimmung. Allerdings waren alle damit einverstanden, eine Delegation angesehener und ehrbarer Juden zu ernennen, die zusammen mit dem Torah-Schreiber alle Häuser der Reihe nach, wie sie im Register standen, abgehen sollte, um die Gebetskapseln an den Türpfosten zu untersuchen. Da die Versammlung diese Sache als Gemeindeangelegenheit zum Nutzen der Stadt betrachtete, wurde wegen der Kosten, die die Untersuchungskommission verursachen würde, der Beschluss gefasst, den Fleischpreis zu erhöhen. In Tunejadewke kursierte der Spruch: Jede Unterhaltung läuft auf den Tod hinaus und jede Debatte in der Versammlung auf die Erhöhung der Fleischsteuer. Das ist in der Tat ein Naturgesetz. Es kann gar nicht anders sein und wird vom Verstand bestätigt, denn *sof kol adam lemus wesof jehudej letakse,* das Ende aller Menschen ist der Tod und das Ende der Juden die Fleischsteuer. Im Klartext: Der Mensch stirbt, und der Jude zahlt Steuern. Den Naturerscheinungen Tod und Steuern kann man nicht entgehen. So hat der Höchste die Welt geschaffen.

Und wie er sie geschaffen hat, ist es gut, so muss es wohl sein. Nur Freigeister stellen Fragen.

Etwas später war Benjamin in eine Geschichte verwickelt, die seinen Namen in aller Munde legte. Als er einmal an einem heißen Tag im Tammus um die Mittagszeit, als die Sonne am stärksten brannte, außerhalb der Stadt spazieren ging, geriet er tief in den Wald. Er ging vielleicht dreimal so weit, wie ein Jude am Schabbat reisen darf. In seiner Tasche trug er die Bücher, ohne die er keinen Schritt tat. Er saß im Wald an einen Baum gelehnt und folgte seinen Gedanken. Zu denken gab es viel. Bald trug ihn die Phantasie in die Länder am Ende der Welt. Er wanderte über Berge und durch Täler, durchstreifte Wüsten und alle Orte, die in seinen Büchern vorkamen. Er folgte den Spuren Alexanders von Mazedonien, Eldad ha-Danis und anderer Reisenden; er sah den furchtbaren Pipernotter und den Lindwurm; er sah Schlangen, Echsen, böses Getier und Gewürm aller Art. Er schlug sich zu den Roten Juden durch und sprach mit den Mosessöhnen. Danach kehrte er wohlbehalten zu sich zurück und überlegte, wie und wann er diese Reise endlich verwirklichen könnte.

Darüber wurde es Nacht. Er stand auf, streckte sich und machte sich auf den Heimweg. Er ging und ging und kam nicht aus dem Wald heraus. Er ging eine Stunde, zwei, drei, vier Stunden; es nahm kein Ende. Er geriet immer tiefer in den Wald. Dort war es so dunkel, dass ihm die Augen nichts nützten. Ein Sturm kam auf, ihm folgte kräftiger Regen. Es blitzte und donnerte, die Bäume rauschten furchterregend. Benjamin blieb stehen. Er war bis auf die Haut durchnässt und klapperte mit den Zähnen vor Kälte und Angst. Jeden Augenblick konnte ein Bär sich auf ihn stürzen, ein Löwe oder Leopard ihn zerreißen oder der Matul erscheinen, der im *Bild der Welt* als großes, langes Ungeheuer beschrieben wird, dessen ausgestreckte mächtige Pranken einen Elefanten umwerfen können. Entsetzen packte ihn. Zudem war er halbtot vor Hunger, denn außer einem Buchweizenfladen hatte er den ganzen Tag noch nichts gegessen. In seiner Not begann er, das Abendgebet zu sprechen; er betete inbrünstig und aus vollem Herzen.

Gott half; es wurde Tag. Unser Benjamin machte sich aufs Geratewohl wieder auf den Weg. Er ging und ging, bis er schließlich auf einen schmalen Pfad geriet. Diesem folgte er ein oder zwei Stunden. Plötzlich hörte er in der Ferne eine menschliche Stimme. Doch anstatt sich darüber zu freuen, erschrak er, auf alle Feinde Zions sei's gesagt, bis ins Mark. Ein Räuber!, dachte er. Er konnte sich nichts anderes vorstellen. In wilder Angst rannte er zurück in den Wald. Dann besann er sich: Pfui, Benjamin, was soll das denn? Du willst weit über Meere und durch Wüsten wandern, wo es von schrecklichen Echsen, Raubtieren und wilden Völkern nur so wimmelt, und du erschrickst bei dem bloßen Gedanken, es könnte dir ein Räuber begegnen? Pfui, Benjamin, du solltest dich schämen. Ist Alexander von Mazedonien etwa davongelaufen wie du? War Alexander vielleicht so verzweifelt, wie du es jetzt bist, als er auf seinem Adler durch die Luft ritt und das Fleisch, mit dem er den Adler fütterte, um ihm die Kraft zu geben, immer höher zu steigen, von der Speerspitze verschwand? Nein, Alexander von Mazedonien ist nicht weggelaufen. Er schnitt sich ein Stück Fleisch aus dem eigenen Leib und steckte es an die Speerspitze. Nur Mut also, Benjamin. Gott will dich nur prüfen. Wenn du die Probe bestehst, wirst du dich wohlfühlen und es wird dir gutgehen. Danach, Benjamin, bist du ein Mensch und wirst würdig sein, von Seinem Heiligen Namen das Privileg zu erhalten, dass sich dein Wunsch erfüllt, die Mosessöhne zu finden und mit ihnen über die Angelegenheiten des Volkes Israel in unserem Winkel der Welt zu sprechen, ihnen die Sitten und Gebräuche unserer Juden hier zu schildern, wie sie so leben und was sie treiben. Wenn du jetzt der Stimme entgegengehst und diese Probe bestehst, dann hast du die Ängste in dir besiegt. Du wirst ein ganzer Mann sein, ein Segen, ein Glücksfall für die Kinder Israels, und ganz Tunejadewke wird durch dich zu Ehren kommen. Tunejadewke und Mazedonien werden gleichermaßen berühmt sein in der Welt durch Alexander von Tunejadewke und Benjamin von Mazedonien!

Unser Benjamin kehrte tatsächlich um und schritt beherzt und zuversichtlich vorwärts wie ein Held, bis er den Räuber sah. Es war ein Bauer, der auf einem mit Ochsen bespannten und mit Säcken beladenen Fuhrwerk saß.

»*Dobri-djen!*«,* rief Benjamin, als er näher kam, mit

* »Guten Tag!«

einer sonderbar veränderten Stimme, die vom Geschrei bis zum Flehen alle Tonarten enthielt, als sagte er: »Hier bin ich, mach mit mir, was du willst!« Aber auch: »Erbarme dich meiner, hab Mitleid mit meiner Frau und meinen armen Kindern!«

Nachdem er halb schreiend, halb weinerlich sein *Dobri-djen* hervorgebracht hatte, verschlug es Benjamin die Sprache, als wäre er erstickt. In seinem Kopf drehte sich alles, und ihm wurde schwarz vor Augen, die Beine versagten den Dienst, und er fiel, wo er stand, wie ein Toter zu Boden.

Als er zu sich kam und die Augen aufschlug, fand er sich im Wagen wieder. Er lag auf einem großen Sack Kartoffeln und war mit einer groben Tuchjacke zugedeckt. Neben seinem Kopf lag ein gebundener Hahn, der ihn mit einem Äuglein anschielte und ihn mit seinen Krallen kratzte. Zu seinen Füßen standen Körbe mit jungem Knoblauch, Zwiebeln und anderem Grünzeug. Irgendwo mussten auch Eier stehen, denn der Häcksel, in den sie gebettet waren, flog ihm in die Augen. Der Bauer saß vorn und rauchte ruhig sein Pfeiflein. Ab und zu rief er seinen Ochsen ein *»Sop, heita, sop«* zu, doch die bewegten sich kaum. Die Räder quietschten und stöhnten sonderbar, jedes auf andere Weise. Ihr Zusammenklang ergab ein gierendes Konzert, das in den Ohren wehtat. Dem Hahn war das wohl auch nicht sehr angenehm, denn jedes Mal, wenn die Räder nach einer ganzen Umdrehung ein langes mit Trillern verziertes Gieren von sich gaben, kratzte er Benjamin besonders heftig und krähte ein so zorniges Kikeriki, dass es noch lange danach dumpf in seiner Kehle röchelte. Benjamin fühlte sich zerschlagen und lag eine Zeitlang wie betäubt da. Er hatte viel durchgemacht: Angst, Hunger, Nässe und Kälte! Jetzt kam es ihm vor, als hätte ein Türke ihn in der Wüste gefangen und führte ihn mit sich, um ihn irgendwo als Sklaven zu verkaufen. Gebe Gott, dachte er, dass er mich wenigstens an einen Juden verkauft, dann hätte ich noch Hoffnung, aufgerichtet zu werden. Wenn er mich aber an einen Prinzen oder, Gott behüte, gar an eine Prinzessin der fremden Völker verkauft, dann bin ich verloren, für immer verloren. Als ihm dazu die Geschichte von Josef dem Gerechten und Suleika einfiel, machte er seinem Kummer in einem tiefen Seufzer Luft.

Der Bauer sah sich um, als er Benjamin hörte, rückte näher an ihn heran und fragte:

*»Nu židko, a schtscho, troschke lifsche?«**

Benjamins Kopf wurde nun wirklich etwas freier, und er erinnerte sich, was mit ihm geschehen war. Aber er schätzte seine Lage als sehr bedenklich ein. Von der nichtjüdischen Sprache verstand er fast kein Wort. Wie sollte man sich da verhalten, wie diesem Nichtjuden antworten und wie ihn ausfragen, um zu erfahren, wohin genau er ihn brachte?

Benjamin versuchte sich aufzusetzen, aber umsonst. Die Beine taten ihm sehr weh.

* »Na, Jüdlein, wie steht's? Besser?«

»*Troschke tebe lifsche?*«,* wiederholte der Bauer seine Frage und feuerte im gleichen Atemzug die Ochsen an: »*Sop, heita, sop!*«

»*Lifsche. Rak riwi moji ai, ai, ai!*«,** antwortete Benjamin, so gut er es, Gott sei's geklagt, eben vermochte, und zeigte dabei auf seine Beine.

»*Iświdki ti, židko?*«***

»*Iświdki ti, židko?*«, intonierte Benjamin in der Melodie einer Torah-Lesung, »ich bin Njomko, Binjomko Tunejadewku.«

»*Ti iś Tunejadewki? Kaži-že, schtscho ti witaraschtschil na meni otschi i glianisch yak schiloni. Alje može ti taki i schiloni. Traszo twoji materi. Sop, heita, sop*!«****

»Ja, klar doch, *ja tebi lechatchala kaśate, ja Njomke sam uw Tunejadewku*!«,***** antwortete Benjamin, setzte ein Mitleidsgesicht auf und fuchtelte mit den Händen, als bitte er um Erbarmen. »Pass auf, in Tunejadewke *židko tebi dam tscharke schlisch i schabaschkowe bulke, i dobre dankuiet tebi.*«******

* »Ist dir besser?«

** »Besser. Nur meine Füße, oi joi joi!«

*** »Woher kommst du, Jüdlein?« [ś: weiches ›s‹ wie in Weise]

**** »Du bist aus Tunejadewke? Sag mal, warum glotzt du mich eigentlich an wie ein Verrückter? Aber vielleicht bist du ja verrückt. Soll doch der Teufel deine Mutter holen. *Sop, heita, sop.*«

***** »Ja, klar, ich habe dir doch von Anfang an gesagt, ich, Njomko selbst, bin aus Tunejadewke.«

****** »In Tunejadewke gibt dir das Jüdlein einen starken Schnaps und ein weißes Schabbesbrot und dankt dir sehr.«

Der Bauer verstand, was Benjamin meinte. *»Dobri, židko!«*,* sagte er, setzte sich auf seinen Platz, wandte sich den Ochsen zu und schnalzte sein *»Sop, heita!«*.

Ein paar Stunden später fuhr der Wagen direkt auf den Marktplatz von Tunejadewke. Frauen und Männer umringten ihn und bestürmten ihn mit Fragen. *»Tschujesch skilke chotsches śa piwen? Śa zibuli?«*,** schrie der eine und der Nächste: *»Može majesch kartofli, jaizi?«**** Im Getümmel war auch einer, der eine talmudische Frage stellte: *»Tschujesch, može ti batschil na dorogi židko? U nam jedin židko, Binjomka, wtschera prafal jakob wodi.«*****

Aber bevor der Bauer noch Muße hatte, jedem zu antworten, fielen die Frauen wie Heuschrecken über den Wagen her, schlugen das Tuch zurück und schrien aus einer Kehle: »Benjamin! Er ist da! Zippe-Kroine, Bas'scheve-Brendel, lauft ganz schnell zu Selde, bringt ihr die gute Nachricht. Der Schaden ist behoben. Sie wird keine Ewig-Verlassene sein.«

Tumult entstand. Ganz Tunejadewke strömte zusammen; Kind und Kegel, alles, was Beine hatte, rannte herbei, um Benjamin zu bestaunen. Er wurde überschüttet mit Reden, Fragen und Ulk. Er erfuhr, man habe ihn ges-

* »Gut, Jüdlein.«
** »Hör mal, was willst du für den Hahn? Für die Zwiebeln?«
*** »Hast du Kartoffeln, Eier?«
**** »Hör mal, hast du unterwegs nicht vielleicht ein Jüdlein gesehen? Bei uns ist seit gestern so ein Jüdlein, so ein Binjomko, verschwunden, wie ins Wasser gefallen.«

tern den ganzen Tag und die ganze Nacht gesucht und habe ihn schon für ein Opfer gehalten und seine Frau für eine Ewig-Verlassene.

Mitten in diesem Getümmel kam plötzlich Selde selbst weinend angerannt. Sie rang die Hände beim Anblick des ihr Bescherten, der bleich und wie tot dalag und sich nicht rühren konnte. Sie wusste sich nicht zu helfen, die Arme. Sollte sie ihn schelten, ihr schweres Herz erleichtern, ihre bitteren Gefühle an ihm auslassen, oder sollte sie ihre Freude und Erleichterung zeigen, dass Gott sie, die Elende, Ewig-Verlassene, wieder aufgerichtet hatte?

Einige Minuten später wurde Benjamin, so, wie er auf dem Kartoffelsack lag, mit großem Pomp über den Markt nach Hause gefahren. Niemand in Tunejadewke ließ es sich nehmen, ihm die Ehre zu erweisen, und so begleiteten ihn alle mit großem Getöse und unter dem Zuruf: *»Koidesch! Koidesch! Koidesch!«*

Von diesem Augenblick an blieb der Name Koidesch an Benjamin haften. Er hieß nun Benjamin das Opfer und seine Frau Selde die Ewig-Verlassene.

Der Tunejadewker Heilkünstler kam noch am gleichen Tag zu Benjamin und fuhr alles auf, was er zur Wiederherstellung zu bieten hatte. Er behandelte Benjamin mit Schröpfköpfen und Blutegeln und rasierte ihm den Kopf. Als er ihn verließ, teilte er ihm noch mit, er werde nach Anwendung all dieser Mittel, mit Gottes Hilfe, genesen und könne wohl schon morgen, sollte er bei Kräften sein, ins Bethaus gehen, um das Gebet für seine Errettung zu verrichten.

DAS DRITTE KAPITEL

## Wie Benjamin sich zu Senderl der Frau gesellt

Man sollte meinen, dass die Geschichte, die Benjamin da passiert war und die nicht nur seine Frau an den Rand der Verzweiflung gebracht, sondern auch im Städtchen, sowohl vor dem Ofen als auch auf der obersten Bank, für jede Menge Gerede gesorgt hatte, Benjamin dazu bewegt haben würde, sich jeden Gedanken an einen Auszug und Reisen in ferne Länder für immer aus dem Kopf zu schlagen. Weit gefehlt! Im Gegenteil. Dieser Gedanke setzte sich jetzt erst so richtig fest. Benjamin zollte sich fortan jene Selbstachtung, die einem erfahrenen Mann gebührt, der in seinem Leben schon einiges ausgestanden hat. Da er stark und beherzt all die schweren Proben bestanden und seine ängstliche Natur bezwungen hatte, war er sich selbst jetzt zehnmal mehr wert. Er begann, sich für einen Helden zu halten und für einen Denker, der sich in den sieben Wissenschaften, die in *Bild der Welt* beschrieben waren, auskannte, der wie ein Schwamm allerlei Bücher aufgesogen hatte und wusste, was in der ganzen Welt vor sich ging. Er hielt sich nun für einen ziemlich klugen Kopf und begann zu bedauern, dass ein Mensch wie er, Gott sei's geklagt, *kschoischane bejn he-chochim*, wie eine Rose zwischen den Dornen festsaß. Und wo? In Tunejadewke, einem verlorenen Nest, unter ungebildeten Menschen, die keine Ahnung hatten und nichts zu sagen wussten über ihr eigenes Leben. Der Tratsch der Leute und die Witze, die man über ihn riss, trieben ihn erst so richtig auf den Weg. Er hatte große Lust, so schnell wie möglich aufzubrechen. »Wenn ich es nur jetzt schon erlebte«, dachte er oft, »weit weggefahren, dort angelangt und wohlbehalten zurückgekommen zu sein mit Trost und Hilfe für alle Juden, hochgeehrt und berühmt in der Welt. Dann werden Groß und Klein in ganz Tunejadewke wissen, wer ich bin und was ich, Benjamin, bedeute.«

Es waren nur noch ein paar Kleinigkeiten, was Benjamin von der Reise abhielt: Erstens, woher nahm er das Reisegeld? Er selbst hatte natürlich keinen roten Heller in der Tasche. Er saß stets untätig im Bethaus; seine Angetraute war die *ejsches chajil*. Sie verdiente den Lebensunterhalt für die Familie mit einer kleinen Straßenapotheke, die sie einrichtete, kurz nachdem das junge Paar Kost und Logis bei ihren Eltern verlassen hatte. Aber was wirft so ein Kräuterstand schon ab? Hätte sie darüber hinaus nicht auch noch Socken gestrickt, im Winter bis spätnachts Federn geschlissen, Schmalz für den Verkauf zu Pesach hergestellt und an Markttagen bei den ihr bekannten Bauern billig eingekauft, wäre nichts im Haus gewesen, um Leib und Seele zusammenzuhalten. Sollte er vielleicht etwas von der Einrichtung verkaufen? Aber was war schon da? Zwei Messingleuchter, die seine Frau Selde von ihren Eltern geerbt hatte, über die sie am Freitagabend den Lichtersegen sprach und die blank zu putzen ihr stets große Freude machte. Schmuck besaß sie keinen außer einem kleinen silbernen, mit einer Perle verzierten Reif aus dem Stirntuch ihrer Mutter. Sie hielt ihn unter Verschluss und trug ihn nur zu großen Festlichkeiten oder bei Gratulationsbesuchen. Sollte er von seiner eigenen Kleidung etwas verkaufen? Er besaß nur eine Kapote aus Atlas noch von der Hochzeit her. Sie war vorn und hinten zerfetzt und zerschlissen, so dass ihr gelbes Futter hervorsah. Er hatte zwar noch einen Schafspelz, aber der hieß nur so. Vom Kragen gab es nur die Unterlage. Bei Benjamins Hochzeit hatte sein Vater, lang soll er leben, gesagt, er solle nicht sparen, sondern einen vollen, großzügigen Kragen machen lassen und ihn oben erst einmal mit einem Stück Futter, das von der Kapote übrig geblieben war, absteppen lassen. Er hatte sich dann feierlich verpflichtet, sobald der Rest der Mitgift hinterlegt worden war, den Pelz innen zu füttern und den Kragen oben mit Eichhörnchenfell beziehen zu lassen. Aber der Rest der Mitgift war niemals hinterlegt worden, und Schafspelz und Kragen blieben, wie sie waren.

Zweitens wusste Benjamin nicht, wie man es anstellte, von zu Hause wegzugehen.

Konnte er denn mit seiner Angetrauten über seine Reise sprechen und ihr haargenau erklären, worum es ging? Behüte und bewahre! Das gäbe ein Getobe und Geschrei! Tränenströme würden sich über ihn ergießen, und sie würde ihn für völlig verrückt halten. Woher hätte eine Frau schon den Verstand, diese Dinge zu begreifen?

Eine Frau, auch wenn sie vielleicht die reinste *ejsches chajil* ist, war eben doch nur eine Frau! Was der kümmerlichste Mann im kleinen Finger hatte, hatte selbst die feinste und klügste Frau nicht im Kopf.

Sollte er sich also heimlich davonmachen und den Abschied einfach vergessen? Das war auch unangenehm und zu sehr nach Art der litauischen Juden. Aber zu Hause sitzen bleiben und auf die Reise verzichten? Das war nun ganz unmöglich. Das hieße sich das Leben nehmen.

Die Reise wurde Benjamin zur zweiten Natur. Wie ein Jude dreimal am Tag beten muss, so musste Benjamin jeden Augenblick an die Reise denken. Sogar im Schlaf ging sie ihm nicht aus dem Kopf. Sie beherrschte seine Träume und schlug tiefe Wurzeln in seinem Herzen. Sie befiel seine Augen und Ohren, so dass er nicht mehr wahrnahm, was sich vor seiner Nase abspielte. Er sah und hörte nur noch, was sich dort zutrug, weit, weit weg in fernen Gegenden. Es kam öfter vor, dass er mitten in einem Gespräch plötzlich Wörter fallen ließ wie Indien, Antikyra, Sambation, Pipernotter, Lindwurm, Esel, Maulesel, Johannisbrot, Mannaspeise, Türke, Tatar, Räuber und andere dieser Art.

Die Reise musste unternommen werden. Aber wie die kleinen Hindernisse überwinden? Er wusste sich keinen Rat. Er fühlte, er brauchte jemanden, mit dem er alles besprechen konnte.

*Isch echod hajo be-tunejodewke,* es lebte ein Mann in Tunejadewke, *u-schemo senderil,* und sein Name war

Senderl, nach seinem Urgroßvater Reb Senderl. *Śe ha-senderil,* dieser Senderl, *hajo isch poschet,* war ein genügsamer, einfacher Mensch, das heißt ein schlichter Mensch ohne Fürwitz und Spitzfindigkeit. Im Bethaus hatte er einen Platz hinter dem hohen Pult, und das allein ist schon das beste Zeichen, dass er nicht zur Creme von Tunejadewke gehörte, zu den Leuten mit üppiger Küche und goldenen Fahnen. Den Unterhaltungen im Bethaus und anderswo pflegte er ruhig zuzuhören wie ein Außenseiter. Wenn er doch einmal ein Wort einwarf, antwortete ihm schallendes Gelächter, nicht weil es besonders witzig oder originell war, sondern weil ein Wort aus seinem Mund die Leute zum Lachen brachte, obwohl er es ganz einfach und naiv von sich gab und keineswegs vorgehabt hatte, die Leute zum Lachen zu bringen. Im Gegenteil, wenn man lachte, riss er die Augen auf, glotzte und wunderte sich, warum gelacht wurde. Aber übel nahm er es niemandem, denn er war von Natur aus ein guter und stiller Mensch und sanft wie eine Kuh. Er wusste nicht einmal, dass man dergleichen übel nehmen konnte. Jener lachte, gut, soll er lachen, wahrscheinlich machte es ihm Freude.

Man muss allerdings zugeben, dass in Senderls Aussprüchen manchmal in der Tat ein origineller Einfall steckte, obwohl er es nicht beabsichtigt hatte und es auch nicht wahrnahm. Man trieb darum gern allerlei Späße mit ihm. An Tische-bov pflegten die meisten Kletten in seinen Schläfenlocken zu landen, und die meisten Kissen, mit denen man sich während der Nachtwache von

Hoschane rabbe bewarf, fielen natürlich auf ihn. Dafür bekam er bei Feiern die kleinste Portion Buchweizenfladen und Schnaps.

Kurz, Senderl war immer und überall das Kapore-Hühnchen. Er war von Natur aus nicht stur wie andere. Wenn einer sagte, so machen wir's, war er einverstanden. Er unterwarf sich jedem. Es war nicht so, dass er seinen eigenen Willen aufgab, damit der andere seinen Willen aufgeben möge, sondern er tat es ganz ohne Hintergedanken, einfach nur, weil er dem andern zu Willen sein wollte.

»Was kümmert mich das?«, sagte er immer. »Was macht mir das aus? Du willst die Sache so, gut, soll sie so sein.«

Unter Buben war Senderl selbst ein Junge; er nahm an ihren Gesprächen teil, spielte mit ihnen und fand daran Vergnügen. In ihrer Gesellschaft war er eine sanfte Kuh, die Kinder an sich heranlässt, damit sie auf ihr reiten und ihr den Hals kraulen. Die Straßenjungen machten sich über ihn lustig und zogen ihn am Bart. Das irritierte die Leute, und sie schrien die Kinder an:

»Respekt, ihr Kerle, vor einem Juden mit Bart. Warum zieht ihr ihn am Bart?«

»Das macht doch nichts«, pflegte Senderl zu begütigen. »Was kümmert mich das? Was macht mir das aus? Sollen sie mich ein bisschen kratzen.«

Zu Hause war das Leben für Senderl, Gott sei's geklagt, kein Honigschlecken. Dort hatte seine Frau die Hosen an, und er hatte ein schweres, bitteres Los an ihrer Seite. Sie hielt ihn ständig in Angst, schlug ihn gelegentlich, und der Arme musste es in Demut hinnehmen. Kurz vor einem Feiertag pflegte sie ihn anzuweisen, die Stube frisch zu streichen, und band ihm ein Tuch um den Bart. Er schälte für sie die Kartoffeln, walkte und schnitt den Nudelteig, füllte den Fisch, holte Holz für den Ofen und heizte ein, genau wie eine Frau. Deswegen nannte man ihn auch »Senderl die Frau«.

Und gerade diesen »Senderl die Frau« suchte sich Benjamin aus, um ihm sein Herz auszuschütten und sich mit ihm zu beraten, was er tun sollte. Warum gerade Senderl? Worin bestand sein Zauber? Nun, Benjamin hatte ihn schon immer ein wenig lieb gehabt, denn Senderl gefiel ihm in vielerlei Hinsicht. In vielen Dingen waren sie der gleichen Ansicht, und ein Gespräch mit ihm war oft ein wahres Labsal. Vielleicht baute Benjamin darauf, dass Senderl keine eigene Meinung haben würde, dass er seinen Plan guthieße und ihm in allem, was er sagen mochte, recht gäbe. Und falls Senderl in einigen Punkten doch anderer Meinung wäre, so würde er ihn mit Gottes Hilfe und seiner Redekunst schon erobern können.

*Wajehi kawo binjomin lesenderil,* und als Benjamin zu Senderl kam, traf er ihn *keschehu joschew al sefsel hechalaw wekolef kartofles,* auf der milchigen Bank sitzend beim Kartoffelschälen. Eine Backe war stark gerötet, ein Auge blau, und darunter prangte eine blaue Schramme, als wäre ihm jemand mit einem Nagel ins Gesicht gefahren. Er saß ganz benommen da, trübselig und bedrückt wie eine junge Frau, deren Mann sie sitzengelassen hat und weit weg übers Meer gefahren ist, oder wie eine Frau, deren Mann sie geschlagen hat.

Senderls Frau war nicht zu Hause.

»Guten Morgen, Senderl. Warum bist du so traurig, mein Herz?«, sagte Benjamin beim Hereinkommen und wies gleich mit dem Finger auf Senderls Backe. »Was? Wieder sie? Wo ist sie denn, dein Weibsbild?«

»Auf dem Markt.«

»Sehr gut!« Benjamin schrie fast vor Freude. »Leg deine Kartoffeln beiseite, teure Seele, und komm mit mir in den Alkoven. Ist da auch keiner? Ich kann bei unserem Zusammensein keinen Aufpasser brauchen. Ich will dir mein Herz offenbaren. Ich kann mich nicht mehr zurückhalten; in mir sieden die Gefühle; mach schneller, mein Herz, schneller, sie kann gleich kommen und uns stören, bevor wir fertig sind.«

»Was kümmert mich das? Du treibst zur Eile, gut, soll es schnell gehen. Was macht mir das aus?«, antwortete Senderl und folgte ihm in den Alkoven.

»Senderl«, begann Benjamin seine Rede, »sag mal, weißt du eigentlich, was jenseits von Tunejadewke liegt?«

»Ja, weiß ich. Da ist die Pritschepe. Da bekommt man ab und zu einen guten Schluck Schnaps.«

»Du bist ein Dummkopf. Ich meine, weiter weg, sehr viel weiter weg.«

»Du meinst, weiter als die Pritschepe?«, rief Senderl verwundert. »Nein, weiter weg weiß ich nicht, was da ist. Und du weißt das, Benjamin?«

»Ob ich das weiß? Was für eine Frage, ob ich das weiß! Da fängt die Welt erst an«, rief Benjamin begeistert, als sei er Kolumbus im Augenblick der Entdeckung Amerikas.

»Und was gibt es dort so?«

»Dort, dort«, schrie Benjamin entflammt, »findet man den Pipernotter und den Lindwurm!«

»Den Lindwurm, mit dessen Hilfe König Salomo die Steine für den heiligen Tempel schnitt?«, warf Senderl naiv ein.

»Ja, teure Seele, ja, dort ist das Land Israel, dort sind jene heiligen Stätten … Willst du dorthin?«

»Und willst du?«

»Da fragst du noch? Ich will, Senderl, ich will und werde auch bald dort sein.«

»Ich beneide dich, Benjamin. Du wirst dich dort satt essen an Johannisbrot und Datteln.«

»Das könntest du auch, Senderl. Du hast am Land Israel den gleichen Anteil wie ich.«

»Einen Anteil habe ich gewiss. Nur, wie kommt man dorthin? Dort sitzt doch der Türke.«

»Gegen den, Senderl, gibt es ein Mittel. Sag, mein Herz, hast du schon mal etwas von den Roten Juden gehört?«

»Hinter dem Ofen hab ich zwar genug Geschichten über sie gehört, aber ich weiß trotzdem nicht so genau, wo sie wohnen und wie man zu ihnen kommt. Ich würde es dir sonst mitteilen. Warum auch nicht? Was schadet mir das?«

»Ha! Siehst du, ich weiß es«, sagte Benjamin stolz und zog *Die Preisungen Jerusalems* aus der Tasche. »Schau, was da steht. Ich lese es dir vor: ›Als ich nach Bruti kam‹, steht hier geschrieben, ›fand ich dort vier Juden aus Babylon. Ich sprach mit einem von ihnen, der die heilige Sprache verstand und Rabbi Moses hieß. Er erzählte viele wahre Dinge über den Fluss Sambation, die er von Ismaeliten gehört hatte, die ihn mit eigenen Augen gesehen hatten, und dass dort die Mosessöhne leben.‹ Und dann steht hier noch: ›Wie der große Herr mir weiter erzählte, kam vor etwa dreißig Jahren ein Gast aus dem Stamm Simeon zu ihm und sagte, in seiner Gegend seien vier Stämme ansässig. Einer von ihnen sei der Stamm Issachar, der sich nur mit der Torah befasst. Aus diesem Stamm wurde einer als König über alle gesetzt.‹ Außerdem steht in den *Reisen Benjamins* ausdrücklich: ›Von dort aus ist es noch eine Strecke von zwanzig Tagen bis zu den Bergen von Nisbon, die am Fluss Gosan liegen. In den Bergen von Nisbon wohnen vier Stämme: der Stamm Dan, der Stamm Sebulon, der Stamm Ascher und der Stamm Naftali. Sie besitzen Länder und Städte in den Bergen. An ihren Ausläufern bildet der Fluss Gosan die Grenze. Auf diesen Stämmen lastet nicht das Joch der Völker. Sie haben nur einen König über sich, der Reb Josef Amerchol Halevi heißt. Sie haben ein Abkommen mit den Ungläubigen geschlossen.‹ Außerdem steht da noch sehr viel über die Söhne Rechabs im Land Tima, die einen jüdischen König über sich haben und für die im Exil verstreuten Juden fasten und beten. Nun, was meinst du, mein Herz, wenn die, zum Beispiel, plötzlich mich sähen, mich, ihren Bruder Benjamin aus Tunejadewke, der als Gast zu ihnen kommt? Na, was meinst du dazu, Senderl? Komm, sag schon, was hältst du davon?«

»Sie werden sich wahnsinnig freuen. Ich sag dir, Benjamin, so einen Gast nimmt man nicht auf die leichte Schulter! Jeder wird dich zum Essen einladen. Der König Amerchol sicher auch. Grüße sie alle freundlich von mir. Wenn ich könnte, würde ich, ich schwöre es, liebend gern mit dir dorthin gehen.«

»Ha!«, stieß Benjamin aus, begeistert von einem neuen Einfall, der ihm gerade gekommen war. »Ha! Das kann doch wahr werden, Senderl-Herzlieber! Du kannst diese Reise doch wirklich mit mir machen. Sei kein Narr! Dir bietet sich eine einmalige Gelegenheit. Ich fahre auf jeden Fall. Ich kann dich mitnehmen. Mein Närrchen, zu zweit ist es heimischer. Am Ende werde ich dort noch König, es sind schon merkwürdigere Dinge vorgekommen. Dann mache ich dich, ich schwör's dir, zum Vizekönig. Gib mir die Hand drauf. Warum solltest du hier sitzen und von deiner Angetrauten die Leiden des Exils ertragen? Eine böse Frau! Schau dir mal deine Backe an. Bei ihr hast du ein schwarzes, elendes Los. Auf, Senderl, komm, du wirst es nicht bereuen. Das verspreche ich dir.«

»Hm«, sagte Senderl, »wenn du es so willst, soll es so sein. Und sie? Nun, was macht mir das aus? Ich wäre ja dumm, wenn ich ihr sagen würde, wohin ich fahre.«

»Liebste Seele, lass mich dich küssen«, schrie Benjamin hocherfreut und umarmte von Liebe erfüllt Senderl die Frau. »Mit nur einem Wort, meine gute Seele, hast du ein vertracktes Problem gelöst. Ich sage jetzt auch einmal, was du sagst: Und sie? Die Meine, meine ich. Was kümmert mich das? Aber es gibt noch ein anderes Problem: Woher nehmen wir das Reisegeld?«

»Reisegeld? Willst du denn neue Kleider anschaffen, Benjamin? Oder deine Kapote wenden lassen? Hör auf mich, man braucht nichts. In alten Kleidern ist man unterwegs sogar besser dran. Und wenn wir dort sind, werden wir schon schöne neue Kapoten bekommen.«

»Ja, das ist wahr. Für dort habe ich keine Sorgen. Aber bis man dort ist, braucht man Geld, und sei's nur, um zu essen, nicht wahr?«

»Was heißt, um zu essen, Benjamin? Willst du vielleicht eine Küche mitführen? Wozu denn das? Gibt es unterwegs denn keine Gaststuben und Häuser?«

»Ich verstehe nicht, was du meinst, Senderl«, sagte Benjamin verwundert.

»Ich meine«, sagte Senderl sehr einfach, »solange es Häuser gibt, kann man, wenn man schon unterwegs ist, auch von Haus zu Haus betteln gehen. Was tun denn all die anderen Juden? Heute geht ein Teil von jenen zu diesen betteln, morgen geht ein Teil von diesen auf die andere Seite zu jenen betteln. Das ist doch eine jüdische Sache: Erst gibt der eine, dann der andere.«

»Du hast völlig recht!«, rief Benjamin entzückt. »Jetzt ist mir ganz leicht ums Herz. Denn wenn das so ist, bin ich ja, Gott sei gelobt, reisefertig und mit allem versorgt.

Wir können schon morgen aufbrechen, ganz in der Frühe, wenn alle noch schlafen. Es wäre eine Sünde, Zeit zu verlieren. Bist du einverstanden?«

»Du willst schon morgen weg? Gut, dann eben morgen. Was macht mir das aus?«

»Also, hör zu, Senderl, morgen in aller Frühe gehe ich heimlich von zu Hause weg. Bei der verlassenen Windmühle warte ich auf dich. Denk dran, Senderl, morgen ganz früh musst du dorthin kommen. Merk dir's«, wiederholte Benjamin und wandte sich zum Gehen.

»Warte, Benjamin. Warte noch einen Augenblick«, sagte Senderl, während er in der Brusttasche seines Unterhemds herumfuhr. Schließlich förderte er einen verschwitzten Stofffetzen zutage. Er war kreuz und quer verschnürt und mit zwanzig Knoten verknotet. »Schau her, Benjamin, dieses kleine Böllchen habe ich hinter dem Rücken meiner Frau in all den Ehejahren zusammensparen können. Das wird uns für den Anfang helfen, nicht wahr?«

»Jetzt, liebster Senderl, bist du's wirklich wert, dass man dich abküsst, alles an dir, jeder Körperteil, muss einzeln geküsst werden«, schrie Benjamin und umarmte leidenschaftlich Senderl die Frau.

»Verhaften sollte man dich! Seht alle her und bestaunt die große Liebe! Seht nur, wie hier geturtelt wird! Und in der Stube steht die Ziege und frisst die Kartoffeln! Die Würmer sollen dich fressen, du …!«, gellte plötzlich eine Stimme.

Das wütende Geschrei kam von Senderls Frau. Außer

sich vor Zorn stand sie im Zimmer. Mit einer Hand wies sie auf die Ziege, mit der anderen winkte sie Senderl zu sich. Mit gesenktem Kopf ging er langsam in die Stube, wie ein schuldiges Kind, das man züchtigen wird.

»Sei stark, meine Seele. Es wird für sie das letzte Mal sein. Denk an morgen«, flüsterte Benjamin Senderl ins Ohr und stahl sich wie eine Katze aus dem Haus.

## DAS VIERTE KAPITEL

# Wie Benjamin und Senderl Tunejadewke verlassen

Am frühen Morgen, ehe noch der Gemeindehirt das Vieh zusammengetrieben hatte, stand unser Benjamin schon mit einem Bündel unter dem Arm reisefertig an der Windmühle. In seinem Bündel befand sich alles, was man für eine Reise brauchte: Gebetsmantel und Gebetsriemen, das Gebetbuch *Weg des Lebens,* ein *Chok'l* fürs Zusatzstudium, ein Psalter und alle Bücher, ohne die er so wenig sein konnte wie ein Handwerker ohne sein Werkzeug. Seine Schabbat-Kapote hatte er auch eingepackt – man muss in der Welt schließlich sein Ansehen wahren und den Erwartungen der Leute entsprechen. In der Tasche hatte er fünfzehn und einen halben Groschen. Vor dem Weggehen hatte er sie unter dem Kissen seiner Frau hervorgefischt.

Kurz und gut, er war, Gott gelobt, mit allem versorgt und konnte sich auf den Weg machen.

Mittlerweile war strahlend schön die Sonne aufgegangen und schaute mit lichtem Gesicht hinunter auf die Welt. Ein Blick von ihr weckte die Lebensgeister und erfreute alle Wesen. Bäume und Gräser schienen zu lächeln, obwohl der Tränentau der Nacht noch auf ihnen lag, ganz wie kleine Kinder, die mitten im Weinen plötzlich lachen, wenn sie ein funkelndes Spielzeug sehen, obgleich ihnen bohnengroße Tränen in den Augen stehen. Vögel flitzten durch die Luft, spielten und zwitscherten um Benjamin herum, als wollten sie sagen: »Kommt, lasst uns singen und jubilieren, um den feinen Menschen bei der Windmühle zu erfreuen! Das ist Benjamin höchstpersönlich, Benjamin aus Tunejadewke, der Alexander von Mazedonien seiner Generation, der sein Vaterland verließ, Frau und Kinder sitzenließ, um in Mission auszuziehen, immer der Nase nach! Dort steht er, der große Benjamin, der wie die Sonne sein Zelt verließ und sich mit seinem Bündel unter dem Arm darauf freut, seinen Lauf zu beginnen wie ein Held. Er ist stark wie ein Leu, leicht wie ein Adler und bereit, den Willen unseres Vaters im Himmel zu tun. Singt, spielt trilililі trill trill! Singt, jubiliert und erfreut sein Herz!«

Benjamin war es nun wirklich froh ums Herz. Er dachte: »Ich bin doch der glücklichste Mensch der Welt. Was fehlt mir, Gott behüte? Was geht mir ab? Meine Frau habe ich, gepriesen sei der Schöpfer, versorgt. Sie hat ein kleines Einkommen. Ich aber bin ein freier Vogel wie diese Vögel da. Die ganze Welt steht mir offen. Mit meiner Erfahrung, meiner Beherztheit und meiner Beschlagenheit in den sieben Wissenschaften wird ein Jude wie ich nicht untergehen. Außerdem bin ich eben ein Jude, ein Mensch von einigem Gottvertrauen. Abgesehen von all den anderen Vorteilen des jüdischen Daseins leben die Juden auch noch im Gottvertrauen, und Gott bringt sie durch.«

Benjamin war so tief glücklich, dass seine Lippen sich öffneten und er in einem lieblichen Falsett die Marschmelodie von *Mejlech eljon* anstimmte. Sein Marsch vermischte sich mit dem Gesang der Vögel, dem Gesumm der Fliegen, dem Gezirp der Grillen; das Konzert stieg auf und gelangte bis vor den Thron Seines Lieben Namens im siebten Himmel.

So verstrich eine geraume Zeit. Von Senderl keine Spur. Benjamin wurde besorgt. Seine Stimmung sank. Er hielt nach allen Seiten Ausschau, sah sich die Augen aus dem Kopf. Doch seine Mühe war umsonst. Es war nichts zu sehen und nichts zu hören. Kein Senderl. Nichts.

Hatte ihm seine böse Frau vielleicht eine Hausarbeit aufgeladen? Dazu war es noch zu früh. Ganz Tunejadewke lag tief im Schlaf. Kartoffeln schälte man erst später. Die Frauen kochen mittags erst, nachdem sie sich mit den Männern ausgiebig gestritten haben. Danach werden die Kinder verdroschen und die Wäsche aufgehängt.

Benjamin wusste nicht, was tun. Ihm wurde schwer ums Herz, er fühlte sich elend. Sollte er nach Hause gehen? Das wäre misslich. Alexander von Mazedonien zerstörte die Brücke, über die er nach Indien gelangen wollte, damit er nicht umkehren konnte. Sollte er ohne Senderl losziehen? Auch das wäre äußerst unangenehm. Er brauchte Senderl unbedingt. Seit er sich mit ihm verbunden hatte, war die Welt schöner. Ohne Senderl fortzugehen, schien ihm jetzt sonderbar ungezügelt, als wäre er dann ein Schiff ohne Ruder oder ein Königreich ohne Minister.

Plötzlich sah er in der Ferne etwas wie eine Menschengestalt. Sie glich Senderl und war doch nicht Senderl. Sie kam ihm vor wie eine Frau in Kattunkleid und Kopftuch.

Benjamin stand das Herz still. Er wurde totenbleich. Ging da etwa seine Frau? Nein, sie ging nicht, sie rannte, sie jagte, gleich würde sie sich wutentbrannt auf ihn stürzen, würde ihr schweres, bitteres Herz über ihm ausgießen und ihn mit Jammern und Klagen nach Hause schleifen.

»Nur Gott allein weiß«, so erzählt Benjamin selbst, »welche Angst ich in diesem Augenblick ausgestanden habe. Lieber wäre ich damals hundert Drachen gegenübergestanden als meiner Frau. Denn ein Drache beißt nur in den Körper, verletzt nur den Leib, aber eine zornige Frau sticht ins Herz und verwundet die Seele. Doch der Oberste, gepriesen sei sein Name, verlieh mir Kraft, und ich bin sofort beherzt weggelaufen und habe mich hinter der Windmühle versteckt. Dort lauerte ich wie der Löwe auf seine Beute.«

Schon ein paar Minuten später sprang Benjamin mit einem gewaltigen Satz aus seinem Versteck und jauchzte wie ein Verrückter: »Ha! Senderl!«

Senderl trug einen Schlafrock aus Baumwolle. Um die Backen hatte er ein fettiges Tuch gebunden; unter beiden Augen befanden sich frische blaue Nagelspuren. Er hatte einen Stock in der Hand und trug ein dickes Bündel auf dem Rücken.

Doch in Benjamins Augen besaß Senderl den siebenfältigen Liebreiz einer geschmückten schönen Braut in den Augen ihres Bräutigams.

Benjamin schildert seine damalige Freude so: »Wie ein Reh, das nach einer Wasserquelle lechzt, wie ein Dürstender in der Wüste, der lebendig sprudelndes Wasser findet, das in Kaskaden herabfällt, so freute sich mein sehnsüchtiger Leib beim Anblick Senderls. Mein Bescherter, mein treuer Geselle.«

»Was ist passiert, Senderl? Warum hast du so lange auf dich warten lassen?«

»Wieso? Ich bin doch zuerst zu dir nach Hause gegangen«, antwortete Senderl einfach. »Bis ich bei dir war und bis ich deine Frau Selde geweckt hatte, ist ziemlich viel Zeit vergangen.«

»Du hast Selde geweckt?«, schrie Benjamin mit seltsamer Stimme, »bist du völlig wahnsinnig? Warum hast du das getan?«

»Wieso ›warum‹?«, entgegnete Senderl verwundert. »Zuerst habe ich an eure Speisekammer geklopft. Du hast nicht geantwortet. Also habe ich an die Zimmertür geklopft. Tock, tock, tock. Daraufhin ist Selde zu Tode erschrocken aufgestanden, und ich fragte sie nach dir.«

»Es ist aus, Senderl. Wir sind erledigt. Du hast die Grütze verkocht. Selde wird uns folgen, Selde wird …«

»Ach was, hab keine Angst, Benjamin. Sie hat mich zu allen schwarzen Jahren geschickt in einer so maßlosen Wut, als hätte ich etwas ihr sehr Kostbares beschädigt. ›Geh bloß weg! Pack dich, du, zusammen mit meinem Einzigen! Fahrt in die Erde! Beide!‹, schrie sie und schlug die Tür zu. Ich bin noch eine ganze Zeitlang benommen vor der Tür gestanden. Erst dann habe ich mich an die Windmühle erinnert und dachte mir, du würdest wohl schon dort sein. Darum hat deine Frau wohl gesagt, ›Pack dich, du zusammen mit meinem Einzigen‹. Sie hat wahrscheinlich gesehen, wie du weggegangen bist.«

»Was? Was? Sie hat das gesehen? Dann kommt sie vielleicht jetzt! Ist sie dir vielleicht gefolgt?«

»Bewahre, Benjamin. Sie hat die Kette vorgelegt. Ich habe vor dem Weggehen noch einmal angeklopft und gefragt: ›Selde, Selde, soll ich deinem Mann etwas ausrichten, Selde? Oder willst du ihm, möglich wäre es ja, vielleicht etwas mitgeben, Selde?‹ Darauf gab sie keine Antwort. Sie muss einen festen Schlaf haben, möge der böse Blick sie verschonen. ›Nun‹, sagte ich, ›du schläfst, Selde, dann schlafe eben. Schlaf gut und leb wohl, Selde‹, habe ich noch gesagt und bin weggegangen.«

Senderls letzte Worte wirkten auf Benjamin wie eine belebende Arznei. Er fing an, freier und tiefer zu atmen, als wäre ihm ein Stein vom Herzen gefallen. Er strahlte vor Freude und seine Augen leuchteten.

»Und jetzt, Senderl«, verkündete er mit wildem Quietschen, »jetzt mit dem rechten Fuß voran!«

In diesem Augenblick begannen die Frösche in einem kleinen Tümpel am Wegrand zu quaken, als bliesen sie unseren Helden zum Abschied noch einen Marsch. Lauthals trompeteten die Frösche von Tunejadewke in ihrem verschimmelten Sumpf. Sie sind so berühmt in der Welt wie die Wanzen und Schaben von Dnjeprowitz.

## DAS FÜNFTE KAPITEL

# Was unseren Helden gleich beim ersten Auszug in die Welt passiert

Unsere Helden setzten sich stürmisch in Bewegung und rannten, als hätten sie sich von Ketten losgerissen oder als triebe sie jemand mit einer Peitsche voran. Ihre breiten Rockschöße flatterten im Wind, und so glichen sie einem Schiff, das unter vollen Segeln dahinschießt. Die Postillione gewisser Diligencen in unserem Winkel der Welt hätten ihren Pferden den Trab unserer Wanderer wünschen dürfen. Die Krähen und Raben, die auf dem Boden herumspazierten, gaben ihnen respektvoll den Weg frei. Krächzend stoben sie nach allen Seiten auseinander, aus Angst vor diesen seltsamen Zweifüßlern, die in jubilierendem Hochgefühl an ihnen vorbeistürmten.

Keine Feder kann auch nur annähernd beschreiben, wie glücklich, ja überglücklich sie damals waren. Sie waren toll vor Glückseligkeit und erfüllt von einer tiefen Zufriedenheit. Sie waren zufrieden miteinander und mit der Welt.

Senderl war ganz offenkundig ungemein froh, dass er den Händen seiner Frau entronnen war und sich aus der schweren, bitteren Gefangenschaft befreit hatte. Der letzte Tag war besonders herb gewesen. Es war ein Tag der Plagen und Leiden und Schläge, ein Tag, dessen Stürme viele Haare seines Bartes entwurzelt und ihn vor aller Welt mit Schrammen und braun-blauen Flecken unter beiden Augen ausgezeichnet hatte. Möge euch Pantoffelhelden ein so wüster Morgengruß erspart bleiben, wie er Senderl von seiner energischen Frau gestern zuteilgeworden war.

Eine ganze Weile rannten unsere Helden atemlos in die Welt, ohne ein Wort miteinander zu wechseln. Es wurde ihnen heiß; große Schweißtropfen traten auf ihre Gesichter. Schließlich blieb Senderl von Zeit zu Zeit stehen und keuchte wie eine Gans.

»Schneller, schneller, Senderl«, ermutigte ihn Benjamin und rannte weiter flott voraus wie ein Held, der seine Lenden gegürtet hatte und nun mit Pfeil und Bogen in den Krieg eilt.

»Bitte, lieber Benjamin, erbarm dich meiner Seele«, flehte Senderl. »Ich habe keine Kraft mehr, dir nachzuhetzen. Du läufst, möge der böse Blick dich verschonen, wie ein Hirsch in den Bergen und wie ein Bock vor der Herde.«

»Schneller, schneller, Senderl«, rief Benjamin ihm immer wieder zu und rannte stolz auf seine Tüchtigkeit voraus. »Ach, Senderl, ich wollte so laufen und laufen bis ans Ende der Welt.«

»Aber warum, Benjamin? Warum rennst du so?«, fragte Senderl. »Wir werden nichts versäumen, ich schwör's dir. Es ist doch kein Unglück, wenn wir einen Tag oder auch etliche Tage später ankommen. Die Welt geht so schnell nicht unter. Sie soll, wie ich gehört habe, bis ins siebte Jahrtausend bestehen. Das sind noch ein paar hundert Jahre.«

»Schneller, Senderl, schneller, es ist eine Sünde, die Zeit zu vertun. Je schneller wir hier wegkommen, desto besser. Spute dich, streng dich an, Senderl. Wenn wir dort sind, kannst du die Beine hochlegen, Luft holen und leben wie eine Prinzessin.«

»Du hast ja recht, Benjamin. Du willst, dass ich schneller gehe. Gut, gehe ich eben schneller. Was macht mir das aus? Bei mir hast du gewonnen, aber meine Beine machen nicht mit. Was kann ich für meine Beine?«

Benjamin blieb nichts anderes übrig. Er musste Senderl zuliebe seinen Gang etwas verlangsamen.

Als die Sonne ihrem Butterfass ganz entstiegen war und ihre hellen Strahlen anfingen, gehörig zu brutzeln und zu braten, warfen sich unsere Helden am Wegrand im Schatten eines Wäldchens nieder. Sie waren in Schweiß gebadet, sie hechelten, ihre Seiten blähten sich auf, die blauen Flecken und Schrammen machten Senderl zu schaffen; er fühlte sie wie Nadelstiche.

Nachdem sie eine Weile geruht hatten, war ihr erstes Anliegen, Gebetsmäntel und Gebetsriemen hervorzuholen und das Morgengebet zu verrichten. Benjamin wiegte sich heftig und betete mit Inbrunst, wofür er ein Gläschen Schnaps verdient hätte. Doch das ließ sich leider nicht bewerkstelligen. Er wäre auch mit einem Stück Brot zufrieden gewesen. Sein Herz lüstete danach. Nach dem flotten Marsch war sein Appetit enorm, und er hätte eine Welt vertilgen können, aber in seinen Taschen befand sich, Teufel noch mal, kein Krümel Brot. Er sah sich suchend um, ließ die Finger knacken, gähnte, kratzte sich, wiederholte das mehrere Male, spielte mit den Schläfenlocken, zupfte sich am Bart, kratzte sich wieder, gähnte, setzte sich schließlich hin und zog aus seinem Bündel ein kleinformatiges Buch heraus, das einem Festtagsgebetbüchlein glich, schaute hinein und begann die *Akdamut*-Melodie zu brummen.

Mittendrin unterbrach er sich. »Senderl, weißt du, was ich da rezitiere und warum ich es gerade in dieser Melodie singe?«

»Na, du wirst großen Hunger haben«, antwortete Senderl einfältig.

»Was hat das eine mit dem andern zu tun?«, fragte Benjamin. »Und selbst wenn ich hungrig wäre, was folgte daraus?«

»Daraus folgt, dass du singst«, erwiderte Senderl. »Du kennst doch den klaren Spruch: *Koli žid spiwaje, koli win golodni* – Wann singt ein Jude? Wenn er Hunger hat. Wenn du singen willst, Benjamin, singe. Ich werde mich inzwischen mit etwas anderem befassen.« Während Senderl sprach, steckte er eine Hand in sein Bündel und zog den Bettelsack hervor.

»Ach was, du weißt nichts und begreifst nicht, warum ich das tue«, sagte Benjamin, »darum, lieber Senderl, mein Närrchen, werde ich es dir ausführlich erklären.«

Senderl ließ sich dadurch nicht stören und entknotete behutsam den Bettelsack. Als Benjamin sah, was da zum Vorschein kam, durchströmte ein wonniges Gefühl seine zweihundertachtundvierzig Knochen. Im Sack lag von allen guten Dingen etwas: Brot, Weißbrotreste vom Schabbat, Gurken, Rettiche, Zwiebeln und Knoblauch! Senderl hatte vorgesorgt wie eine gute Hausfrau und an alles gedacht. Dadurch stieg er in Benjamins Achtung noch sehr viel höher. Benjamin war tief bewegt, dass der Schöpfer, gepriesen sei sein Name, ihm einen so teuren Freund mit auf die Reise gegeben hatte. Gott hat mir Senderl gesandt, dachte Benjamin, wie er die Kinder Israels in der Wüste mit Manna speiste.

Nachdem sie ihre Lebensgeister erquickt hatten, verstaute Senderl die kleinen Reste wieder in seinem Sack und sagte:

»Die Reste werden uns noch einmal gut zustattenkommen und der Sack noch tausendmal, ja unser Leben lang. Mit ihm werden wir, so Gott will, von Haus zu Haus betteln gehen. Wie auch immer, Gott, er sei gepriesen, wird uns helfen.«

So ein wunderbares Tischtuch wie aus einem der Märchenbücher, zu dem man nur sagen muss: Tischlein, deck dich! Gib mir Essen, gib mir dies, gib mir das, und das Tischlein deckt sich und gibt – so ein Zaubertuch war bei den Juden der Bettelsack. Viele arme Seelen ernährten sich ihr Leben lang märchenhaft leicht nur aus dem Bettelsack und vererbten ihn ihren Kindern und Kindeskindern. Seinem Wesen nach ist der Bettelsack überall gleich, nur hat er in jeder Klasse eine etwas andere Form und einen anderen Namen. Bei den einfachen Leuten ist er ein gewöhnlicher Beutel aus grober Leinwand. Bei den gehobenen Ständen nimmt er allerlei Gestalten an: ein Kästchen, ein Körbchen für die Fleischsteuer, ein Funktionär der jüdischen Gemeinde, ein jüdischer Verein, eine Sammelbüchse fürs Heilige Land, ein Gemeindebeutel, eine kleine Bank für zinslose Darlehen, eine schriftstellernde Plaudertasche und dergleichen mehr. Das sind im Grunde alles Bettelsäcke, echte jüdische Bettelsäcke.

»Senderl«, begann Benjamin, den die Worte des Freundes gestärkt hatten, »wir zwei sind ein vom Himmel bestimmtes Paar. Wir sind wie Leib und Seele. Du sorgst auf unserer Reise für das Materielle, für Essen und Trinken, ich dagegen für das Geistige. Jetzt frage ich dich noch einmal: Weißt du, warum ich *Akdamut* angestimmt habe? Ich verfolge damit eine bestimmte Absicht. Ich kümmere mich jetzt darum, dass wir, nachdem Gott, er sei gepriesen, uns glücklich zu den Mosessöhnen gebracht haben wird, den Mund aufmachen und mit ihnen sprechen können. Sie sprechen dort halb Aramäisch, meist aber die *Akdamut*-Sprache. Denn ich bin der Meinung, dass Eldad ha-Dani, der aus dieser Gegend zu uns kam, *Akdamut* verfasst hat. *Weschorojes schuso,* Senderl, bedeutet, ich beginne zu sprechen. Merk dir das, Senderl. Hier, außerhalb des Heiligen Landes, können wir uns mit unserer Sprache, mit Deutsch, behelfen; dort aber müssen die ja kein Deutsch können.«

»In diesen Dingen verlass ich mich ganz auf dich«, sagte Senderl ergeben. »Du bist ein Gelehrter und studierst deine Bücher. Du wirst wissen, was du tust und wohin du gehst. Ich habe dich ja nicht einmal gefragt, ob wir auf dem richtigen Weg sind. Du gehst, was kümmert mich das, gut, gehe. Ich folge dir wie eine Kuh dem Kälbchen.«

Benjamin war tief beglückt über Senderls Vertrauen in sein Wissen. Er kam sich vor wie ein Kapitän, der das Schiff allein übers Meer steuert. Doch das hinderte ihn nicht, bald zu erkennen, dass er in der Tat nicht wusste, wo er sich befand. Hatte er sich verirrt und den Weg verloren? Während er noch darüber nachdachte, schickte Gott einen Bauern auf einem hoch mit Heu beladenen Wagen vorbei.

»Senderl«, sagte Benjamin, »es würde wahrhaftig nicht schaden, diesen Nichtjuden nach dem Weg zu fragen. Geh zu ihm hin und frag ihn. Hier außerhalb des Heiligen Landes verstehst du es besser als ich, mit den Bauern in ihrer groben Sprache zu reden. Deine Frau pflegte dich doch öfter auf den Markt mitzunehmen.«

Senderl stand auf und ging mit großem Respekt auf den Bauern zu und formulierte wie folgt:

»*Dobri-djen! Koži no, tschelowitsche, kudi darogi* nach *Eretz Jisroel?*«*

»*Schtscho?*«, fragte der Bauer verwundert und glotzte ihn an. »*Jaki Srul? Ni batschil ja Srulja?*«**

»*Ni, ni!*« Benjamin konnte sich nicht beherrschen und mischte sich von weitem ein. »*Eto wi Srul, a win le-haw-*

* »Guten Tag! Sag mir doch, Mann, wo geht der Weg nach dem Land Israel?«

** »Was? Welcher Srul? Hab ich keinen Srul gesehen?«

*dil erets jisroel kaśate win, Senderl.** Sag's ihm noch einmal ganz deutlich, dem Bauernschädel. Klarer, Senderl, deutlicher!«

»Nach *Errrets Jisroel kudi darogi?*«,** wiederholte Senderl scharf.

»*A pijess was židki śnajet, schtscho wi marotschete meni galowi, eto dorogi do Pijewki, a wini elessloël, elessloël*«,*** äffte der Bauer sie nach, spuckte aus und fuhr davon.

Unsere Helden gingen weiter.

Benjamin taten die Waden weh. Seine Füße schienen ihm, mögt ihr verschont bleiben, wie abgeschnitten. Doch Benjamin unterdrückte den Schmerz, sprach sich Mut zu und setzte die letzten Kräfte ein. Da es ihm jetzt schwerfiel, auf keinen Juden sei's gedacht, gleichmäßig und rasch zu gehen, versuchte er es mit Hüpfen. Das war nun freilich nicht mehr der flotte Gang von früher. Er quälte sich, aber er tat das Seine und ging. Was hätte er auch sonst tun sollen? Sich hier einfach auf den Weg legen, auf alle Feinde Zions sei's gesagt? Welchen Zweck hätte das gehabt? Wie legt sich ein Jude einfach mitten auf den Weg? Das hätte Senderl nur Sorgen gemacht und die Reise, Gott behüte, aufgehalten. So gingen sie den

* »Nein, nein, Ihr sagt Srul, er aber, Senderl, es sei zwischen Profanem und Heiligem wohl unterschieden, sagte doch zu Euch Land Israel.«

** »Nach dem Land Israel, wo geht der Weg?«

*** »Der Böse kennt sich mit euch Juden aus. Was verdreht ihr mir den Kopf? Das hier ist der Weg nach Pijawka. Ihr mit eurem elessloël, elessloël.«

ganzen Tag, bis Gott sie wohlbehalten nach Pijewke brachte, wo sie übernachten wollten.

Als sie im Pijewker Wirtshaus anlangten, war Benjamins erste Tat, sich der Länge nach in einer Ecke auf den Boden zu werfen, die Beine von sich zu strecken und nach Luft zu schnappen.

Senderl ging wie eine erfahrene Hausfrau ans Wirtschaftliche und verhandelte nach Hausfrauenart die Zubereitung des Abendessens.

Der Pächter musterte Senderl von Kopf bis Fuß und erkannte aus seinem ganzen Gehabe, dass er nicht wie die anderen Reisenden war, die hier gewöhnlich durchkamen. Er begrüßte ihn mit dem üblichen *scholem alejchem.* Auf die dazugehörenden Fragen, wie er heiße und woher er komme, antwortete Senderl einfältig: Er heiße Senderl, sei ein bisschen ein *Eretz-Jisroel*-Jude und bei Reb Benjamin im Dienst, der die Ehre habe, dort in der Ecke zu liegen. Dazu setzte der Pächter ein frommes Gesicht auf, dachte eine Weile nach und bat Senderl, Platz zu nehmen.

Lassen wir die Königstochter, das heißt Senderl, mit dem Pächter sprechen, und wenden wir uns dem Königssohn zu; sehen wir nach, was Benjamin macht und wie es ihm geht.

Nachdem er sich in eine Ecke geworfen hatte, blieb er liegen wie ein Stein und wusste nicht mehr, in welcher Welt er sich befand. Die Adern in seinen Beinen waren stark geschwollen. In ihnen kochte das Blut. Es tobte und wallte, als ob eine Ameisenarmee durch seinen Körper raste und ihn stach und biss. In seinen Schläfen pochte und hämmerte es; in seinen Ohren rauschte es dumpf, und das Rauschen endete in einem durchdringenden Tröten wie im langen Ruf des Widderhorns oder in einem scharfen Knall, als ob eine Rakete gezündet würde. Jedes Mal, wenn ihm so eine Rakete aus dem Kopf schoss, erblühte vor ihm ein blitzendes, buntes Feuerwerk: gelb, grün, blau, weiß, rot, blutrot, Farben noch und noch, pausenlos, endlos. Einen Moment später erlosch das Feuerwerk, es wurde ihm wieder schwarz vor Augen, und in seinen Ohren lärmte eine Mühle.

Als er schon eine Weile so betäubt dalag, hörte er draußen in der Ferne Schellengeläut. Es kam stetig näher, wurde heller und lauter. Schließlich quietschte und ächzte ein Wagen, der neben dem Tor anhielt. Allerlei Stimmen erhoben sich in den Himmel, als ob ein ganzes Städtchen sich zu einer wichtigen Versammlung eingefunden habe: schrille Fistelstimmen und dunkle Bässe, heisere, röchelnde und dumpfe Stimmen; alles schrie durcheinander. Wenn Katzen während der Raunze sich auf Dächern versammeln, weiß man, dass es Katzen sind und warum sie sich versammeln und was ihr Geschrei bedeutet, selbst wenn man die Katzensprache nicht kennt. Aber hier war schwer auszumachen, warum so gelärmt wurde. Man hörte Gelächter und Gekrächze, Seufzen, Flüstern und Quietschen, hier das Gebrumm eines Lümmels, dort der Honig eines hellen Stimmchens, hier ein Husten, dort ein Schnäuzen, hier ein Klappern, dort ein Schlagen. Es war unmöglich zu verstehen, was das alles zu bedeuten hatte. Bald öffnete sich die Tür, und ein Menschenhaufen flutete herein.

Benjamin drückte sich tiefer in die Ecke und rollte sich dort zusammen.

Inzwischen wurde es in der Stube sehr hell von den vielen Kerzen, die in Schabbat-Leuchtern aus Messing steckten. Einige der Öffnungen waren mit Stumpen verstopft und die Kerzen standen krumm auf ihnen, bei anderen Kerzenständern waren die Öffnungen zu groß, breit und flach und die Kerzen lehnten schief darin, von unten mit einem Stück Kohle abgestützt.

Am unteren Ende eines langen Eichentischs saß die Kapelle und stimmte ihre Instrumente. Der Geiger beschäftigte sich mit seiner Geige, kitzelte sie mit den Fingern, und jede Saite antwortete in ihrer Lage pling, plang, plong, als wollte sie sagen, du kannst uns kitzeln so viel du willst, wir sind bereit, wenn nur mit dem Bogen alles klappt. Er ergriff den Bogen, strich glättend über ihn und hielt ihn zum Spiel bereit. Der Flötist unterhielt sich leise mit der Flöte, die ihm zart zuflötete, und der Zimbalist probierte einen Lauf auf der Zimbel und klopfte gemächlich mit seinen Hämmerchen. Nur der blinde Pauker saß da, die Pelzmütze tief in die Augen gedrückt, und döste vor sich hin.

Neben den Musikanten stand auf einer Bank eine seltsame Gestalt. Jedes Wort aus seinem Mund rief einen Lachausbruch hervor. Sogar die Kinder, die in dichten Trauben vor den Fenstern standen, lachten wie toll und krümmten sich. Jetzt schrie die Gestalt: »Aufgepasst! Zu

Ehren der Brauteltern, zu Ehren des Hausherrn, zu Ehren aller hier versammelten Gäste wird jetzt munter und lustig aufgespielt!« Die Musikanten legten los, lustig und munter, Frauen und Männer fassten sich an den Händen und tanzten hopsend im Kreis herum.

Alles geriet in Bewegung. Sogar die Wanzen und Schaben kamen aus ihren Ritzen hervor und krochen über die Wände.

Ein Tänzer stolperte über Benjamin in seiner Ecke, sah ihm ins Gesicht und schrie: »Ah, Benjamin! Ich habe ihn erwischt, das Prachtexemplar! Er ist da! Er ist da!«

Auf das Geschrei hin liefen die anderen herbei. Benjamin erkannte unter ihnen allerlei Leute aus Tunejadewkes feiner Gesellschaft und den Rabbi.

Alle schrien zusammen:

»Komm tanzen, Benjamin! Komm tanzen, Benjamin.«

»Ich kann nicht, ich schwör's!«, flehte Benjamin. »Ich kann mich nicht von der Stelle rühren.«

»Macht nichts, ganz egal«, antwortete man ihm. »Komm schon, du wirst schon können, was muss man dabei können? Adam ist ein Mensch. Beweg dich, Ente. Rühr dich von der Stelle, du Rindvieh, wir werden alles erzählen.«

»Selde!«, schrie Benjamin und im selben Atemzug: »Ich bitte euch, erzählt es nicht Selde!«

»So beweg dich doch«, rief man ihm zu, »beweg dich endlich, du Rindvieh, na, steh schon auf.«

»Erbarmt euch, jüdische Kinder«, bat Benjamin, »ich

kann mich jetzt nicht rühren, ich schwör's euch. Ich habe einen guten Grund dafür. Es ist ein Geheimnis. Ich will es dem Rav enthüllen.«

Und wie er den Rabbiner mit beiden Armen umfasste, um ihm ein Geheimnis ins Ohr zu flüstern, fühlte er plötzlich einen heftigen Stoß in die Seite, so schmerzhaft, als hätte er Meerrettich in der Nase. Der Schmerz warf ihn herum; er rieb sich die Augen. Im Zimmer war es dunkel, der Mond schien zum Fenster herein. Er lag neben einem Kalb, das er mit beiden Armen fest umschlungen hielt.

Was war geschehen? Woher kam plötzlich das Kalb? Hatte Benjamin gekalbt? Wie war das möglich? Selbst angenommen, Benjamin war wirklich ein Rindvieh, zehnmal, hundertmal ein Rindvieh, so war er doch immer noch ein zweibeiniges Rindvieh. Und wo hätte man schon gesehen oder gehört, dass ein zweibeiniges Rindvieh ein Kalb geworfen habe? Natürlich gibt es bei uns jede Menge Kälber. In der Mehrzahl leben sie in feinen Häusern, aber das sind immerhin Kälber in Menschengestalt; sie sind oft sehr schön, haben liebliche Gesichter mit charmanten Grübchen. Aber das Kalb, das Benjamin da fest umarmte, war einfach ein echtes Kalb. Bleibt also die Frage: Woher kam es? *Chidusch nifla* – ein Wunder geschah! Es fiel vom Himmel!

Nein, meine Herren! Glaubt nicht an himmlische Kälber. Von all unseren Kälbern ist noch nie eines vom Himmel gefallen. Es handelte sich hier keineswegs um ein Wunder. Ihr braucht euch also über das Kalb nicht den

Kopf zu zerbrechen, und gelehrte Erklärungen sind unnötig. Geradeheraus gesagt, die Geschichte war einfach so:

Als Benjamin sich mehr tot als lebendig in die Ecke fallen ließ, hatte er in seiner Müdigkeit nicht bemerkt, dass dort schon ein Kalb lag. In ihm wallte das Blut, er schlief ein, und im Traum erschien ihm eine ganze Hochzeitsgesellschaft mit Brauteltern und Musikanten. Er wurde furchtbar unruhig, drückte sich tiefer und tiefer in die Ecke hinein, und während er im Traum den Rabbiner von Tunejadewke zu umarmen glaubte, drückte er das Kalb des Pächters von Pijewke an sich und raunte ihm das Geheimnis seiner Reise ins Ohr. Doch das Kalb wollte sich nicht gefallen lassen, dass man es drückte und würgte. Es trat Benjamin gegen den Oberschenkel, und er wachte auf.

Beim Aufwachen hielt Benjamin immer noch benommen und verwirrt das Kalb in den Armen. Erst einen Moment später stieß er es erschrocken von sich weg, sprang auf und lief fort. Sobald das Kalb die fremden Arme los war, rappelte es sich hoch und ergriff die Flucht, rannte dabei gegen Benjamin, und beide warfen mit Getöse einen vollen Zuber Wasser um. Aufgeschreckt durch den Krach, kamen Senderl und der Pächter mit einer Kerze in der Hand aus dem anderen Zimmer in die Stube gelaufen, hielten abrupt und standen wie angewurzelt in der Tür.

Wenn ein Verse-Schmied die beiden damals gesehen hätte, hätte er geschrieben: »Sei's in Ecken, sei's in Pfuhlen, sind die Liebenden und Buhlen voneinander kaum zu puhlen.«

Doch der Pächter und Senderl waren einfache Sterbliche und keine Dichter und trennten die liebenden Buhlen ohne langes Federlesen. Das Kalb schickte man mit scharfen Worten über sein schlechtes Betragen zurück zur Mutter, und Benjamin brachte man nach dem Tauchbad in einen Alkoven und bettete ihn auf etlichen Lagen Stroh und mit einem Kissen unter dem Kopf zur Ruhe.

DAS SECHSTE KAPITEL

# Benjamin bekommt eine Ohrfeige

Benjamins Glieder erholten sich etwas in der Nacht des Tauchbads, in der sich ein ganzer Zuber Wasser über ihn ergossen hatte. Als er in der Frühe aufstand, fühlte er sich frischer und gesünder. Den nächtlichen Vorfall mit dem Kalb hielt er offenkundig für einen Fingerzeig der Vorsehung, denn nur durch ihn wurde er von seinen Schmerzen befreit. Damit konnte er Senderl beweisen, wie ungerecht der sündige Mensch ist, der über ein Unglück klagt und nicht versteht, dass das Unglück ihn zum Glück führt und aus dem Schlechten etwas Gutes herauskommt; der nicht versteht, wie der Oberste jedes seiner Geschöpfe zu einem Boten machen kann, sogar ein Rindvieh; wie der Arzt auch ein Kalb sein kann; wie sogar eine Mücke sich ins Gehirn bohren, einen plagen und einem im Hals stecken kann. Als Beleg diente ihm die Geschichte aus uralten Zeiten mit der Mücke und dem Frevler Titus. Die nächtliche Begegnung schien ihm nun ein gutes Zeichen dafür zu sein, dass er seine Reise in einer günstigen Stunde unternahm und dass er, gottgewollt, glücklich das Ziel seiner Wünsche erreichen werde.

»Ein Wasserträger mit vollen Eimern war von jeher ein gutes Zeichen, und bei dir war es ein ganzer Zuber«, sekundierte Senderl.

Aber wegen der Schmerzen, die Benjamin noch immer in den Beinen fühlte, und weil er auf dem Strohlager so weich lag, blieb Benjamin noch den ganzen Tag in Pijewke. Er glich einem Schiff auf dem Meer, das auf eine Sandbank geraten war und von einer Flaute dort festgehalten wurde.

Doch am nächsten Morgen erhob er sich in aller Frühe von seinem Lager und machte sich wieder auf den Weg.

Eine ziemliche Weile trottete Benjamin trübsinnig dahin, grübelte und sagte kein Wort. Dann schlug er sich an die Stirn und blieb niedergeschlagen stehen. Es dauerte ein paar Minuten, bis er den Mund aufmachte und seufzend hervorbrachte:

»Ach, Senderl, ich habe etwas vergessen.«

»Wo vergessen? Was vergessen?«, rief Senderl und griff nach seinem Beutel.

»Zu Hause, Senderl, zu Hause hab ich's vergessen.«

»Ach, Benjamin, was fällt dir ein?«, widersprach Senderl. »Wir haben doch alles mitgenommen, denke ich, was ein Mensch unterwegs braucht: Der Bettelsack, wir wollen uns nicht versündigen, ist da; die Gebetsmäntel, Gebetsriemen und sogar Gebetsbücher sind da; die Kapoten für Schabbat sind auch da. Also scheint es, dass, Gott sei Dank, alles da ist. Wir haben alles mitgenommen. Was fehlt uns denn? Was hätten wir vergessen können?«

»Was ich vergessen habe, Senderl, ist ungeheuer wichtig. Es ist lebensnotwendig. Ach, es soll nur alles glücklich und schadlos ablaufen. Aber falls – oh, ich kann es kaum über die Lippen bringen, möge es uns nicht befallen, möge Gott uns vor allem Übel schützen. Falls Satan uns unterwegs einen Streich spielen sollte, werden wir den großen Wert dessen erkennen, das ich zu Hause vergessen habe. In der Eile des Auszugs habe ich vergessen, den Spruch zu sagen, den ich in einem Buch fand und der aus einer ganz alten Handschrift stammt. Diesen Spruch muss man vor einer Reise beim Verlassen der Stadt an der Stadtgrenze sagen. Dann kann man erst sicher sein, dass man gegen alle Gefahren und böse Begegnungen gefeit ist. Und das habe ich vergessen!«

»Möchtest du vielleicht nach Hause zurück?«, fragte Senderl naiv.

»Bist du wahnsinnig? Hast du völlig den Verstand verloren?«, schrie Benjamin ihn an, und das Blut schoss ihm in den Kopf. »Was soll das? Nach Hause zurück! Nach dem, was wir an Plagen und Wegen schon hinter uns haben, jetzt umkehren? Und die Welt? Was wird die Welt dazu sagen?«

»Was schert uns die Welt, Benjamin?«, gab Senderl zurück. »Hat dich denn die Welt gebeten, diese Reise zu unternehmen? Hat sie mit dir einen Vertrag geschlossen und dir Reisegeld gegeben, damit du wandern gehen kannst?«

»Sieh an, wie klug du bist«, sagte Benjamin sarkastisch. »Und Alexander von Mazedonien? Hat ihn die Welt vielleicht gebeten, nach Indien zu gehen und dort Krieg zu führen? Und all die Wanderer bei uns Juden?

Hat die Welt sie vielleicht gebeten, von Stadt zu Stadt zu wandern?«

»Woher soll ich das wissen?«, sagte Senderl lachend. »Von mir aus hätten die alle zu Hause bleiben dürfen. Das wäre besser und vernünftiger für alle. Ach, du lieber hirnverbrannter Alexander von Mazedonien, du hast doch daheim von allem Guten. Sitz zu Hause, leb zufrieden und streich dir über das Bäuchlein. Wozu brauchtest du Indien? *Sidi doma da ni ripaisja** lautet ein Sprichwort. Und man sagt ja, ein Sprichwort ist, es sei zwischen ihnen wohl unterschieden, eine *Gemore*. Über unsere Juden muss ich mich wirklich wundern. Gerade sie sollten sich doch an die *Gemore* halten, zu Hause bleiben und jeder sich dort mit seinen eigenen Angelegenheiten befassen. Wozu taugt das Herumziehen und Herumirren wie ein Idiot? Ohne Rücksicht auf die Gesundheit, ohne Freude am Leben, nur um sich die Stiefel zu zerreißen für nichts und wieder nichts? So wahr ich ein Jude bin, Benjamin, wenn ich jemals einem solchen Kerl begegnen sollte, werde ich ihm sofort dieses Sprichwort, das heißt, es sei zwischen ihnen wohl unterschieden, diese *Gemore* vorhalten.«

So stritten sich unsere Helden eine ganze Weile. Senderl stellte Fragen, und Benjamin bewies ihm immer wieder, welch ein Narr er war und wie wenig er von diesen Dingen verstand.

Senderl glich damals einem Pferd, das seinem Herren

* Sitz zu Hause und rühr dich nicht (сиди дома да не рыпайся).

stets treu gedient hatte, ihm durch Feuer und Wasser fraglos gefolgt war und plötzlich, aus heiterem Himmel, wie von einem Wahn befallen wird. Es wird störrisch, stellt sich quer, ist nicht von der Stelle zu bewegen, auch wenn sich der Herr, auf alle Feinde Zions sei's gesagt, darüber umbringt. Wenn Benjamin damals den störrischen Senderl auch nicht gerade mit der Peitsche traktierte, so überschüttete er ihn doch mit einem solchen Wortschwall und drosch mit seiner scharfen Zunge so lange auf ihn ein, bis er weich war wie Teig. Er wurde wieder zum guten Pferd, stellte die Ohren auf und öffnete sich Benjamins Redefluss, der ihm das Gehirn aufweichte. Zum Schluss sagte er nur, wie es seine Art war:

»Wenn du es so willst, soll es so sein. Was macht mir das aus?«

Nachdem Benjamin mit Senderl fertig geworden war, setzten sie die Reise fort. Sie gingen über Stock und Stein, marschierten auf Haupt- und Nebenstraßen und kamen endlich halbtot nach Teterewke.

Teterewke war die erste große Stadt, die unsere Wanderer in ihrem Leben zu sehen bekamen. Darum ist es kein Wunder, dass sie sich an den geraden, gepflasterten Straßen und den breiten und hohen Häusern nicht sattsehen konnten. Fast auf Zehenspitzen gingen sie auf den Trottoiren und hoben ihre Füße so seltsam, als ob sie die glatten Steine nicht zu sehr berühren wollten, um ihnen, behüte, keinen Schaden zuzufügen. Füße, die bei ihren Besitzern in den kleinen Städtchen kein gutes Schicksal haben und deretwegen man dort keine großen

Umstände macht, kleinstädtische Füße, die leider keinen Fußboden kennen, nicht einmal in der eigenen Wohnung, Füße, die sich wie die Schweine durch den Morast wühlen, deren Besitzer sie dort tief einbohren und doch erbarmungslos zur Eile treiben, solche Füße werden selbstverständlich unstet wie Betrunkene, wenn sie unter sich plötzlich eine steinerne Brücke fühlen, und aus großer Ehrerbietigkeit müssen sie dann ab und zu ein bisschen hüpfen, weil sie nicht wissen, wohin sie treten dürfen. Neu angekommene kleinstädtische Füße könnt ihr auf den gepflasterten Straßen der großen Städte schnell erkennen.

Unsere Tunejadewker Helden gingen bedrückt umher und wichen jedermann bescheiden aus. Senderl pflegte in solchen Fällen nach Benjamins Rockschößen zu greifen und ihn auf die Seite zu ziehen. Es kam vor, dass er mit einem Passanten einen stillen Tanz aufführte. Jener ging schnurstracks auf Senderl zu und stieß mit ihm zusammen; Senderl wich zur Seite, vertrat ihm aber dadurch den Weg; jener ging nach rechts, doch Senderl war ihm zuvorgekommen und stand schon bereit, beide wendeten sich nach links, dann wieder nach rechts, bis es jenem schließlich gelang, einen Bogen zu schlagen. Ein Mann, der gerade nicht zum Tanzen aufgelegt war, stieß Senderl so heftig zur Seite, dass ihm schier die Zähne aus dem Kopf fielen.

Alles war unseren Helden neu; alle schienen mit dem Finger auf sie zu zeigen; die Kaleschen kreischten, die Droschken rumpelten, die Tore gaben sich hoffärtig, blickten stolz umher mit ihren großen gläsernen Scheiben, und die Menschen zogen Grimassen. Alles schrie: »Respekt, ihr Habenichtse! Respekt, ihr Dorfjuden, Respekt, Respekt! …«

»Hör mal, Benjamin«, sagte Senderl, nachdem er mit zurückgeworfenem Kopf und in tiefer Ehrfurcht ein hohes Gebäude betrachtet hatte, »ich glaube, wir sind in Stambul!«

»Geh fort, Senderl, das soll Stambul sein?«, gab Benjamin mit einer Miene zurück, als sei er in Stambul geboren. »Stambul, mein kleiner Dummkopf, hat fünfhundert mal fünfhundert Straßen, jede Straße hat fünfhundert mal fünfhundert fünfzehn-, zwanzig- oder sogar dreißigstöckige Häuser, und in jedem Haus wohnen fünfhundert mal fünfhundert Menschen. Und falls du meinst, du wärest damit fertig, dann warte, mein Närrchen, denn da sind noch die kleinen Straßen und Gassen, die jüdischen Viertel, die Herbergen, die Pissoirs, die Schluchten und Ebenen – zahlreich wie der Sand am Meer.«

»Oh weh, oh weh«, rief Senderl bass erstaunt, »wirklich furchteinflößend, eine so große Stadt. Aber sag mal, Benjamin, woher kommen denn all diese großen Städte? Warum drängen sich die Menschen an einem Ort zusammen und leben einer über dem anderen, als ob die Welt zu klein wäre und nicht genügend Platz darin? Es muss doch einen Grund haben, dass die Menschen der Erde entfliehen, sich gegen den Himmel drängen und ganz oben wohnen wollen. Kommt es vielleicht daher, dass die Seele des Menschen aus dem Himmel stammt und es ihn darum immer weiter hinaufzieht und er die Flügel ausbreiten will, um ja nur oben zu sein? Was sagen denn deine Denker dazu? Hast du das in deinen Philosophie-Büchern schon einmal irgendwo erörtert gefunden?«

»In den philosophischen Schriften«, sagte Benjamin und legte die Stirn in Falten, »wird dieses Thema weitläufig behandelt. Ich hatte mit dieser Frage auch schon einmal bei uns im Bethaus vor dem Ofen zu tun, und dadurch fanden sowohl die Stelle in der *Gemore* über die zehn Maß Armut, die in die Welt geschickt wurden, als auch der Bibelvers *kimala ha-orez chomes,* ›denn die Erde ist voller Raub‹, die richtige Auslegung. Ich werde es dir nach unserer Torah erklären. *Chumesch* hast du ja gelernt, Senderl. Laut dem *Chumesch* wohnten die frühen Generationen unserer Vorfahren in Zelten. Doch zur Zeit des Sintflutgeschlechts haben sich alle Menschen an einer Stelle versammelt. Sie fingen an, Ziegel zu brennen und eine Stadt zu bauen mit hohen Mauern bis in den Himmel. Aber mitten in der Arbeit kam eine böse Verwirrung über sie, ein Getümmel entstand, einer verstand den anderen nicht mehr, und die großartigen Pläne wurden untauglich. Gott wirkte ein Wunder und trieb die Menschen auseinander, so dass sie ihr altes Leben wieder aufnahmen, freier atmeten, und die Welt wurde erneut aufgerichtet. Doch die Sünde des Sintflutgeschlechts ist in der Welt geblieben. Seit dieser Zeit treibt sie die Menschen dazu, sich zusammenzudrängen und aufeinanderzusitzen, sich hoch hinaufzumauern und in den Himmel zu klettern, um sich einen Namen zu machen. ›Warum hast du dich an mich gehängt wie eine Klette‹, sprach Abraham zu Lot. ›Warum sollen deine Leute mit meinen um ein Stück Land kämpfen. Die ganze Welt steht dir doch offen. Geh, wohin du willst, und lass mich in Ruhe.‹«

Benjamin war mit seiner Auslegung noch nicht zu Ende, da hörten sie hinter sich das Geschrei eines Kutschers, der in voller Fahrt auf sie zuhielt und sie fast mit der Deichsel gerammt hätte.

»Idioten!«, wetterte der Kutscher und ließ die Peitsche über ihnen schnalzen, »die schwarzen Jahre sollen euch holen! Was bewegt ihr euch wie die Krebse und verstopft die Straße? Heda, ihr Hohlköpfe, aus dem Weg, ihr Dorftrottel!«

Unsere Helden nahmen die Beine in die Hand und liefen vor Schreck wild auseinander wie vergiftete Mäuse. Senderl stolperte und schlug der Länge nach hin. Benjamin stieß in seiner Hast gegen einen Eierkorb, den eine Geflügelhändlerin trug. Die Eier zerbrachen, und sofort war die Hölle los. Ein feuerspeiendes Mundwerk tat sich auf und explodierte. Die Besitzerin der zerbrochenen Eier überschüttete Benjamin mit einem Strom von Flüchen, sie schlage ihn windelweich, und schon fing Benjamin eine gewaltige Ohrfeige. Die Hühnerfrau hatte nicht übel Lust, sich in seine Haare zu verkrallen. Kurz, Benjamin bekam sein Fett weg. Endlich gelang es ihm, sich aus ihren Händen zu befreien und in eine Seitengasse zu entkommen, wo auch Senderl bald eintraf.

»Da hast du die große Stadt!«, sagte Senderl und wischte sich mit den Rockschößen den Schweiß aus dem Gesicht. »Geh da nicht! Steh dort nicht! Ruh da nicht aus! Das schwarze Jahr soll sie alle holen!«

»Das ist alles nur das Erbe der Sintflutgeneration«, antwortete Benjamin und keuchte wie eine Gans. »Alles, was du hier siehst, ist Sintflutgeneration: Verwirrung, Getümmel, Raub, Betrug, Totschlag.«

»Sollen sie doch alle mit dem Kopf in die Erde fahren«, sagte Senderl mit einer wegwerfenden Handbewegung. »Komm, Benjamin, lass uns ausruhen. Du siehst schlimm aus. Deine Backe glüht. Soll der böse Geist in den Vater der frechen Hühnerfrau fahren. Wisch mal dein Gesicht ab, entschuldige, wenn ich das so sage, aber die Freche hat dich ganz mit Eigelb beschmiert.«

DAS SIEBTE KAPITEL

# Wie Benjamin eine Umwälzung in der Politik bewirkt

In einem der kleinen Bethäuser von Teterewke waren die Gemüter wegen des damaligen Krimkrieges bis zum Siedepunkt erhitzt. Die Ofenbank zerfiel in mehrere Parteien. Jede hatte ihren Präsidenten und ihre eigene politische Richtung. Chaikel der Denker und seine Gefolgschaft hielten leidenschaftlich zu Tante Vite, präsentierten sie wie auf einem Teller und enthüllten glasklar ihre klugen Absichten und genialen Hintergedanken.

Chaikel war einmal eine Art Uhrmacher gewesen. Er besaß großes Geschick im Matzen-Rädeln, und niemand verstand es so gut wie er, zu Sukkot eine Laubhütte zu bauen; in keiner Laubhütte waren das Nudelbrett, die Schaufel, die milchige Bank, das Tscholentbrett und die kaputte Hühnerleiter so kunstvoll eingebaut wie in seiner. Wenn also die Rede irgendwie auf Maschinen kam, hielten die Leute sich respektvoll zurück und sagten, das sei Chaikels Sache. Chaikel wisse da Bescheid.

Chaikel pflegte so Wunderliches von den erstaunlichen englischen Maschinen zu erzählen, dass den Zuhörern die Haare zu Berge standen. Unterbrach ihn aber jemand mit der Frage, wie das denn alles funktioniere, erklärte Chaikel kurz und bündig: Da gäbe es eine Art kunstvoller Sprungfeder. Dabei lächelte er so zufrieden, als habe er gerade ein schwieriges Problem gelöst und dem Fragenden die Augen geöffnet. Mit dieser Sprungfeder erklärte Chaikel alles, die Uhr, den Telegraphen, die Spieldose und andere Erfindungen in dieser Welt. Itzik der Vereinfacher aber war unzufrieden mit Chaikels Sprungfeder. Er hielt sie für eine Art Freigeisterei und spottete:

»Bald wird Chaikel uns mitteilen, dass der Golem und andere Wunder dieser Art auch durch eine Sprungfeder bewirkt wurden … feh, feh, so wahr ich lebe. All sein Zeug da, wenn ich das mal, verzeiht mir, so einfach und klar sagen darf, ist ein Nichts, ein barer Unsinn.«

Und weil Chaikel der Denker zu Tante Vite hielt wie Pech und Schwefel, hielt Itzik, sein ständiger Widersacher, zu Tante Roßje und setzte sich mit aller Kraft für sie ein. Beide Parteien waren eifrig bemüht, die anderen Gruppen auf ihre Seite zu ziehen. Fast schon war es Chaikel gelungen, sich mit Schmulik Bokser, dem Präsidenten der Bande Onkel Ismaels, zu verständigen und mit Berl Franzois, einem glühenden Anhänger Napoleons, einen Ausgleich zu finden, da gelang Itzik ein Coup: Er schmiedete eine Allianz mit Tuwia Mok, dem Vertreter des Kaisers, möge sein Glanz sich mehren. Depeschen flogen hin und her; jeder erklärte seinen Standpunkt, alles war in wilder Wallung, und das kleine Bethaus wankte in seinen Grundfesten.

Zu diesem Zeitpunkt, mitten im höchsten Aufruhr,

kamen unsere zwei Helden nach Teterewke und wählten just dieses kleine Bethaus zu ihrem Quartier.

Mit seiner sanften, nachgiebigen Art war Senderl auch in politischen Dingen nicht eigensinnig. Er ließ jeden gewähren. Er sagte wie immer: Du willst es so? Was macht mir das aus? Gut, soll es so sein. Deshalb war er sofort beliebt und gefiel allen sehr gut. Schon bei der ersten Begrüßung stellte man fest, dass Senderl ein Mensch ohne Galle war, ein einfacher Jude ohne Spitzfindigkeit und Starrsinn. Senderl vertrug sich mit allen und eckte nirgends an; Benjamin dagegen war wählerisch. Er mochte Schmulik Bokser am meisten. Ihm schloss er sich mehr und mehr an, bis er ganz vertraut mit ihm war. Er weihte ihn ein in den Plan seiner Reise, der Schmulik sehr gut gefiel. Er besprach ihn mit Chaikel. Chaikel dachte gründlich darüber nach, obwohl die Sache ihm schwierig schien, aber schließlich begriff er sie. Er besprach sie denn auch bald darauf in einer Sitzung mit Berl Franzois und Tuwia Mok. Beide waren erstaunt und überrascht.

»Benjamin«, sagten sie, »sieht ja nicht aus wie ein gewöhnlicher Mensch. Er wirkt zerstreut, und wenn er redet, versteht man kaum, was er meint. Er versinkt in Gedanken, seine Augen verglasen, und er lächelt vor sich hin. Seine Gesten und Grimassen sind reichlich seltsam. Das beweist, dass er sich auf einer weit höheren Stufe befindet und kein einfacher Mensch ist wie alle anderen. Mit dem ist etwas los. Da steckt etwas dahinter. Auf keinen Fall ist es so einfach, wie es aussieht. Vermutlich ist dieser Benjamin kein Benjamin. Alles ist möglich.«

Als Benjamin und Senderl nach dem Vorfall mit der Eierfrau schwer keuchend in das kleine Bethaus zurückkamen, herrschte dort ein furchtbarer Lärm. In einer Sitzung waren die Politiker mit Itzik dem Vereinfacher in einen heftigen Streit geraten. Der schrie aus vollem Hals und übertönte alle.

»Ihr braucht doch nur im *Josippon* nachzulesen«, brüllte er und zeigte mit dem Finger auf eine Stelle in einem Buch. »Im *Josippon* steht ganz klar, dass Alexander von Mazedonien zu den Nachkommen von Jonadab ben Rechab wollte. Er kam bis zu den Bergen der Finsternis. Er und seine Helden kamen nicht weiter, weil sie bis über die Knie im Schlamm versanken. Denn dort scheint die Sonne nicht, und darum ist der Boden sumpfig. Vielleicht kapiert ihr es jetzt: Wenn schon Alexander von Mazedonien, der große Alexander von Mazedonien, der auf einem Adler so weit hinaufflog, dass er vor den Toren des Paradieses stand, wenn dieser Alexander es nicht schaffte, die Berge der Finsternis zu überwinden, wie soll das eurem Kerl da, diesem kleinen Wicht, dieser Null, gelingen? Da wird ihm auch Chaikel mit seiner Sprungfeder nicht helfen können!«

»Holzkopf!«, gellte Chaikel und stach nach ihm mit den Daumen. »Hast du keine Augen im Kopf? Lies doch einfach mal weiter. Da steht: Als Alexander dort die Vögel vernahm, hörte er, dass sie Griechisch sprachen. Ein Vogel sagte zu ihm wörtlich: ›Deine Mühe ist umsonst, weil du in das Haus Gottes und in das Haus seiner Diener, der Kinder Abrahams, Isaaks und Jakobs, willst.‹

Vielleicht registriert deine Birne jetzt, warum Alexander von Mazedonien nicht weiterkonnte.«

»Was aber würdest du sagen, du großer Denker, wenn die andere Schule recht hätte und die zehn Stämme und die Roten Juden oder die Mosessöhne in Wirklichkeit ganz woanders wohnten, nämlich im Land des Priesterkönigs Johannes. Nun, vielleicht wirst du dich herablassen und so freundlich sein, uns das Land dieses Priesterkönigs zu zeigen? Gewiss, morgen, nach dem kalten Frühstücksei! So ein Schwachsinn!«

»Blödes Geschwätz, Itzik, so wahr ich lebe, echter Stuss.«

»Wart's nur ab, mein großer Denker, da ist nämlich immer noch der Sambation. Was macht dein Alexander am Sambation, der an sechs Tagen in der Woche Steine schleudert? Nehmen wir mal an, dein Alexander hätte es geschafft, über die Berge der Finsternis zu kommen, und nehmen wir weiter an, er hätte es geschafft, das Land des Priesterkönigs Johannes zu finden. Jetzt steht er am Sambation, und brrrr, es regnet Felsbrocken, unmöglich, auch nur einen Schritt weiterzukommen. Da hilft ihm auch deine Vite nicht, selbst wenn sie sich auf den Kopf stellte.«

»He, he, he, jetzt fällt er auch noch über Tante Vite her. Da hast du dich ganz schön verlaufen!«

»Was ist das für eine Art, Itzik, grundlos eine Königin zu verhöhnen?«, fiel Berl Franzois verärgert ein. »Wir reden hier von Benjamin. Schimpf auf ihn, so viel du willst, aber die gekrönten Häupter lass bitte aus dem Spiel.«

»Warum denn über Benjamin schimpfen?«, meldete sich Tuwia Mok zu Wort. »Benjamin ist durchaus auf dem richtigen Weg. Durch ihn kann allen noch Erlösung zuteilwerden.«

»Ach, Mok, Mok!«, sagte Itzik enttäuscht und schüttelte den Kopf. »Das hätte ich von dir nicht erwartet, Mokunju, dass du zu denen hältst und so viel Aufhebens machst um diesen Benjamin. Was siehst du in ihm?«

»Hört euch mal an, wie dieser Mensch redet: ›Was siehst du in ihm?‹«, äffte Schmulik Bokser ihn höhnisch nach. »Meschugge bist du, Itzik, bekloppt. Was ist in dich gefahren? Seine Geistesabwesenheit, seine Versunkenheit, sein Starren, sein Reden, sein ganzes Benehmen beweisen doch klipp und klar, wer das ist. Das Gesicht ist der beste Spiegel. Wenn dich das nicht überzeugen kann, weiß ich wahrhaftig nicht, was bei dir ein Mensch sein heißt. Na, da kommt er ja höchstpersönlich. Tu mir den Gefallen, schau ihn dir genau an und sag mir selbst, ob du bei Verstand bist. Wie du siehst, steht die eine Backe in Flammen und drei gelbe Streifen ziehen sich in Form des Buchstabens ש über sein Gesicht. Nun, Itzik, was sagst du jetzt?«

Itzik ging auf Benjamin zu, musterte ihn von Kopf bis Fuß, spuckte knapp an seinem Gesicht vorbei und stapfte wütend davon.

Seit dieser Unterhaltung über Benjamin bekam die Politik eine andere Gestalt. Schmulik Bokser und Berl Franzois schlossen kurz darauf einen Bund mit Chaikel, und Tante Vite schickte tausend Schiffe übers Meer, die mit furchtbaren Maschinen ausgestattet waren und wilden Schrecken verbreiteten. Onkel Ismael überquerte den Pruth und Napoleon beschoss Sewastopol. Tuwia Mok, der Arme, schwankte hin und her, verdrehte die Zunge und kannte sich nicht mehr aus. Itzik der Vereinfacher stand isoliert da, einsam wie ein Schiffbrüchiger. Er kämpfte mit allen Mitteln und fuhr schier aus der Haut. Wahrlich kein Vergnügen, einer allein gegen eine solche Gesellschaft! Er hielt sich dafür an Benjamin schadlos. Er griff ihn immer wieder an, kränkte ihn und verleidete ihm das Leben, wo er nur konnte.

»Gott ist mein Zeuge«, erzählt Benjamin an einer Stelle, »ich habe mich nie in die Politik gemischt. Denn erstens: Was nützt es? Und zweitens: Was geht sie die Juden an? Von mir aus hätte das Ganze sich so oder so entwickeln können. Es war mir alles eins. Auch Senderl, behüte, hat sich um diese Dinge nicht gekümmert. Trotzdem ließ Itzik mich nicht in Ruhe, sondern plagte mich Tag und Nacht. Manchmal stach er mich von hinten mit einer Feder oder schlug heimlich mit einem Kissen nach mir oder schleuderte meinen Schuh irgendwohin, so dass ich mir den Kopf zerbrechen musste, um ihn wiederzufinden. Wenn ich nachts einschlief, kitzelte er meine Fußsohlen mit einem Strohhalm, so dass ich immer wieder aufspringen musste. Oder er blies mir Rauch in die Nase, so dass ich hustend, keuchend und halbtot vor Schreck erwachte. Er tat, als sei, was ihm die drei Parteien zufügten, meine Schuld.«

DAS ACHTE KAPITEL

## Wie unsere Helden betteln gehen

Den größten Teil des Tages waren unsere zwei Helden mit dem Verdienen des Lebensunterhalts beschäftigt. Sie statteten in den Häusern von Teterewke Besuche ab und erwarben sich in kurzer Zeit einen solchen Ruf, dass man auf sie mit dem Finger wies und ihnen mit einem Scherz oder einem Lachen begegnete. Anderen an ihrer Stelle wäre bei all diesen Ehrbezeigungen der Kopf geschwollen und sie hätten überall ausposaunt, wie die Leute schon bei ihrem Anblick dahinschmolzen, wie sie sich an ihren Worten labten und mit welch lachenden Mienen man sie aufnahm und wieder hinausbegleitete. Doch unsere Helden waren einfache Leute und machten sich nichts aus dieser Art von Anerkennung. Benjamin war zu sehr mit seinen eigenen Angelegenheiten beschäftigt, und Senderl war nur wichtig, dass der Bettelsack sich füllte und sie ein paar Groschen Reisegeld in der Tasche hatten. Ob man lächelnd oder grimassierend ein Almosen gibt, ist einem Juden egal, solange man nur gibt.

*Heute ist Purim, morgen ist's aus,*
*Gebt einen Groschen und treibt mich hinaus!*

Dieser bekannte jüdische Reim charakterisiert ganz gut die Bescheidenheit und Demut unserer Helden. Senderl pflegte ihn unterwegs oft still vor sich hin zu murmeln.

»Guten Morgen, Gott helfe!«, pflegte Senderl zu sagen, wann immer er eine Wohnung betrat, und zog Benjamin an den Rockschößen hinter sich her. Dann stieß er ihn nach vorn und flüsterte ihm ins Ohr, er solle sich nicht genieren, während er selbst respektvoll etwas abseits stand.

Auf diese Weise zogen sie herum und kamen eines Tages auch in eine Wohnung, in der ein junger Mann sehr eifrig mit dem Hausherrn sprach. Es schien ihnen, als erklärte der junge Mann dem Hausherrn die Wichtigkeit einer Sache, die in der Welt gerade große Wellen schlug. Er schien sich selbst sehr zu loben, zeigte allerhand Papiere und verlangte etwas von ihm. Doch der Hausherr drehte und wand sich, klagte und versuchte, den Händen des jungen Mannes zu entkommen. Wie ein Ertrinkender, der sich an einen Strohhalm klammert, angelte der Hausherr sich unsere Helden. Er schritt schnell auf sie zu, in der Hoffnung, sie hätten etwas Wichtiges mit ihm zu regeln und könnten ihn aus seiner Not befreien. Kaum hörte er, wer sie waren und was sie wollten, blieb er verwirrt und ratlos stehen wie einer, den das Unglück von allen Seiten überrollt.

»Da habt Ihr weitere Reisende«, rief der Hausherr dem jungen Mann zu, nachdem er etwas zu sich gekommen war. »Die Juden dort, seht Ihr, sind ebenfalls

Reisende! Was gibt's Neues? Reisende auf meine Kosten.«

Der junge Mann und unsere Helden musterten sich gegenseitig.

»Hörst du, Benjamin«, flüsterte Senderl ihm ins Ohr und zog ihn an den Rockschößen, »es kann gut sein, dass der junge Mann auch dorthin wandert. Wenn der, Gott behüte, vor uns ankommt, kann der uns dort austricksen.«

»Vielleicht steckt ihr alle unter einer Decke?«, sagte der Hausherr endlich.

»Nein, behüte, überhaupt nicht«, riefen Benjamin und Senderl wie aus einer Kehle. »Wir reisen allein, ganz allein.«

»Ja, dann reist mal schön allein. Für mich seid ihr eine Gesellschaft«, erwiderte der Hausherr und holte eine Münze aus der Tasche.

»Gebt sie uns! Oh, bitte, gebt sie uns!«, bettelte Senderl und streckte die Hand aus. »Wir werden dem jungen Mann schon seinen Anteil zukommen lassen. Kommt her, junger Mann, wir können wechseln. Ich habe Kleingeld.«

Mitten im Satz flog die Küchentür auf, und eine schreckliche Stimme gellte wild:

»Das ist er! Das ist er! Der da, der neben dem kleinen Dünnen steht. Die waren damals auch zusammen. Oh, ich habe ihn erkannt, die schöne Seele. Ich habe sein Gesicht erkannt, seinen gelben Bart. Ausreißen sollte man jedes Haar, Herr der Welt, und sein schwarzes Herz dazu und es im Dreck rollen. Das Mark soll ihm aus den krummen Knochen laufen!«

»Schnell weg hier, Benjamin!«, rief Senderl und packte Benjamin am Rock. »Der Teufel fahre in ihren Vater. Die denkt noch an die Eier.«

## DAS NEUNTE KAPITEL

# Wie das Verdienst der Väter unseren Helden zugutekommt

Mit Seufzen und Bedauern liest man Geschichten über große und berühmte Geistesmenschen, die ihr Leben lang unter der Verständnislosigkeit der Welt litten. Sie opferten für sie ihre Tage und Jahre und segneten sie mit vielen nützlichen Dingen, die sie sich in ihrer Klugheit erdachten. Aber die Welt ist ihrem Wesen nach ein Kind, das sich an die Schürze der Mutter klammert und nicht von ihrer Seite weichen will. Es liebt nur die alten dummen Geschichten, die Kinderfrauen und Großmütter ihm hundertmal am Tag erzählen, und glaubt, es gäbe nichts Besseres als seine Spiele, in denen die ganze Weisheit der Welt steckt. Wenn schließlich der Gehilfe des Lehrers erscheint, um es in den Cheder zu bringen, damit es dort etwas lernt, brüllt es wie am Spieß. Die Welt lebt gern, wie sie es gewohnt ist. Etwas Neues kommt ihr seltsam vor, sie spielt verrückt, tritt den Erfinder in den Schmutz und beschimpft ihn. Erst wenn das Neue sich eingenistet hat und handfest seinen Nutzen beweist, reißt man es an sich, genießt es und vergisst darüber völlig den armen Kerl, der es im Schweiße seines Angesichts erfand. Er muss schon froh sein, wenn die Welt sich nach seinem Tod an ihn erinnert und ihm ein Denkmal errichtet. Millionen von Menschen leben heute glücklich und frei in Amerika, während Kolumbus, nachdem er den Gedanken gefasst hatte, Amerika zu entdecken, noch viel gelitten hat. Die Welt hielt ihn für verrückt und erübrigte für ihn nichts als Spott.

So erging es auch unserem Benjamin aus Tunejadewke. Wer ihn sah, hielt ihn ganz klar für einen Verrückten, und wer ihn über seine Reise sprechen hörte, erstickte fast vor Lachen. Die Leute hatten ihren Spaß mit ihm, und jeder durfte ihn zum Narren halten. Zum Glück verstand Benjamin das nicht, es hätte ihn verbittert, er wäre, Gott behüte, krank geworden und hätte auf die Reise gepfiffen.

Wir übergehen nun, was die Leute ihm antaten, damit dies nicht ewig als Schandfleck auf uns lastet und diese Schmach und Beschämung nicht für spätere Generationen in der Geschichte festgeschrieben werden. Wir wollen über diese Dinge auch gar nicht genau Bescheid wissen; machen wir den Deckel drauf und kehren wir zurück zu unserer Erzählung.

»In Teterewke«, so berichtet Benjamin, »gibt es eine große Gemeinde von Juden, mögen sie fruchtbar sein und sich vermehren. Wer sie sind, welcher Menschenschlag und woher sie kamen, kann man sie so oft fragen, wie man will. Sie wissen es nicht. Von ihren Vätern, Großvätern und Urgroßvätern wurde ihnen nur überliefert, dass sie von Juden abstammen. Man kann aus einigen ihrer Gebräuche, ihrer Kleidung, ihrer Sprache und ihrem Handel schließen, dass sie sich in der Tat irgendwie als Juden in die Pflicht genommen fühlen. Doch sind sie ein aus verschiedenen Stämmen bunt zusammengewürfelter und dahergelaufener Haufen. Niemand kümmert sich um den anderen. Fällt zum Beispiel einer hin, hilft keiner ihm auf, selbst wenn er, auf alle Feinde Zions sei's gesagt, tot umfällt und an Ort und Stelle den Geist aufgibt.

Einige von ihnen verstehen sich sehr gut aufs Manipulieren. Das Manipulieren ist ein Handeln, also ein Handlesen, ein Handzigeunern. Wer handjüdelt, kennt die Weisheit der Hand, versteht aus der Hand zu lesen, das heißt, er schaut einem in die Hand und bezieht daraus seinen Lebensunterhalt. Sie verstehen sich noch auf andere Künste: Als Lampenmacher und Drechsler sind sie einzigartig. Man kann nur staunen, wie sie es verstehen, einem ein Licht aufzustecken und Dinge zu drehen, die es in der Natur rechtmäßig gar nicht gibt. Dazu haben sie noch von Seinem Lieben Namen das Geschenk erhalten, sehr leise kleine abgedroschene Sprüche mit so großer Bewegung aufsagen zu können, dass einem die Augen übergehen und sie einem damit das Leben aus dem Leib quälen. Man sagt, sie stammen von den Horden ab, die sich den Kindern Israels beim Auszug aus Ägypten anschlossen, und gehörten zum Stamm der Kaphtorim.«

»Gemeinhin«, so fährt Benjamin fort, »sind die Einwohner ehrliche Leute und gute Menschen. Sie empfingen mich stets mit einem Lächeln, und es schien ihnen großes Vergnügen zu bereiten, sich mit mir abzugeben.

Sie waren offenkundig sehr zufrieden mit mir. Ich wünsche ihnen von ganzem Herzen, dass Gott und die Menschen mit ihnen ebenso zufrieden sind, Amen.«

»Zu den wunderbaren Überraschungen dieser Gegend gehört«, so Benjamin weiter, »dass man dort manchmal Gestalten begegnet, die etwas Schweinisches an sich haben. Man sieht das auf den ersten Blick. Manche meinen, sie seien so geboren. Andere machen den Einfluss der Umwelt verantwortlich.« Benjamin will das nicht entscheiden. Es sei Sache der Gelehrten, das zu erforschen und uns genau zu erklären. »Doch was auch immer der Grund dafür sein mag«, schreibt Benjamin, »so oder so ist es kein neues Phänomen auf der Welt. Schon der alte Matisjahu Delecarti, der vor sehr langer Zeit lebte, schrieb Folgendes in seinem Werk *Bild der Welt*:

›In Britannia gibt es ein Volk, das am hinteren Ende einen Schweif hat wie das Vieh. Die Frauen sind groß und stark wie Riesen und mit Borsten bewachsen wie Schweine. In Zorfat entdeckte man ein Volk mit Hörnern. Auf jenen Bergen lebten bucklige Frauen, und die Buckligste galt als die Schönste.‹ Geradeso begegnet man auch bei uns heute vielen Frauen, die gekrümmt erscheinen, aufgrund ihrer starken, bitte um Vergebung, hinteren Ausbuchtung und des langen Schweifs, der dort baumelt und den sie am Boden nachschleifen. Was einmal war, heißt es in einem Bibelvers, wird wieder sein, und es gibt nichts Neues unter der Sonne.«

»Teterewke ist groß«, erzählt Benjamin. »Es hat schöne Häuser und lange Straßen. Auf den ersten Blick hält man es auch für sehr belebt, denn es saust und braust in den Straßen. Aber wenn man sich ein bisschen eingewöhnt hat, merkt man, es ist im Grunde nur ein größeres Tunejadewke. Die Einwohner essen, gehen schlafen, stehen auf, Tag für Tag zur selben Zeit. Die Zeit wird dort nach den Mahlzeiten berechnet. Vom Frühstück bis zum Mittagessen, vom Mittagessen bis zum Abendessen. Denn Frühstück, Mittag- und Abendessen sind die drei Raststätten ihres Lebens. Alle streben danach, diese Oasen so schnell wie möglich zu erreichen, um endlich etwas zu tun, nachdem sie so viel Zeit mit Nichtstun in der Einöde verbracht haben. Man sagt, die Teterewker Luft mache von Natur aus träge, kraftlos und schläfrig. Wenn dort einmal ein Mensch mit Mut und Spannkraft auftaucht, der etwas schaffen und bewegen will, so schwindet ihm schon nach kurzer Zeit die Lust, und er will nur noch essen, schlafen und aufstehen, um wieder zu essen und zu schlafen.«

Benjamin sah dort die Büros der kleinstädtischen Steuereintreiber und Anwälte. Durch das Weggehen von zu Hause bewiesen sie mehr Mut und Stärke, als nötig gewesen wäre. Man muss reisen, redeten sie den Leuten ein. Man muss reisen, sich anstrengen, arbeiten und das Geld für die Bedürfnisse der Gemeinde und städtische Angelegenheiten eintreiben. Obwohl sie sich sehr ins Zeug legten und hart arbeiteten, waren sie so überflüssig wie ein fünftes Rad am Wagen, denn es gab eine Schätzung der Steuerschuld, und alles nahm auch ohne ihr Zutun seinen Lauf. Doch sie hatten unglaubliche Energie und wollten unbedingt etwas tun, also nahmen sie von den Leuten Geld für ihre Frauen, Kinder und Spesen und verschwanden in einer glücklichen Stunde. In Teterewke aber verloren sogar sie bald die Lust. Ihre Tüchtigkeit verpuffte. Sie ließen sich träge in kleinen Büros nieder und begnügten sich mit essen, trinken und schlafen, als seien sie verzaubert. In diesem Zustand verbringen sie ihre Tage und Jahre. Die Leute schicken ihnen das Geld, das sie in Rechnung stellen, und noch mehr Geld, und sie sitzen in ihren Büros und gähnen, essen und schlafen wie verwunschene Prinzen. Niemand, weder Wunderrabbi noch Quacksalber, kann sie aus diesem Zustand erwecken.

Benjamin war von dem leidenschaftlichen Wunsch erfüllt, die berühmten Gelehrten und Schriftsteller von Teterewke kennenzulernen, denn er kannte sich ja auch ein Stück weit aus, war selbst ein Denker, der die kleingedruckten Kommentare las und der wusste, was in den jüdischen Philosophiebüchern stand, aus denen diese Leute Gelehrtheit, Weisheit und die Kenntnis der sieben Wissenschaften bezogen. Es wäre kaum schicklich gewesen, wenn er, da er ja nun einmal hier war, sich nicht bemüht hätte, seine Kollegen kennenzulernen. Außerdem wollte er natürlich mit ihnen über seine Reise sprechen, denn diese Leute würden ihre wahre Bedeutung verstehen und ihn zu schätzen wissen. Er hoffte von ihnen Empfehlungsschreiben zu bekommen, in denen sie ihn in den Himmel lobten, denn sie schrieben ja laufend und liebend gern Empfehlungen für allerlei Bagatellen. Für die trivialsten Dinge galoppierten ihre Federn wie wilde Pferde.

Doch egal, zu welchem Gelehrten Benjamin auch kam, immer traf er den Besuchten entweder beim Essen oder beim Schlafen. Einmal hatte er das Glück, einen großen Autor, eine internationale Berühmtheit, in einem eigenen kleinen Zimmer auf einem Bett sitzend vorzufinden.

»Guten Morgen!«

»Gutes Jahr! Was kann ich für Euch tun?«

»Ich wollte ein bisschen mit Euch reden.«

Das Gespräch schleppte sich durch die Gedankenflaute; von geistigen Stürmen keine Spur. Der Großschriftsteller war flügellahm und mundfaul, die Seele hing ihm von der Nasenspitze, und seine Augen klappten zu. Benjamin versuchte ihn zu ermuntern, aber es war vergebliche Liebesmüh. Der Mann blieb eiskalt. Nach einer Weile belebte er sich etwas, gähnte stark, rief seine Frau, fragte: »Essen wir bald?«, knackte die Fingerknöchel und sagte: »Lass uns bald essen, denn ich will mich aufs Ohr legen.«

Teterewke ist ein großes Schlafzimmer, wo alles ruhig vor sich hin döst: die Wissenschaft, der Handel, die Banken, die Gerichtsprozesse und überhaupt alle Geschäfte. Jeder Versuch, sie zu wecken, muss scheitern. Wenn sich doch einmal ein paar Leute versammeln, fallen sie bald ins Schweigen, gähnen und glotzen sich an wie Lehmfiguren. Die ganze Gesellschaft sinkt in den Schlaf. Erst wenn das Abendessen naht, rühren sie ihre Glieder, werden lebendig, fallen über das Essen her – und gute Nacht! Sie gehen zum Schlafen nach Hause.

Auch unseren Benjamin ergriff schon bald die Apathie. Er ließ alles stehen und liegen, aß und schlief. Seine Reiselust war völlig verflogen. Er war in Gefahr, in Teterewke wie ein Schiff im Stillen Ozean abzuschlaffen und sein ganzes Leben zu verschlafen. Doch zum Glück für ihn und für die Welt geschah nun etwas, das ihn wie ein Sturm mit Gewalt davontrieb und wieder in Fahrt brachte.

Der Hass Itziks des Vereinfachers auf Benjamin steigerte sich von Tag zu Tag. Zuletzt verbiss er sich in ihn wie eine Zecke und ließ nicht locker. Er stritt sich mit ihm über jede Einzelheit der Reise, wälzte ihm Steine aufs Herz und wiederholte unermüdlich: »So wie auf dieser Handfläche Haare wachsen, so wird er den Sambation erreichen; und so wie er seine Ohren sieht, wird er die Roten Juden zu sehen bekommen.«

Aber Benjamin ließ sich nicht in die Suppe spucken. Er verwies darauf, dass es einen Schöpfer in der Welt gebe, der jene nicht im Stich lässt, die auf ihn vertrauen. Er, Benjamin, werde, gottgewollt, mit Gottes Kraft dorthin gelangen, und wenn seine Feinde sich darüber zerfetzten. Dabei geriet er wieder in Wallung, flammte auf, warf mitten in einem Gespräch lautstark mit den Wörtern Pipernotter, Lindwurm, Esel, Maulesel und dergleichen herum, was so viel bedeuten sollte wie: Verreiß dir das Maul, so viel du willst, ich bin schon weit weg, bin schon dort in der Wüste und wandere und wandere und wandere …!

Itzik spuckte daraufhin dreimal aus und sagte nur: »Völlig ausgerastet und bestusst. Man sollte ihn zum Heilpraktiker schaffen.« Er brachte es schließlich so weit, dass die Gassenjungen, sowie sie Benjamin sahen, ihm wie einem Irren hinterherliefen, Steine warfen und schrien: »Pipernotter! Lindwurm!«

Eines Abends, als Benjamin und Senderl auf der Straße gingen, überfielen die Gassenjungen sie wie die Heuschrecken und setzten ihnen dermaßen zu, dass sie ihnen durch Seitenstraßen zu entkommen suchten. Sie rannten durch ein enges Gässchen bergauf und gerieten auf einen langen, schmalen Steg über einen Fluss. In der Mitte des Stegs stießen sie mit einem Mann zusammen, der ihnen entgegenkam. Ausweichen war an dieser Stelle nicht möglich, es sei denn, man sprang vom Steg und zerschlug sich den Kopf oder brach sich zumindest die Beine. Zu beidem hatten unsere Helden keine Lust, denn Kopf und Beine brauchten sie zum Leben. Ohne Kopf und ohne Beine wäre ihre Reise jedenfalls keine gute Idee. So blieben Benjamin und Senderl mit hängenden Köpfen auf dem Steg stehen.

»Oho! *Scholem alejchem*, Benjamin!«, rief der Entgegenkommende, verärgert und erfreut. »Das trifft sich ja sehr gut! Ganz wie gewünscht.«

»*Scholem alejchem, alejchem scholem*, Reb Aisik-Dowid!«, antwortete Benjamin verstört und mit einer fremden Stimme.

Es war in der Tat Reb Aisik-Dowid Reb Arn Josseles Sore-Slates, der Weise aus Tunejadewke.

»Ihr seid ja feine Leute!«, schrie Reb Aisik-Dowid aufgebracht. »Man fährt so mir nichts, dir nichts heimlich von zu Hause fort. Wozu? Für wen? Wer weiß? Alles muss seine Ordnung haben, seinen natürlichen Lauf nehmen. Was soll das heißen, einfach davonlaufen und die armen Frauen ohne viel Federlesens zu elend Verlassenen machen! Wer weiß? Ja, was soll das heißen? Aber gut, lassen wir das beiseite, doch frage ich noch einmal: Wieso? Warum? Was soll das heißen? Drehen wir die Sache um, sagt ihr mir erst einmal, was ihr hier tut? Du bist auch gemeint, Senderl, egal, ich sehe dich, auch wenn du dich hinter ihn stellst! Deine Frau, Senderl, wird es dir geben. Mit Ehren wird sie dich empfangen, deine Frau. Sie wird dich wie einen Hering zerreißen, so wütend ist sie, deine Frau. Ihr Herz sagte ihr, dass ihr hier seid, das sagte ihr Herz, deine Frau. Sie wollte unbedingt mitfahren, nur hierher wollte sie fahren, deine Frau; nur mit mir, deine Frau.«

»Ha! Da ist er!«, schrie eine Frau, die hinter Reb Aisik-Dowid hervorstürzte. Senderl erkannte die Stimme seiner Erwählten. Er erstarrte vor Schreck und verharrte totenbleich und entgeistert. Mit beiden Händen klammerte er sich an Benjamins Rockschöße, um nicht vom Steg zu fallen, so schwindlig wurde ihm. Er fühlte sich schon von ihr ergriffen, fühlte sich schon im Hagel der Ohrfeigen.

»Seht euch nur diese feinen Früchtchen an, diese schönen Seelen! Wie die Kapore-Hühner sollt ihr krepieren. Na, wo steckt er denn, mein …, ach, möge sein Name ausgelöscht werden! Lasst mich nur näher an ihn heran, lasst mich nur! Ich will ihm schon zeigen, was für einen Gott wir haben«, schrie Senderls Frau in einem Atemzug.

Sie war außer sich und versuchte, sich an Reb Aisik-Dowid vorbeizudrängen.

»Nur kein Geschrei, keinen Lärm!«, bat Reb Aisik-Dowid, »lasst Euch Zeit. Ihr habt schon so lange gewartet, jetzt wartet noch ein wenig. Eine Ewig-Verlassene werdet Ihr ja nun, mit Gottes Hilfe, nicht sein. Und weiter, wie sagt man doch? Wie geht die Geschichte? Eine Frau bleibt eine Frau. Da meint man, sie ist klug, aber sie ist doch eine Frau. Betrachten wir die Sache einmal von der anderen Seite. Warum der Lärm? Das ist ja nur der Ärger. Einfach so davonlaufen, mir nichts, dir nichts. Wofür? Für wen? Das ist doch keine Art, versteht ihr mich? Doch da es nun schon einmal so ist, ist es eben so, und wenn es so ist, stellt sich die Frage: Wozu noch das Geschrei? Die Antwort darauf, verzeiht mir wie die eigene Mutter, kann nur sein: Eine Frau bleibt eine Frau.«

Reb Aisik-Dowid wollte jetzt erst so richtig loslegen und, wie das so seine Art war, sein Argument noch einmal durchwalken, die Sache erst von jener und dann erneut von dieser Seite betrachten und alles mit Pfeffer und Zwiebeln würzen. Es hatten sich aber inzwischen an beiden Enden des Steges Menschenklüngel angesammelt, die sich darüber ärgerten, dass die Juden in der Mitte des Steges standen und palaverten, als ob der Rest der Welt sie nichts anginge, und keinen passieren ließen.

Der Steg war, wie gesagt, so schmal, dass zwei Menschen darauf nicht aneinander vorbeikonnten. Die Leute auf der einen Seite mussten immer warten, bis die Leute von der anderen Seite über den Steg gekommen waren. Darum mussten Reb Aisik-Dowid und Senderls Frau auf die Seite zurückkehren, von der sie gekommen waren, und den Steg verlassen; auch Senderl und Benjamin kehrten auf ihre Seite zurück, um den Leuten Platz zu machen, die nun von ihrer Seite aus über den Steg strömten.

»Ich bitte dich, Senderl, warum stehen wir hier herum und warten?«, rief Benjamin, der als Erster zu sich kam. »Wir stehen hier wie der Junge, der mit einem Ende der Schnur ans Tischbein gefesselt ist und das andere Ende im Mund hält. Jetzt ist die Zeit, uns zu retten.«

»Richtig! So wahr ich ein Jude bin«, sagte Senderl froh wie einer, der sich aus einer Klemme befreit hat. »Schneller, Benjamin, schneller, wenn du willst, dass ich ihr nicht in die Hände falle! Das war kein Steg, sondern *sechus owes*, das Verdienst der Väter ist uns hier beigestanden.«

Unsere Helden ergriffen die Flucht und waren schon wenige Minuten später in einem anderen Viertel der Stadt. Sie machten nicht viele Umstände, sondern ergriffen ihre Bündel und nahmen Abschied von Teterewke.

DAS ZEHNTE KAPITEL

# Hurra, Rote Juden!

»*Hej, wijo, wijo!*«, schrie mit heiserer Stimme ein Fuhrmann vom Bock seines Plachenwagens und hätte mit der Deichsel fast zwei Frauen erwischt, die behängt mit Netzen voller Lebensmittel: Fleisch, Rettich, Zwiebeln, Knoblauch, mitten auf der lebhaftesten Straße von Glupsk standen und sich sowohl Geheimnisse zuraunten als auch einander so lautstark ihr Herz ausschütteten, dass es meilenweit zu hören war.

Die Frauen stoben nach entgegengesetzten Straßenseiten auseinander und versuchten nun, da es kaum möglich war, die Straße zu überqueren, aus der Ferne über eine lange Reihe vorbeiziehender Plachenwagen, Droschken, Lastwagen und Holzfuhren hinwegschreiend, ihr Herzensgespräch zu Ende zu führen.

»Chassje-Bejle! Kommst du heute Abend zur Kartenlegerin? Ich komme mit meinem … Deiner will auch dazukommen. Er hat mich gebeten, es dir zu sagen. Wird ein lustiger Abend. Komm, kleine Gans, du wirst dich amüsieren. Na, Chassje-Bejle, wirst du kommen?«

»Meine Hausfrau, die bösen Geister sollen in ihren Vater fahren, hat mir aufgetragen, heute das Brot zu säuern und die Grütze zu mahlen. Ich will mich rausreden und kommen. Aber du musst den Mund halten, Dobrisch, sag niemandem etwas, kein Wort!«

»Warte noch eine Minute, Chassje-Bejle. Es wird deine Gnädige nicht umbringen, wenn das Mittagessen eine Stunde später fertig wird. Wenn sie sich vollschlagen will, soll sie Würmer fressen. Ich hab vergessen, dir zu sagen, Chassje-Bejle, dass du das Mehl nicht so stark sieben sollst. Die Mehlfrau ist mit deiner Kleie unzufrieden. Wie viel ist dir denn heute vom Einkauf übrig geblieben?«

»Unverschämter Rüpel, Kanaille! Haltet den Lump! Was soll das, mein Netz zu grabschen? Ist das eine neue Mode, oder was? Schnappt den Kerl!«

»Was ist los, Chassje-Bejle? Warum schreist du denn so?«

»Ein Dieb, Dobrisch! Er hätte mir fast das Netz mit den Esswaren unterm Arm weggerissen. Gut, dass ich mich gerade umgesehen habe.«

»Schau mal dort, Chassje-Bejle, warum laufen die da alle hin? Da brennt's wohl wieder. Das ist heute schon der zweite Brand. Bis zum Abend kann es noch ein paarmal brennen.«

»Man hört aber keine Glocke. Wenn es brennt, wird doch geläutet.«

»Oh, da kommt die Maklerin. Ich frage sie. Sime-Dwosje, warum laufen dort die Leute zusammen?«

»Weiß ich nicht. Keine Sorge, vielleicht weiß es Nechome-Gisse. Nechome-Gisse! Warum stehen dort die Leute zusammen, mein Herz? Deine Enten schnattern so laut, dass man sein eigenes Wort nicht versteht. Hodel wurde heute entbunden, sie wird dir die Enten abkaufen. Hast du Hühner? Sind schön fett, die Enten. Eier gab's heute überhaupt keine. Nun sag schon, was ist das dort für ein Tumult?«

»Weiß ich nicht. Sollen Rote Juden sein. Ich habe jemanden schreien hören: ›Rote Juden!‹«

»Was? Rote Juden sind gekommen? Aijajai! Da muss man doch hin und das Wunder ansehen«, kreischten alle drei und stürzten wie die wilde Jagd auf den Menschenknäuel zu.

»Hurra, Pipernotter, Lindwurm! Hurra, Rote Juden!«, johlten die Gassenjungen in der Menschenmenge.

Die Roten Juden waren natürlich niemand anders als unsere Helden Benjamin und Senderl. Sie waren kurz nach dem Ereignis auf dem Teterewker Steg in Glupsk eingetroffen und hatten sich dort innerhalb weniger Wochen einen großen Ruf erworben. Es fand sich eine ganze Reihe ehrlicher Juden, die sich an den beiden so tief erfreuten wie etwa an dem Schuster, der sich zu dieser Zeit in Glupsk als einer der »Verborgenen« offenbart hatte.

Tolze und Traine, zwei allen bekannte alte Weiblein, reine Seelen von Menschen, pflegten sich jeden Abend wie für Schabbat anzukleiden, ihre Seidenjacken und bestickten Stirnbänder anzulegen und vor die Stadt zu gehen, um den Messias zu empfangen. Sie waren denn auch die Glücklichen, die eines Abends jenseits der Stadtgrenze unsere beiden von Teterewke kommenden Helden trafen und sie in einer verheißungsvollen Stunde nach Glupsk begleiteten. Schon bei der ersten Begegnung wussten die beiden Weiblein, wen Gott ihnen da beschert hatte. Überrascht sahen Tolze und Traine sich in die Augen und stießen sich gegenseitig an: »Nun, Traine?« – »Nun, Tolze?«, flüsterten sie. »Das Herz hat uns doch gleich gesagt, das können keine gewöhnlichen Menschen sein!« Tolze und Traine schmolzen beim Anblick unserer Helden dahin. Sie blühten auf, waren wie verjüngt. Freude zog in ihre Herzen ein, als sie von der Reise hörten. Immer wieder betrachteten sie die beiden ihnen Bescherten, lächelten und stupsten sich gegenseitig: »Nun, Traine?« – »Nun, Tolze?« … Tolze stopfte ihnen die Socken; Traine flickte ihnen die Hemden und nähte Bändchen an; sie waren glücklich, überglücklich wie zur Brautzeit in ihrer Jugend. Kurz: Unsere Helden fanden Verständnis in Glupsk. Leute wie sie kann wahrlich nur ein Glupsker schätzen und in ihrem edlen Wert erkennen.

Also auf nach Glupsk, ihr jüdischen Kinder! Warum wandert ihr durch die Welt, ihr schönen Menschen, und verkommt am Ende wie die Nichtstuer in den kleinen Städtchen vor dem Ofen? Auf nach Glupsk, zum Teufel noch mal! Dort findet ihr euresgleichen. Dort warten auf euch eure Tolzen und Trainen und andere reine Seelen; dort könnt ihr wachsen und gedeihen, dort wird man euch mögen, ihr werdet etwas gelten und zu Ansehen kommen in eurem Leben!

In Glupsk seid ihr des Teufels!

Und so schildert Benjamin die Stadt Glupsk:

»Kommt ihr über die Teterewker Straße nach Glupsk, müsst ihr euch gleich dazu herbeilassen, eine große Schlammlache zu überspringen, dann noch eine zweite und schließlich eine dritte. Das ist die größte. In ihr laufen, mit Verlaub gesagt, verschiedene Abwässer zusammen, die aus den Haushalten allerlei Gutes mit sich führen. Jeden Tag eine Delikatesse von anderer Substanz, Farbe und Duftnote. Man kann dadurch leicht feststellen, welcher Wochentag gerade ist. Sind es zum Beispiel sandige gelbe Bäche, die vom Bodenwaschen herrühren, und tanzen darin Fischschuppen, Geflügelfüße, Hühnerköpfe, Haarbüschel und verbrannte Hufstücke, wisst ihr, heute ist Freitag. Ergreift Birkenbesen und Eimer und lauft ins Bad! Schwimmen aber Eier-, Zwiebel- und Rettichschalen vorbei, Leberabfälle, Heringsschwänze und große ausgehöhlte Markknochen, dann gut Schabbes, ihr Juden! Lasst euch den Nudelauflauf schmecken. Sind die Rinnsale aber fast ausgetrocknet, fließen nur spärlich und führen nichts mit als verbrannte Buchweizengrütze, vertrocknete Teigklumpen, verschlissene Lappen und Scheuerbündel aus Stroh, dann bedeutet das, es ist Sonntag und der Fuhrmann hat noch kein Wasser gebracht. Die letzten Tropfen im Fass reichten kaum, um die Tscholent-Töpfe und die großen irdenen Schüsseln notdürftig auszuwaschen. So haben die kleinen Ströme jeden Tag ihre besondere Erscheinung und ihren eigenen Geruch.

Kaum habt ihr die Pfützen heil übersprungen, kommt

ihr, werte Herren, an einem stattlichen Misthaufen vorbei, der zum Andenken an ein abgebranntes Haus liegen blieb. Obenauf steht gewöhnlich eine Kuh wie ein Festtagsprediger, kaut bedächtig, bewegt das Maul und glotzt dümmlich auf die Gemeinde der Juden herab, die wie Besessene mit allerlei Stöcken, Stecken und Schirmen vorbeihasten. Ab und zu seufzt sie ein wenig auf Kuhweise und schnaubt betrübt, sei es über die Gesellschaft, die wie gestochen an ihr vorbeirennt, oder über ihr Schicksal, das sie in jüdische Hände geraten ließ. Nach dem Berglein geht es lange geradeaus. Es kann sein, dass ihr über die spitzen Pflastersteine stolpert, die überall wild herumliegen, und, Gott behüte, stürzt. Bequemt euch aufzustehen, wenn ihr könnt, und weiterzugehen, wenn ihr euch nicht die Beine gebrochen habt, immer weiter, bis ihr zu einer Art Platz kommt. Das ist der Kern von Glupsk; dieser Platz ist seine Essenz.

Hält man die Teterewker Straße für das Gedärm von Glupsk, wofür es hinreichend Gründe gibt, muss man diesen Platz das Herz nennen, das Tag und Nacht schlägt. Er ist der siedende Mittelpunkt des Glupsker Lebens. Dort befinden sich die Läden, Stände, Buden, darunter auch die bekannten Hehlerbuden, wo die Handwerker ihre ›Überschüsse‹ absetzen: Stoffreste, Bordüren, Bänder, Samt- und Pelzstücke. Es herrscht gewaltiger Umtrieb; es wimmelt und krabbelt, möge das böse Auge sie verschonen; das Gedränge ist unmäßig. Von allen Seiten werden Juden von den Deichseln der Fuhrwerke traktiert. Die Ärzte behaupten, wenn man einen Glupsker seziere, fände man eine Deichsel in seinem Leib. Auf die Glupsker Ärzte verlässt sich hier allerdings niemand. Die Bader spielen eine viel größere Rolle. Überall hört man den Ruf: ›Heiße Erbsen, Juden! Kommt her, heiße Fladen! Kommt hierher, Juden, heißer Buchweizenpudding! Knoblauch! Zwiebeln, jüdische Kinder!‹ Zerlumpte Halbwüchsige laufen über den Markt und preisen in bizarrem Singsang ihre Waren. An andern Ecken kann man die Gelegenheit nutzen, das Abendgebet mitzusprechen. Der junge Mond wird lauthals begrüßt und jedem Vorübergehenden ein ›*Scholem alejchem*, Onkel!‹ entgegengebrüllt. Dort warten die Lastträger, grobe Stricke um die Leiber gewickelt, ausgediente Soldaten in alten Stiefeln und abgetragenen Mänteln, Altkleiderhändler mit alten Hosen, Kapoten, Unterhemden und vielerlei Fetzen. Mittendrin steht der *pani storosch* und isst mit Genuss ein Stück jüdisches Weißbrot, das er am Schabbat für das Zurückschneiden der Dochte bekommen hat, und passt auf wie ein Wächter, es sei zwischen ihnen wohl unterschieden, dass beim Abbeißen auch nicht der kleinste Krümel herunterfällt. Taschendiebe streifen umher und üben sich in ihrer Kunst. Ein ungewaschenes Mädchen mit wirrem, zottigem Haar taucht plötzlich laut weinend vor einem auf, fleht mit gebrochener Stimme um ein Almosen, hängt sich an die Rockschöße, schluchzt und röchelt, als werde sie ermordet und um ihr Geld bestohlen. Eine Schar Gassenjungen folgt unter Gejohle einem Verrückten mit zerdrückter Kopfbedeckung, der halb auf Jiddisch, halb auf Polnisch traurige Lieder singt. Dort steht ein junger Mann mit einem Kasten, Juden schauen durch das Guckloch, während der junge Mann zungenfertig seine Sprüche dahersagt: ›Das ist London. Der Papst reitet dort in roten Hosen, und alle stehen vor ihm mit entblößten Köpfen. Hier seht ihr, wie Napoleon mit seinen Französlein sich mit den Preußen herumschlägt und die Preußen davonlaufen wie die Küchenschaben. Hier fährt eine mit dem Sultan in der Equipage. Der Großwesir hält die Peitsche und treibt die Pferde an. Die Pferde erschrecken, der Wagen stürzt um, der Sultan purzelt heraus und tut sich weh, indessen macht sich die Dame eiligst aus dem Staub. Das war's. Schluss jetzt. Ihr habt genug gesehen für einen harten Groschen!‹ Dort sitzen reihenweise Frauen mit Holzmulden vor sich, vollgebeigt mit Bündeln von Knoblauch, Gurken, Kirschen, Stachelbeeren, Johannisbeeren, *Eretz-Jisroel*-Äpfeln, Kol-Nidre-Birnen und anderen Dingen. In einer Ecke des Platzes steht auf Hühnerbeinen ein uraltes, krummes Schilderhaus ohne Tür und Fenster, von dem eisgraue Greise erzählen, darin sei einmal ein Wächter postiert gewesen und die ganze Stadt sei angerannt, um das Schilderhaus mit dem Soldaten wie ein Wunder zu begaffen. Neben dem Schilderhaus, auf das ganz Glupsk stolz ist, als sei es eine alte Festung, sitzt unter einem kleinen Dach, das von vier krummen Pfosten getragen wird und mit schimmligen Brettern, fauligem Stroh und Strohmatten gedeckt ist, die Marktfrau Dwossje, umstellt von ihren Holzmulden. Ihr großer Feuertopf steht immer in nächster Nähe. Im

Winter sitzt sie den ganzen Tag auf ihm wie eine Bruthenne auf den Eiern und zieht ihn nur gelegentlich unter sich hervor, um in die Kohlen zu blasen oder Kartoffeln aus der heißen Asche zu holen.

Von den Juden, die König Salomo einst auf Schiffen nach Ophir schickte, um Gold und ausländische Waren nach Jerusalem zu bringen, heißt es in einer sehr alten Erzählung, dass viele aus verschiedenen Gründen sich dort niederließen. Mit der Zeit eröffneten sie in Indien teure Geschäfte und große Kontore. Sie nahmen bei den dortigen Deutschen hohe Kredite auf, erhielten allerlei Kommissionen und das Glück war ihnen lange Zeit hold; doch dann drehte sich das Rad, und unsere Händler gingen bankrott und mussten das Weite suchen. Einige kamen in der Wüste um, andere kamen heil über die Grenze, bestiegen Schiffe und segelten die Pjatignilewke hinauf, die damals noch direkt ins Meer mündete. So segelten sie lange Zeit dahin. Plötzlich erhob sich ein schrecklicher Sturm. Haushohe Wellen zerschlugen das Schiff und warfen die Menschen ans Ufer. Dort bauten sie eine Stadt und gaben ihr den Namen Glupsk.

Die Altertumsforscher, die mit Hilfe ihres erstaunlichen Wissens aus einem Nichts eine Musketenkugel machen können, haben diese Legende sorgfältig studiert und entwickelten, wie es ihre Art ist, mit Hilfe von tausend messerscharfen Schlussfolgerungen eine detaillierte Auslegung, die zu dem Schluss führte, dass die Legende einen wahren Kern enthält. Als Beweise führen sie an: Erstens die fremdartige, antiquierte Bauart der

Häuser, deren architektonische Vorbilder aus Zeiten zu datieren scheinen, da Menschen noch in Zelten lebten und in Höhlen hausten. In der Tat sind viele Häuser in Glupsk höhlenartig oder ähneln den Zelten der Tataren. Wenn man sie so dastehen sieht, könnte man schließen, dass sie miteinander nicht gut klarkommen. Du wölbst dich nach innen, gut, dann wölbe ich mich dir zum Trotz nach außen; du stehst nach vorn gewandt, gut, dann kehre ich mich rückwärts; du willst vorne eine Treppe, dann will ich eine Leiter, wer sie braucht, wird nicht zu krank sein, um sie zu erklimmen; und wenn dein geflicktes Lotterdach nach oben zuläuft, dann ziehe ich meines nach unten. Du bist mir egal. Wenn's dir nicht gefällt, mach die Augen zu… Kurz gesagt, das alles verweist auf alte, lang zurückliegende Zeiten. – Zweitens: die Gewohnheiten der Einwohner. Sie pflegen noch heute Sitten und Gebräuche, die von den Heiden stammen, unter denen sie früher lebten. Schreiben und Rechnen sind hier fast unbekannt, so dass alle Gemeindeangelegenheiten und die Geschäfte aller Vereine ohne Bücher geführt werden und die Vorstände keinerlei Rechenschaft ablegen müssen. – Drittens: die Kasten. Die Menschen gehören hier verschiedenen Kasten an, wie es einmal bei den Hindus der Fall war. Da sind: die Kaste der ›Griffigen Finger‹, das ist die Creme der Gesellschaft, die mit starker Hand regiert; dann die Kaste der ›Strippenzieher‹, Verteidigungsanwälte, die Stahl und Eisen in der Hand halten, die sich für die Mitglieder der Kaste der ›Griffigen Finger‹ heftig ins Zeug legen, ihre Feinde bekämpfen und dafür Gehalt und freie Fleischrationen kassieren. Ferner die Kaste der ›Glitsche-Glatten‹, die andere aufs Glatteis führen, sich aber selbst so glatt winden wie auf einem Teller. Diese Kaste ist unterteilt in die ›Schwindelhohen‹, weltliche Leute, die im Handel das große Wort führen, und die ›Schönredner‹, *klej koidesch*, Agenten des Heiligen, die zu Glaubensfragen Stellung nehmen. Die Kaste der ›Dummfeigsprachlosen Habenichtse‹, also das einfache Volk, ist den höheren Kasten ganz und gar unterworfen und zittert vor ihnen wie Espenlaub. – Und endlich viertens: die Münze. Sie wurde beim Graben eines Abwasserkanals gefunden. Die eine Seite der Münze war schon sehr abgerieben. Man konnte gerade noch so etwas wie eine Schürze erkennen, die an einem Stock befestigt war, darunter eine Art Backtrog, aus dem Köpfe herausschauten. Auf der anderen Seite war die Münze fast glatt. Wer sehr genau hinschaute, konnte jedoch eine Reihe von altmodisch geschnörkelten hebräischen Buchstaben erkennen: יאשלג וענף *jaschlag we'anaf*. Die Gelehrten zerbrachen sich wahrlich die Köpfe über diese Aufschrift. Schließlich legte sie jeder nach seinem eigenen Scharfsinn aus. Einige Gelehrte vertraten die Meinung, die Buchstaben am Anfang und Endes des Wortes יאשלג seien gar keine Buchstaben, sondern Reste der Ornamentik, die ebenfalls mit der Zeit abgerieben wurde. Das Wort selbst sei also אשל (*eschel*), Baum, so dass die Wörter אשל וענף zusammen »Baum und Zweig« ergaben. Das sei der Stecken mit der Schürze. Andere erklärten alles auf ganz andere Weise und erregten damit Aufsehen. Endlich aber kam jemand mit offenen Augen und erkannte in den Buchstaben das Akronym eines Satzes: *Jehudej Ofir* (oder: Indien) *Schewu Lechan* (oder: *lek'k) Glupsk Wenetischwu Al Nahar Pjatignilewke* – Juden aus Ophir (oder Indien) Kamen Nach (oder: in die heilige Gemeinde von) Glupsk Und ließen sich Nieder Am Fluss Pjatignilewke. Der Stecken mit der Schürze und der Backtrog mit den Köpfen stellten ein Segelschiff mit Menschen dar. Der Gelehrte schrieb darüber ein dickes Buch und appellierte an die Öffentlichkeit, den Fluss zu entschlammen, dann finde man dort gewiss noch weitere antike Gegenstände, die Licht würfen auf die Geschichte der Juden von Glupsk. Doch die Einwohner von Glupsk scheuen sich, die Reinigung zu unternehmen. Sie sagen, was alte Zeiten angehäuft haben, müsse bleiben. Kein Mensch dürfe das Verborgene schauen. In der Stadt selbst gibt es dreißig oder vierzig solcher Sümpfe. Sie sind miteinander und durch ein unterirdisches Höhlensystem auch mit der Tiefe der Pjatignilewke verbunden, und zu bestimmten Zeiten, besonders aber vor Pesach, schwellen sie an und spülen so viel Dreck in die Straßen, dass er sogar von sehr großen Menschen noch die Hüte beschmutzt.

Übrigens wird Glupsk in finsteren Nächten von einer kleinen Laterne erhellt und von ein paar Wächtern bewacht. Trotzdem kommt es vor, dass Menschen nachts stürzen und sich die Knochen brechen. Gestohlen wird natürlich auch, was das Zeug hält, obwohl die Wächter wachen. Daraus ersieht man, dass man sich nicht vor allem schützen und bewahren kann. Was einem zugedacht ist, das kommt auch. Dagegen helfen weder des Menschen Weisheit noch seine listigen Pläne.«

»Darum«, sagt Benjamin, »müssen wir die Augen schließen und stets mit Gottvertrauen durch die Welt gehen. Er wird seinen Engeln gebieten, uns zu beschützen und uns auf Händen zu tragen. Kein Spatz fällt vom Himmel, ohne dass es nicht so vorgesehen war. Kann man denn«, fügt er hinzu, »seinen Beutel mit Gebetsmantel und Gebetsriemen besser verwahren, als ich es tat, als ich ihn im Bethaus auf ein Regal legte? Welcher Ort könnte sicherer sein? Doch da Gott es nicht verhüten wollte, wurde er mir von dort zusammen mit all unseren übrigen Sachen gestohlen.«

## DAS ELFTE KAPITEL

# Erstaunliche Wunder auf der Pjatignilewke

Als unsere Helden zum ersten Mal die Pjatignilewke erblickten, waren sie überwältigt und endlos erstaunt. Noch nie hatten sie einen solchen Fluss gesehen. Senderl meinte, das sei gewiss der größte Fluss der Welt. Etwas Größeres konnte er sich nicht vorstellen. So ein Fluss war keine Kleinigkeit. Er war vielleicht hundertmal größer als ganz Tunejadewke. Senderl war eben ein einfacher Mensch. Außer Tunejadewke kannte er nichts. Gelehrte Kommentare in kleinen Buchstaben konnte er nicht lesen. Darum war für ihn alles, was anders war als in Tunejadewke, ein erstaunliches Wunder, das von nichts anderem auf der Welt übertroffen werden konnte. Obwohl Benjamin sehr viel gelehrter war, weil er in seinen philosophischen Büchern ja schon etwas von den sieben Weisheiten aufgeschnappt hatte, die Beschreibung des unteren Garten Edens kannte und über die wilden Geschöpfe in Indien und viele andere Dinge Bescheid wusste, pflegte auch er, wenn er etwas Neues sah, im Stillen ebenfalls zu staunen. Doch er setzte ein überlegenes Lächeln auf, als wollte er sagen: »Was ist das schon gegen das, was es sonst noch gibt!« Er bewies Senderl, die Pjatignilewke sei im Vergleich zum Jordan ein

Schlammloch und, bitte um Vergebung, ein Dreck. Der wilde *Schor* tränke die Pjatignilewke glatt in einem Zuge aus. Der Jordan sei um vieles größer. Das beweise schon das Wort Jordan; denn Jordan bedeute etwas Gewaltiges, eben einen Jordan.

»Weißt du, Senderl, welche Idee mir da gerade kommt?«, sagte Benjamin, nachdem er einmal lang in Gedanken versunken an der Pjatignilewke stand. »Wir sollten unsere Reise auf dem Wasser fortsetzen.«

»Gott stehe dir bei!«, schrie Senderl entsetzt, »weißt du nicht mehr, dass unser Fluss zu Hause jedes Jahr einen Menschen verschlingt? Wie viele Menschen wird dann erst dieser Fluss jedes Jahr verschlingen? Denke an unser Leben, Benjamin, habe Erbarmen mit deiner Frau und deinen Kindern.«

»Vertrauen, Vertrauen, Senderl! Gottvertrauen ist eine jüdische Sache. Auf Gott vertrauend überquerte unser Erzvater Jakob mit einem Stock den Jordan. Mit Gottvertrauen eröffneten Juden große Ladengeschäfte. Alles, was du siehst, beruht auf Gottvertrauen. Sogar Treppen und Decken und viele Häuser sind nur auf Vertrauen gebaut.«

»Aber warum willst du denn unbedingt aufs Wasser, Benjamin, wenn wir auch auf dem Trockenen ans Ziel kommen können?«

»Dafür habe ich viele Gründe«, antwortete Benjamin. »Erstens, denke ich, wird die Reise zu Wasser kürzer und schneller sein. Wir müssen wirklich darauf bedacht sein, so früh wie möglich dorthin zu gelangen. Je früher, desto besser. Warum? Das weiß ich, und das ist meine Sache!

Es drückt mich, Senderl, es drückt mich sehr, es bohrt in mir, bohrt hier in meinem Kopf, dass ich schon dort sein möchte mit Haut und Haar, Leib und Leben. Wenn es möglich wäre, würde ich wie ein Vogel durch die Luft dorthin fliegen. Zweitens: Als Benjamin von Tudela damals seine Reise antrat, fuhr er zuerst den Ebro hinunter. Das steht ausdrücklich in seinem Buch. Wenn er also in alter Zeit auf dem Wasser reiste, obgleich er über Land hätte reisen können, muss es wahrscheinlich so geboten sein und nicht anders. Er wird gewusst haben, warum er das tat; er war so klug wie wir. Reb Benjamin war ein Vorläufer, ein Altvorderer, darum müssen wir ihm folgen, ohne viel zu fragen.«

»Wenn das so ist«, erwiderte Senderl, »soll es mir recht sein. So wahr ich ein Jude bin, Benjamin. Und nicht nur auf dem Wasser. Wenn Reb Benjamin seinerzeit auf einem Schürhaken reitend gereist wäre, sollten wir uns nicht lange bedenken und ebenfalls aufsitzen und auf einem Schürhaken reisen.«

»Und drittens«, fiel Benjamin Senderl ins Wort, »würde es uns generell nicht schaden, wenn wir uns darin übten, auf dem Wasser zu fahren, bevor wir in die Verlegenheit kommen, auf dem großen Meer Okeanus fahren zu müssen. Ich würde sogar sagen, es wäre gar nicht dumm, wenn wir noch vor unserer Abreise aus Glupsk eine Fahrt auf dem Fluss versuchen würden. Siehst du, da unten ist jemand mit einem Schifflein. Lass uns hinuntergehen. Wir geben ihm etwas, und er fährt uns ein bisschen herum.«

Schon wenige Minuten später stiegen unsere Wanderer beherzt in einen Kahn und fuhren über die Pjatignilewke. Anfangs war ihnen etwas mulmig. Senderl wurde es schwindlig, und er zitterte am ganzen Körper. Jetzt gleich kippt das Schifflein um, dachte er, und er fällt in die tiefen Abgründe des Flusses. Dann ist es aus mit ihm, und seine Frau bleibt eine Ewig-Verlassene. Allmählich beruhigte er sich.

»Das ist nicht so schlimm, Senderl«, tröstete ihn Benjamin, als sie wieder am Ufer standen. »Mach dir nichts draus, dass sich dir im Kopf alles dreht und dir übel wird. Das ist die Seekrankheit. Daran leidet jeder, der zum ersten Mal auf dem Meer fährt. Du wirst sehen, beim zweiten Mal geht es schon besser und du wirst gar nichts fühlen.«

Seitdem fuhren unsere Helden sehr oft auf dem Fluss und fanden daran großes Vergnügen. Ihr Mut wuchs und die Fahrt auf dem Meer schien ihnen jetzt ein Kinderspiel.

Benjamin ließ sich über Senderl in Gespräche mit dem Fährmann ein und überschüttete ihn mit Fragen. Zum Beispiel mit diesen: »Frag doch mal den Kapitän, Senderl, wie viele Meilen es noch sind von hier bis zum Meer? Frag ihn, ob es hier Inseln gibt und was für Leute dort wohnen. Wohnen auch Juden unter ihnen? Wem zollen sie Tribut, und wissen sie etwas vom Exil?« Oder mit diesen: »Senderl, frag doch mal diesen Ungläubigen aus reiner Neugier nach dem Berg Nisbon und den Ungläubigen. Weiß er etwas über die zehn Stämme? Kann ja sein, oder? Vielleicht hat er etwas gehört?« Solche Fragen ließ Benjamin Senderl stellen.

Doch das wenige, das Senderl während der Gänge mit seiner Frau auf den Markt von der nichtjüdischen Landessprache aufgeschnappt hatte, reichte nicht aus für so erhabene Gegenstände. Über Eier, Zwiebeln und Kartoffeln verhandeln ging so leidlich, aber mit dem Kapitän ein Gespräch über gelehrte Dinge führen, war ihm nicht möglich. Es zerriss einem das Herz vor Mitleid zu sehen, wie Senderl sich in diesen Gesprächen quälte, mit Händen und Füßen fuchtelte, sich abzappelte und alle Register zog, bis er in Schweiß gebadet war. Auch ein Gott hätte hier Erbarmen gehabt. Sein Kapitän spuckte nur aus, fluchte und schaute ihn scheel an, während Benjamin ihm von der anderen Seite her zusetzte, ihn mit den Fingern stach und gespannt auf seinen Mund starrte.

»*Win tscherwoni żidki win pimaje*«,* würde Senderl seine Ansprache beginnen und mit der Hand wedelnd auf Benjamin zeigen.

»*Iś tscherwoni żidkow ja śna Lejbku, Schmulku, bogatije żidki.*«** Solche Antworten bekam Senderl von seinem Kapitän.

»*Ni Lejbko, ni, ni! Win tscherwoni żidki pimaje tamotschka,* wie sagt man das, *ni, tamotschka, nebech,* Berglein Nisbon?«***

* »Er fragt nach Roten Juden, kennt Ihr sie?«

** »An Roten Juden kenne ich Lejb und Schmuel, das sind reiche Juden.«

*** »Nicht Lejbke, nein, nein. Kennt Ihr Rote Juden dort, wie sagt man das, nein, dort, oh weh, am Berglein Nisbon?«

*»Nisbona? Żidko Nisbona?«**

»Sag's ihm, Senderl«, pflegte Benjamin dann zu schreien, »du musst ihm sagen: ein Berg! Mach ihm das deutlich, so gut du kannst.«

Dann hielt Senderl seine Arme hoch und legte die Fingerspitzen zusammen, um einen Berg darzustellen: *»Het, het wisoko!«***

»Tfu!«, der Nichtjude spie verächtlich aus, verfluchte Senderl und wünschte ihm ein schwarzes Jahr.

Von seinen Fahrten auf der Pjatignilewke erzählt Benjamin überraschende und wunderliche Dinge, die in der Welt viel Aufsehen erregten. Wir wollen hier nur eine Auswahl bringen.

Bei einer seiner Fahrten erblickte Benjamin mitten im Fluss eine sehr große grün bewachsene Fläche. Ihr strahlendes Grün stach richtig in die Augen. Benjamin hielt sie für eine mit Gras und wohlriechenden Kräutern bewachsene Insel. Als er ein Bein hob, um auf die Insel zu springen, packte ihn der Kapitän plötzlich mit Geschrei von hinten und warf ihn mit solcher Wucht in den Kahn zurück, dass er eine Weile stark benommen liegen blieb. Er hörte nur, wie es um das Schiff herum kochte und rauschte, als kämpfte es gegen etwas an und könnte nur mit Mühe seine Fahrt fortsetzen. Als er zu sich kam, erklärte ihm der Nichtjude, dass er in großer Gefahr gewesen sei, in diesem Grün zu ertrinken. Dieses Grün sei

* »Nisbon? Einen Juden namens Nisbon?«

** »Sehr, sehr hoch!«

nämlich keine Insel, wie er gedacht habe, sondern nur die Blüte, die die Pjatignilewke jedes Jahr trieb.

»Ich aber«, schreibt Benjamin, »wollte mir das nicht einreden lassen. Das sollte eine Blüte sein? Es roch zwar sehr stark, doch habe ich mein Lebtag nicht gehört und habe es auch in keinem meiner Bücher gelesen, dass Wasser Blüten treiben soll. Wenn etwas blüht, muss es ja auch etwas hervorbringen, eine Art Frucht, über die man den Segen *boire pri ha-majim,* der du die Früchte aus dem Wasser schufst, sprechen könnte. Ich bin also der Ansicht, die grüne Erscheinung war der gigantische Meeresfisch *Balejna,* von dem es im *Bild der Welt* eine schöne Beschreibung gibt. Sie lautet: ›Dieser schrecklich große Fisch bedeckt sich mit Gras und Erde, bis er aussieht wie eine große Insel. Die auf dem Meer fahren, halten ihn manchmal für einen schönen Berg. Sie landen, ergehen sich auf ihm und tun, was sie tun müssen: Sie kochen ihr Essen. Sobald der Fisch die Hitze des Feuers spürt, taucht er in die Abgründe, und alle, die auf ihm lagerten, ertrinken.‹ Das ist ein eisenstarker Beweis für die Richtigkeit der Behauptung jener großen Denker, die die Meinung vertraten, die Einwohner von Glupsk stammten aus Indien. Als sie nämlich vor langer Zeit die Pjatignilewke hinaufsegelten, zogen sie den *Balejna* mit sich, der sich sonst tatsächlich in Indien aufhält, von Natur aus aber dazu neigt, Schiffen nachzufolgen.«

Als Benjamin einmal in den Fluss hineinschaute, entdeckte er tief im Wasser Geschöpfe, die ganz und gar weiblichen Gestalten glichen.

»Schon vor langer Zeit«, schrieb Benjamin, »hatte ich in meinen Büchern gelesen, dass es ›Meermenschen‹ geben soll. Der Autor von *Bild der Welt* bezeugt das wie folgt: ›Der Kopf, der Körper, das Gesicht und ihre Brüste sehen aus wie bei jungen Frauen; sie singen sehr schön und heißen Sirena.‹ Von alten, ehrenwerten Menschen, denen man jedes Wort glauben darf, habe ich gehört, sie hätten solche Meermenschen bei Komödianten gesehen, die sie gewöhnlich nach der Vorstellung für ein paar Groschen zur Schau stellen. Heute habe ich sie mit eigenen Augen gesehen. Bass erstaunt zeigte ich die Jungfrauen dem Fährmann. Er aber wies auf Wäscherinnen, die am Ufer ihrer Arbeit nachgingen. Ich zeigte ins Wasser, er wies aufs Ufer. Und da keiner die Sprache des anderen verstand, wusste er nicht, was ich ihm, und ich nicht, was er mir zeigen wollte. Deshalb verhalf er mir in dieser Sache zu keiner neuen Erkenntnis.«

In Ufernähe und schon unweit der Stadt entdeckte Benjamin eine Stelle, wo das Wasser sehr dick war, an einigen Stellen war es wie Gelee, an anderen Stellen noch fester. Mit diesem Wasser belieferten die Wasserführer die Haushalte. Dort wird das dicke Gelee in Fässern mit einfachem Wasser gemischt und man kocht alles Essen damit.

»Ich selbst«, sagt Benjamin, »habe Speisen gegessen, die in diesem Wasser gekocht worden waren. So köstlich werde ich erst wieder speisen, wenn beim messianischen Festmahl Leviathan aufgetragen wird! Ein himmlischer

Geschmack. Ein Suppenfleisch darin zubereitet ist eine königliche Mahlzeit. Ich habe mir mit diesem Wasser die Taschen vollgestopft und Senderl gebeten, davon ein Paket zu schnüren, das uns auf unserer Reise über die Meere und durch die Wüsten noch sehr nützlich sein wird.«

Eines Nachmittags gingen unsere Helden heiter und ausgelassen vor der Stadt spazieren. Sie lachten und scherzten, schauten einander in die Augen und waren glücklich. Sie glichen einem verliebten Paar kurz nach der Hochzeit, das sich frei im Grünen ergeht und sich an jedem Wort und Blick erquickt. Was war die Ursache für die tiefe Freude unserer Helden? Warum waren sie in so glücklicher Stimmung, dass sie herumhüpften und sangen und sich wie reine Verrückte benahmen? Nichts anderes, werte Freunde, als dass sie beschlossen hatten, am nächsten Tag, möge es sich erfüllen, Glupsk zu verlassen und in einer vom Glück begünstigten Stunde ihrem Ziel entgegenzusegeln.

Wie sie so quietsch-fröhlich dahingingen, rasselte plötzlich ein Wagen auf sie zu. Darauf saßen zwei Jüdlein. Der eine hielt die Zügel, der andere saß gebückt und zur Seite gelehnt, das Hütchen in den Nacken geschoben, und kaute an einem Strohhalm – ein sicheres Zeichen, dass ein jüdischer Kopf stark am Pläneschmieden und Gedankenwälzen ist.

Die zwei Juden sahen unsere lustigen Helden, musterten sie von Kopf bis Fuß und ließen sich sodann auf ein Gespräch ein. Die erste Frage war wie üblich: »Woher seid ihr, Juden?« Die zweite: »Wie heißt ihr?« Danach spulten sie den übrigen Fragenkatalog ab, den Juden beim ersten Treffen gewöhnlich durchgehen. Mehr war bei unseren Helden nicht nötig. Sie machten den Mund auf, erzählten frisch von der Leber weg und breiteten alles aus, was ihnen auf der Seele lag. Die Juden schauten sich grinsend an und tuschelten miteinander. Der Jude mit dem Hütchen im Nacken und dem Strohhalm im Mund bemerkte: »Ist egal. Wird schon gutgehen. Schlimmstenfalls kostet es etwas mehr.«

»Wisst ihr was?«, sagten die zwei Juden schließlich, »auch unsere Stadt möchte, so wahr wir leben, der Gunst teilhaftig werden, zwei so feine Menschen in ihren Mauern willkommen zu heißen. Wir möchten euch sehr bitten, so wahr wir leben, erweist uns die Ehre und setzt euch, bitte um Vergebung, gleich, ohne lange zu fackeln, hier zu uns auf den Wagen. Wir bürgen dafür, dass man euch bei uns mit gutem Essen und Trinken und allem Möglichen empfangen wird.«

»Wir würden euch gerne den Gefallen tun«, antwortete Benjamin, »aber wir haben beschlossen, dass wir uns morgen, möge es sich erfüllen, einschiffen und von hier absegeln werden.«

»Nehmt es uns nicht übel«, sagten die Juden, »aber das ist ein völlig närrischer Plan. Die Pjatignilewke ist doch kein Fluss! Das ist, bitte um Vergebung, eine Pissgrube, ein Dreckloch, ein stinkender Sumpf, eine grün verschimmelte Pfütze! Bei uns aber habt ihr den Dnjeper. Er fließt direkt ins Meer. Von uns aus werdet ihr, so Gott will, schnell euren Ruheplatz erreichen. Also seid nicht widerspenstig! Hopp, auf den Wagen mit euch!«

»Was meinst du, Senderl?«, rief Benjamin. »Wollen wir ihnen den Gefallen tun und mitfahren, ja?«

»Was macht mir das aus«, erwiderte Senderl. »Du willst mitfahren? Gut, fahren wir mit.«

Kurz darauf saßen unsere Helden im Wagen, sehr erfreut über die Ehre der Einladung und in Erwartung großer Dinge. Die Reise verlief fröhlich, die Juden waren sehr aufmerksam und wachten förmlich über jeden ihrer Schritte. Sie versorgten sie mit Essen und Trinken wie eine Frau im Kindbett. Das hätten unsere zwei Helden sich ihr Lebtag nicht erträumt.

Am zweiten Tag der Reise kamen sie wohlbehalten am frühen Abend nach Dnjeprowitz. Die Juden fuhren mit ihnen in ein Quartier und setzten ihnen ein üppiges Abendessen vor.

»Heute seid ihr müde von der Reise und schläfrig«, sagten die Juden. »Es ist besser, wenn ihr euch hinlegt und ausruht. Morgen werdet ihr, so Gott will, frisch und gesund aufstehen, und wir werden euch einigen großen Leuten vorstellen, bei denen wir ein gutes Wort für euch einlegen wollen. Wenn sie euch aufnehmen, seid ihr mit allem Nötigen versorgt und werdet schnell eure weite Reise antreten können. Eine gute Nacht!«

»Eine gute Nacht!«, antworteten unsere Helden. Sie sagten das Abendgebet, rieben sich die Bäuchlein, gähnten, kratzten sich, wie man es eben so macht, und überließen sich heiteren Gemüts dem Schlaf.

## DAS ZWÖLFTE KAPITEL

# Wie unsere Helden baden gehen

»Gewalt, das Sündenbekenntnis! Lasst mich das Sündenbekenntnis sprechen!« Senderl schrie im Schlaf mit fremder Stimme und weckte Benjamin.

Zu Tode erschrocken sprang Benjamin auf, goss rasch Wasser über die Hände und rannte zu Senderl, um zu sehen, wie es um ihn stand.

Draußen graute bedächtig der Tag, und überall war es noch ganz still. Man hörte nur das Schnarchen der Schlafenden im Raum. Jeder schnarchte auf seine Weise: dieser wie ein Akkordeon, jener wie eine Trompete, dieser erledigte es leise und kurz, jener zog es hoch und lang; höher und höher schraubte er sich, erklomm Berge, kehrte plötzlich um und schnaubte im freien Fall nach unten wie einer, der eine vertrackte Frage stellt und dabei die Backen aufbläst. Es war ein Nasenkonzert, in dem die Nasen treulich auf allen Instrumenten spielten zu Ehren der berühmten Wanzen von Dnjeprowitz, die sich derweil am jüdischen Blut gütlich taten.

Seit langem schon kultivierte Dnjeprowitz seine Wanzen, seine Menschenfresser, in dieser grauenhaften Herberge. Jede Wanze im weiteren Umkreis kommt in diese abgesonderte, elende jüdische Unterkunft, zapft die Juden an und saugt ihr Blut aus. Kommt ein Jude nach Dnjeprowitz, ist er darauf vorbereitet, dass es ihn ein bisschen Blut kosten wird. Ohne Bestechung wird er sich da nicht herauswinden können. Also beiß schon zu, Dnjeprowitzer! Stinke, du Wänzlein, stinke! Schreib schon! Schreib deine blutigen Zeichen, und scher dich zum Teufel!

»Warum schreist du so, Senderl?«, fragte Benjamin und trat an sein Lager, »hat dich eine Wanze zu stark gebissen? Es ist furchtbar, wie viele Wanzen es hier gibt. Sie haben mich die ganze Nacht nicht schlafen lassen. Ich bin erst vor kurzem eingeschlafen.«

»Au, au. Schnell, wir müssen ganz schnell hier weg«, schrie Senderl, der noch nicht ganz bei Bewusstsein war.

»Gott steh dir bei, Senderl, was sagst du da?«, beschwichtigte Benjamin. »Eine Wanze beißt dich. Sie ist eben eine Wanze, und du bist ein Mensch. Kein Grund zur Aufregung.«

Senderl sah Benjamin eine Weile verstört an. Dann rieb er sich die Augen und sagte mit einem Seufzer:

»Ich hatte einen ganz schrecklichen Traum. Ich hoffe, nichts davon wird wahr.«

»Ach, das Zeug, das ein Mensch träumt«, sagte Benjamin. »Ich habe auch etwas geträumt: Ein Pipernotter stürzt auf mich zu, mustert mich genau und sagt: ›Ihr seid Reb Benjamin aus Tunejadewke? Kommt bitte mit. Alexander von Mazedonien wartet schon mit seiner ganzen Armee und freut sich darauf, Eure Bekanntschaft zu machen.‹ Ich setze mich in Bewegung. Der Pipernotter eilt voraus, ich ihm nach. ›Ihr lauft so schnell, bewahre, flitzt wie ein Pfeil aus dem Bogen, ich kann Euch kaum folgen‹, höre ich plötzlich jemanden hinter mir rufen. Ich drehe mich um und sehe Alexander von Mazedonien. ›Mein Herr und König‹, schreie ich, ergreife seine Hand und drücke sie und drücke sie. Plötzlich steigt mir ein so schrecklicher Gestank in die Nase, dass ich fast ohnmächtig werde. Ich wache auf und halte eine zerdrückte Wanze in der Hand. Ekelhaft! Tfu! Spucke dreimal aus und vergiss deinen Traum. Was hast du denn geträumt?«

Tfu, tfu, tfu! Senderl spuckte gehorsam dreimal aus und erzählte seinen Traum:

»Ich träumte, ich gehe auf einer Straße und laufe immer weiter und weiter. Plötzlich packt mich jemand von hinten, stopft mich in einen Sack und trägt mich fort. Man trägt mich und schleppt mich, bis ich ganz verschleppt worden bin. Dann fühle ich, wie jemand den Sack aufbindet und mir einen so harten Schlag versetzt, dass mir zwei Zähne ausfallen. ›Das ist die Anzahlung‹, höre ich jemanden sagen. ›Den Rest kriegst du später.‹ Ich sehe auf, und da steht meine Frau. Sie trägt einen hohen Pelzhut und kocht vor Wut. In ihren Augen brennt ein Höllenfeuer, und Schaum steht ihr vor dem Mund. ›Warte nur, warte, mein Juwel‹, sagt sie mit bösem Lachen. ›Ich hole jetzt den Schürhaken, und dann wirst du erfahren, was für einen Gott wir haben.‹ Als sie den Schürhaken holen geht, nehme ich die Beine in die Hand und flitze, fliege, renne, was das Zeug hält, bis ich zu einem Wirtshaus komme. Im Wirtshaus ist es dunkel und rutschig. Kein Mensch da. Ich lege mich in eine Ecke, schließe die Augen und schlafe ein. Im Schlaf erscheint mir der Großvater, Reb Senderl, Gott hab ihn selig. Er ist traurig und hat verweinte Augen. ›Senderl‹, sagt er, ›mein Kind! Schlaf nicht, wenn dir Gott lieb ist. Steh auf! Steh auf, Senderl, und lauf weg von hier! Weg, Senderl, lauf schnell, wohin die Beine dich tragen! Du bist in großer Gefahr!‹ Ich will aufstehen, aber ich kann mich nicht rühren. Es ist, als werde ich festgehalten. Ich fasse mir an den Kopf, taste, und merke, dass ich eine Frauenhaube aufhabe. Hi, hi, ich bin gar nicht Senderl. Ich bin, bitte um Verzeihung, tatsächlich eine jüdische Frau und ohne den geringsten Anflug eines Bartes. Ich trage eine Frauenjacke, und mein Bauch, oh, mein Bauch, auf keinen Juden gedacht, mein Bauch tut mir irrsinnig weh. ›Macht nichts‹, ruft jemand, ›beim Ersten geht es manchmal schwer.‹ – ›Oh, Onkel, Onkel‹, schreie ich unausgesetzt, ›ich schaffe es nicht, oh, ich falle in Ohnmacht!‹ – ›Ein Schlag in den Nacken ist ein gutes Heilmittel. Das macht dich wieder munter‹, sagt der Onkel und verpasst mir nun wirklich ein paar Schläge. ›Das für früher, das für jetzt und das für später‹, dreht sich um und verschwindet. Ich liege in starken Schmerzen, liege und leide fürchterlich, bis Gott mir hilft und ich mir einen Ruck gebe und mit Gewalt aufstehe. Ich laufe zur Tür. Sie ist verschlossen. Ich klopfe und klopfe und hämmere gegen die Tür. Umsonst. Plötzlich springt die Tür auf. Als ich einen Fuß über die Schwelle setzen will, packen mich Ganoven und schleppen mich in eine Art Höhle. Sie zücken ein Schächtmesser und wollen mich schlachten. Als sie mir das Schächtmesser an den Hals setzen, schreie ich: ›Gewalt, Juden! Lasst mich wenigstens das Sündenbekenntnis sprechen.‹ Da hast du meinen Traum, Benjamin. Er möge zum Guten sein.«

»Spuck aus, Senderl, und noch dreimal«, riet Benjamin, »und schlag dir den Traum aus dem Kopf. Übrigens, steh auf, wenn du willst, denn es ist schon Tag, und bete ein paar Psalmen.«

Senderl stand seufzend auf, goss sich Wasser über die Hände, zog sein Gewand an und nahm seinen jiddischen Psalter in die Hand. Er schlug ihn beim zehnten Kapitel auf, wo er zuletzt stehen geblieben war, und begann in einer traurigen Melodie:

*Wos schtehst-du, Got, fun waiten,*
*farbargst-sich in schlechte zaiten?*

Bei den nächsten Versen wurde die Melodie noch trauriger und berührender:

*Er sizt in ergiz a fertajet ort,*
*in-schtilen toit er dem ehrlichen dort.*
*Di oigen drehen ihm sich hin i zurik;*
*oif'n armen hoben sej a schtarken kik.*
*Wi a lejb in sain nare loiert oich er,*
*er loiert zu chapen dem armen aher.*
*Derlangt dem armen schoin taki a chap*
*abi mit sain nez a zih nor, a klap.*

Als Senderl mit den Psalmen fertig war, herrschte schon richtiger Tag. Die Schläfer im Raum waren aufgestanden. Ein großer Samowar kochte und zischte auf dem Tisch, und die Leute tranken Tee. Auch Benjamin und Senderl bekamen ein Glas heißen Tee. Das erfrischte sie und hellte ihre Stimmung auf.

Das Zimmer, das zuerst ein Schlafraum gewesen war, dann eine Teestube wurde, verwandelte sich jetzt in einen Betsaal. Ärmel wurden hochgewickelt, nackte jüdische Arme wurden sichtbar: haarige, glatte, magere, fette, schwarze, weiße, dunkle in allen Farben und Formen; alle wickelten sich in Gebetsmäntel und Gebetsriemen und legten los mit dem Beten.

Unsere zwei Juden vom Wagen beteten mit Inbrunst. Sie klagten und schmeichelten, sie krümmten und schmiegten sich wie ernstlich gebrochene Juden. Sie haderten und rechteten mit dem Herrn der Welt und nannten ihn: *Tatenju!* Väterchen! Sie blieben länger als alle anderen in ihr Gebet vertieft. Nach dem Gebet gossen sie sich jeder ein Gläschen Schnaps ein, schlürften erst ein kleines Schlückchen, genossen es langsam, wobei auf ihren Nasen rot glänzende Pickel hervortraten, dann riefen sie den Anwesenden ein *l'chaim, l'chaim* zu und äußerten den Wunsch, der Höchste möge sich ganz Israels erbarmen, verdrehten die Augen, stießen leise Seufzer aus und spülten den Rest hinunter. Ein deutliches Zeichen, dass das keine einfachen Leute waren, sondern fromme, reine, feine Juden.

Einer von ihnen ging bald darauf in die Stadt und blieb

dort einige Stunden. Als er zurückkam, sah sein Kumpel ihm forschend ins Gesicht, das deutlich strahlte. Beide schienen sehr zufrieden. Sie ließen den Tisch decken und gingen die Hände waschen, wobei sie das Gefäß genau untersuchten, wie es Juden tun, die das Gesetz peinlich genau beachten. Sie forderten unsere Helden auf, ebenfalls die Hände zu waschen, und baten sie respektvoll, sich mit an den Tisch zu setzen und zuzugreifen. Bei Tisch waren sie vergnügt, lobten die Wirtin für das gute Essen und waren hochzufrieden mit ihr. Sie verwickelten sich in ein Gespräch über die Lage der Juden, erklärten, es sei höchste Zeit, dass die armen Juden aufgerichtet würden. Warum musste ein Volk, ein so teures Volk, so leiden? Sie priesen die Gemeinschaft der Juden und lobten die Fähigkeit des jüdischen Kopfes in den Himmel.

»Gibt es etwas, das die Juden nicht können?« Das Wissen der Welt, die neuen Erfindungen, wie der Telegraph, die Eisenbahn und andere Dinge dieser Art, habe es bei den Juden schon lange gegeben. Doch letzten Endes sei das alles unwichtig. Das Wesentliche sei das Pünktchen, das Pünktchen sei das Wesentliche …

Dann fielen sie wütend über die Aufklärer her und über die modernen Gelehrten, verfluchten sie bis auf die Knochen und spuckten auf ihre Lebensweise und Anschauungen im Allgemeinen und auf die neuen Schulen im Besonderen, in denen man ohne Kopfbedeckung aus säkularen Büchern lernte. Bald werde ein Abschnitt aus der Mischna eine Kopeke kosten und das Schreiben eines Gesuchs einen Rubel. Was für eine Welt!

So redeten sie eine Weile und kamen dann auf die Reise unserer Helden zu sprechen. »Wir wünschen euch«, sagten sie schließlich, »dass Sein Name, er sei gepriesen, euch die Gnade zuteilwerden lasse, dass alles in Erfüllung geht, was wir euch wünschen.«

Nach diesem Segen war Benjamin im siebten Himmel. Hinzu kam, dass er, wie soll man es sagen, ein wenig angesäuselt war. Er machte den Mund auf und redete mit Feuereifer.

»Wisst ihr was, Reb Benjamin, Reb Senderl«, sagten die Juden gemütlich, als alle vom Tisch aufstanden, »wir sollten einem einfachen Brauch der schlichten Juden folgen, so wie unsere Eltern ihn noch pflegten. Nach einer langen Reise, wie wir sie gerade hinter uns haben, sollten wir uns alle ins Bad begeben und unseren Körpern die Wohltat des Dampfes angedeihen lassen. Ihr könnt euch dort auch die Haare und Bärte schneiden lassen, danach seid ihr andere Menschen. Nach dem Bad werden wir uns unserem Geschäft zuwenden. So wird es, ehrlich, am einfachsten und besten sein. Das mag euch etwas altmodisch vorkommen. Die aufgeklärten Freigeister halten ja überhaupt nichts vom Bad. Aber wir gehören nicht zu den ›Gebüldeten‹, darum lasst uns dem Brauch unserer Großväter folgen.«

Einer Einladung ins Dampfbad kann kein Jude widerstehen. Was die Schenke für den Bauern und der Bach für Gänse und Enten, das ist noch hundertmal mehr das Bad für den Juden. Das Wohlbehagen, das ein Jude im Bad fühlt, kann kein Volk der Welt in so vollen Zügen genießen wie er. Das Bad hängt eng mit seiner Religion zusammen, mit seinen tiefsten Gefühlen und mit seinem Familienleben. Keine jüdische Seele lässt sich durch Bitten oder andere Mittel dazu bewegen, den Himmel zu verlassen, um in irgendeinen Bauch zu kriechen; sie widersetzt sich, bis man ihr ein Bad verspricht. Das Bad ist die Hauptagentur, die zentrale Vermittlungsstelle zwischen Himmel und Erde. Bevor ein Jude geboren wird, noch bevor er sich irgend rühren kann, weiß man in diesem Büro schon über ihn Bescheid, angefangen vom Bademeister und der Bademeisterin bis hin zu den Badespezialistinnen, die den Frauen behilflich sind. Kein Jude fühlt die zweite Seele, die ihm am Schabbat und an den Feiertagen zuteilwird, so richtig in sich, ist er nicht vorher im Bad untergetaucht. Ohne ein Bad ist er altbacken und welk. Doch seht euch einen Juden an, wenn er am Freitag aus dem Dampfbad kommt: Aufgeblüht und verjüngt tritt er uns entgegen. Der jüdische Funke glüht in ihm und leuchtet ihm aus den Augen. Seine Sinne sind schärfer, wacher; der Duft der gefüllten Fische und des geschmorten Gemüses steigt ihm wie köstliches Räucherwerk in die Nase. Sie wittert, sie schnuppert, sie genießt. In seinem Herzen singt es. Er gibt ein Konzert in den Melismen der Torah-Lesung. Mit dem Schmelz der Nachtigallen intoniert er das Hohe Lied und lässt sich gehen wie ein Kind; er entflammt, brennt und befindet sich nur noch halb auf dieser Welt. Ins Bad kommt ein Jude wie in ein Vaterland, wie in ein Reich der Freiheit, wo seine Meinung so viel zählt wie die der anderen, wo es ihm freisteht, wie anderen auch, aufzusteigen und sogar die oberste Bank zu erklimmen; wo er seine bekümmerte Seele aufmuntern und seine Beine von sich strecken darf, und sei es nur für eine Stunde. Dort entspannt sich sein Körper, und das Sorgenbündel löst sich von seinen Schultern. Das alles bedeutet das Bad den Juden.

Darum war der Vorschlag, ins Bad zu gehen, unseren beiden Helden hochwillkommen. Sie machten keine großen Umstände und waren schon wenige Minuten später mit den zwei feinen Juden unterwegs.

Unsere Helden stellten sich ein Bad vor, wie sie es aus den jüdischen Schtetl kannten: ein schäbiges, schmutziges Gebäude in einem abgelegenen Winkel irgendwo am Fuß eines Hügels, das man über ausgetretene, dunkle Stege nur schwer erreicht. Doch als die feinen Juden auf ein schönes dreistöckiges Haus inmitten einer langen Häuserzeile zusteuerten und sagten: »Hier ist das Bad«, rissen unsere Helden die Augen auf und starrten es verwundert an.

»Ihr zwei Prinzen seid ja wirklich zum Schreien«, lachten die beiden feinen Juden. »Seid so gut und tretet ein. Drinnen werdet ihr noch ein schönes Wunder erleben.«

Als sie ins Vorzimmer traten, wurden unsere Helden vom bemalten Dielenboden geblendet, der mit Teppichen weitläufig belegt war. Sie glaubten, sie beträten ein Zauberschloss aus der *Bove-maise* oder aus *Tausendundeiner Nacht*. Gleich würden Prinzessinnen, Königstöchter sie empfangen und willkommen heißen. Sie würden in Saus und Braus leben bis ans Ende der Tage. Doch statt einer Königstochter kam ein mit Medaillen geschmückter Soldat auf sie zu und bat sie höflich, sich zu entkleiden.

»Seid so gut und legt eure Kleider ab«, sagten die feinen Juden, »wir gehen inzwischen hinein und bezahlen das Badegeld. Ihr werdet ordentlich ins Schwitzen kommen.«

Nachdem unsere Helden sich ausgezogen hatten, nahmen sie ihre Kleidung zum Bündel gerollt unter den Arm, um sie wie üblich im Dampf zu reinigen. Da ihre Garderobe ja nicht mit einem Dutzend Hemden bestückt war, trugen sie ein Hemd viele Wochen lang. Es versteht sich, dass es sie ordentlich juckte, und die Reinigung war geradezu lebensnotwendig. Doch der Soldat nahm ihnen die Sachen ab und führte sie in ein Zimmer. Es war mit Bänken ausgestattet. Um einen großen Tisch in der Mitte saßen auf Stühlen vornehm gekleidete Menschen. Unsere Helden sahen sich nach allen Seiten um und fragten sich, wo hier wohl das Wasser auf die Steine gegossen werde und wo sie hier schwitzen würden.

*»Zi tot żidowski banja?«*,* fragte Senderl, nachdem Benjamin ihn angestoßen und gebeten hatte, keine großen Umstände zu machen, sondern zu fragen.

Einer von den Leuten um den Tisch trat an sie heran, musterte unsere nackten Helden, die leider sehr dünn und ausgemergelt waren und, ohne ein Gramm Fleisch

* »Ist das hier ein jüdisches Bad?«

auf den Rippen, aus nichts als Haut und Knochen bestanden, und begann ein Gespräch auf Moskowitisch.

»Was sagt er denn, Senderl?«, fragte Benjamin.

»Ich verstehe kein Wort«, sagte Senderl und zuckte mit den Achseln. »Das ist aber auch eine Sprache. Ich verstehe immer nur: Billett, Billett.«

»Du bist ja dumm, Senderl«, rief Benjamin, »verstehst du nicht? Das ist der Bademeister. Er will unsere Eintrittskarte, denn für ein solches Bad muss man eine Eintrittskarte haben. Sag ihm, dass die Juden schon für uns bezahlt haben.«

»*Jak-że, pani, teje żidki uże dali tutetschka śa …*«,* begann Senderl und verstummte plötzlich wie erstickt. Er konnte nicht zu Ende bringen, was er hatte sagen wollen.

»Die Eintrittskarte, *Pani,* versteht Ihr, *żidki,* es sei zwischen ihnen und Euch wohl unterschieden, *Pani,* voll bezahlt!«, erklärte Benjamin den Tatbestand in seiner Sprache klar, kurz und scharfsichtig.

Der Mensch, der vorher zu unseren Helden getreten war, machte eine Handbewegung, woraufhin sie in einen anderen Raum geführt wurden. Sie vermuteten, dass sie dort endlich ordentlich ins Schwitzen kämen …

Als man Benjamin und Senderl nach einiger Zeit wieder auf die Straße hinausließ, waren sie kaum wiederzuerkennen, so sehr hatten sie sich verändert: glattgeschoren, ohne Bärte und Schläfenlocken, die Augen verdreht und glasig, große, kalte Schweißtropfen auf der Stirn, die

* »Herr, die zwei Juden haben schon bezahlt für …«

Gesichter verdüstert von einer Wolke der Schwermut. Sie wankten krumm und zusammengesackt dahin, während kalte Schauer über ihre dünnen Körper liefen. Sie waren von Soldaten umringt.

Am Himmel zog eine schwarze Wolke auf; ein Blitz erhellte die ganze Gesellschaft, gleich darauf donnerte es so fürchterlich, dass alle zitterten. Ein Sturm kam auf. Staubwolken wirbelten auf wie böse Geister, klaubten Schmutz, Stroh, Blätter und Papier von den Straßen, vermischten alles in einem wilden, rasenden Tanz und schraubten sich kreiselnd immer weiter nach oben… Die Herden auf den Weiden liefen unruhig umher, blökten, muhten und schrien, als wäre ein Pack hungriger Wölfe hinter ihnen her. Es stürmte, blitzte und donnerte, als wäre der Oberste sehr erzürnt über die sündige Welt und über alles, was dort vorgeht. Er fasste sich an den Kopf, blitzte aus zornigen Augen, wütete und schrie mit Donnerstimme. Zu guter Letzt tat es noch einen furchtbaren Schlag, und vom Himmel prasselten große Tropfen wie Tränen. Sie vermischten sich mit dem Schweiß und Blut unserer beiden unglücklichen Helden.

Ach, Benjamin und Senderl hatten bis dahin nicht gewusst, dass dem Reisenden nicht nur in der Wüste von den Echsen, Drachen und Raubtieren, die dort wohnen, Gefahr drohte, sondern dass im eigenen Land die Gefahr am größten war. Jene Zeit, in der unsere Helden auf Wanderschaft gingen, war die schwere, finstere, bittere Zeit, als Juden versuchten, andere Juden zu fangen, und

*Wi a lejb in sain nare geloiert hot oich er,*
*Geloiert zu chapen dem bespasportne aher*

um sie als Ersatz, als Opfertiere, für die eigenen Söhne oder die Söhne anderer Leute bei den Behörden einzuliefern. Ach, unsere Helden wussten es nicht, aber sie befanden sich schon längst in der Wüste bei den wilden Geschöpfen und hungrigen Raubtieren, und die zwei feinen koscheren Juden waren die eigentlichen Pipernottern.

## DAS DREIZEHNTE KAPITEL

# Unsere Reisenden wurden leider Soldaten

Jeder kann sich die furchtbare Lage unserer beiden armen Helden vorstellen, ihr finsteres und bitteres Los. Wir ersparen es uns, das zu schildern.

In der ersten Zeit waren sie völlig durcheinander und begriffen überhaupt nicht, was mit ihnen geschehen war. Alles war ihnen fremd, die Kaserne, die Soldaten, die Sprache und die Dinge, die man ihnen zu tun befahl. Der Mantel hing an ihnen wie ein Bettelsack und sah aus wie ein Frauenkleid, und auch die Soldatenmütze lag leider auf ihren Köpfen wie eine Frauenkappe. Wenn man die beiden sah, kam einem unwillkürlich der Gedanke, das Ganze sei eine Farce, es hätten sich zwei Juden verkleidet, um das Soldatenwesen zu verspotten; es schien, als äfften sie alles nur nach, um so ganz unumwunden für jeden deutlich zu machen, wie närrisch sie alle miteinander waren. Beklagenswert war das Schicksal des Gewehrs, das in die Hände unserer Helden geriet. Es wirkte bei ihnen wie ein Schürhaken in den Händen eines Mannes, der sich damit in der Küche am Ofen zu schaffen macht. Beim Exerzieren vollführten sie die verlangten Bewegungen mit solchem Überschwang der Arme und Beine, dass es die reinste Komödie war.

An Schlägen fehlte es ihnen nicht, versteht sich. Aber

gibt es ein Leid in der Welt, an das der Mensch sich schließlich nicht doch gewöhnt? Und nicht nur der Mensch, auch andere Geschöpfe gewöhnen sich an ihr Los. Wer lebte freier als ein Vogel? Doch wenn man ihn fängt und in einen Käfig setzt, wird er sich langsam daran gewöhnen; er wird mit Appetit in den Körnern picken, zwitschern und singen, als sei die ganze Welt mit ihren Wäldern und Feldern in seinem engen Käfig. Unser Senderl gewöhnte sich langsam an seine Lage. Beim Exerzieren pflegte er die anderen Soldaten genau zu beobachten und versuchte dann oft, den ganzen Drill auf seine Weise nachzumachen. Es war eine Freude zu sehen, wie Senderl für sich allein den Drill übte, strammstand, sich gerade und in die Länge zog wie eine gespannte Saite, sich die Mütze vom Kopf riss, die Backen aufblies wie ein Held, die Beine hob und sich in Marsch setzte wie ein aufgeplusterter Truthahn und eine Kehrtwendung nach der andern vollführte, bis sich seine Beine verhedderten und er der Länge nach hinschlug. Benjamin hingegen konnte sich nicht in seine Lage finden. Er war von Natur aus einer jener Vögel, die man Zugvögel nennt und deren Wesen es ist, jedes Jahr gegen Ende des Sommers auf eine lange Flugreise zu gehen und in warmen fernen Gegenden zu überwintern. In ihnen ist der Wandertrieb übermächtig. Wenn man sie zur Wanderzeit in einem Käfig hält, vergeht ihnen die Lust zu leben. Sie fressen nicht, sie trinken nicht, sie klettern die immer gleichen Wände hoch und suchen nach einer Spalte, um zu entkommen. Die Reise in die fernen Länder, für die er Frau und Kinder verlassen hatte, hatte sich wie eine Wespe in Benjamins Kopf eingenistet und war ihm gleichsam zur zweiten Natur geworden. Sie ließ ihn keine Minute in Ruhe. Sie bohrte in seinem Kopf, sie stach, nagte und tobte in seinem Hirn. Sie schrie: »Benjamin, geh weiter! Weiter! Weiter!«

So ging der Winter vorüber, und unser Benjamin litt.

An einem schönen Tag nach dem Pesach-Fest, als Senderl auf seine Weise vor sich hin exerzierte, ging Benjamin zu ihm hinüber und sagte:

»Du bist ein Kindskopf, Senderl. Du spielst herum und führst diese kleinen Kunststücke aus wie ein Komiker. Ich bitte dich, welchen Zweck sollen die haben? Wofür das Ganze? Besinn dich doch! Du bist, gottlob, ein verheirateter Mann, und dazu noch ein Jude! Warum beschäftigst du dich mit diesem Kram, verschwendest deine Geisteskraft darauf? Welche Rolle spielt es, ob du mit dem linken oder dem rechten Bein *krugom* machst, wie die dort es nennen. Welchen Unterschied macht das?«

»Was weiß ich?«, sagte Senderl. »Man befiehlt *krugom*? Gut, soll es *krugom* sein. Was macht mir das aus?«

»Und unsere Reise? Sag nur, du hast sie schon vergessen! Das kann doch nicht sein! Mensch, unsere Reise, unsere Reise in die Ferne! Weit weg! Lindwurm, Maulesel, Pipernotter!«, schrie Benjamin wütend.

»Marsch! Marsch! Marsch!«, antwortete Senderl und lüpfte die Beine.

»Du und das Marschieren! Das ist eine traurige Sache.

Du solltest dich schämen. Sag mir lieber, du Komiker, machen wir unsere Reise oder nicht?«

»Von mir aus schon«, gab Senderl zurück, »sobald sie uns lassen.«

»Wozu brauchen wir sie, und wozu brauchen sie uns?«, ereiferte sich Benjamin. »Überleg doch mal selbst, Senderl, so wahr du ein Jude bist, gesetzt, der Feind rückt, Gott behüte, an, werden zwei Leute wie wir sich ihm entgegenstellen können? Und selbst wenn du ihm tausendmal sagst: ›Geh weg, sonst mache ich peng-peng!‹, wird er auf dich hören? Im Gegenteil, er wird sich auf dich stürzen, und du wirst von Glück sagen können, wenn du mit dem Leben davonkommst. Glaub mir, auf mein Leben, so wie ich das sehe, sind wir zwei hier völlig überflüssig. Sie würden uns wohl auch gern loswerden. Ich habe selbst gehört, wie dem Ältesten einmal entfuhr, wir seien eine wahre Heimsuchung, und wenn es nach ihm ginge, hätte er uns schon längst in die Wüste geschickt. Und wirklich, wozu brauchen sie uns? Ich sag dir's ganz offen, Senderl, das Ganze war von Anfang an eine schiefe Sache und eine unpassende Partie. Wir passen nicht zu ihnen und sie nicht zu uns. Die Juden, die uns ihnen ausgeliefert haben, haben ihnen sicher erzählt, dass wir gewaltige Helden seien, die die Kriegskunst von Grund auf beherrschten. Es ist nicht unsere Schuld, dass die beiden Juden sie betrogen haben. Uns haben sie freilich auch ganz gemein reingelegt. Wir waren ja nur in der Absicht hergekommen, etwas Geld einzusammeln und dann weiterzureisen. Von Kriegskunst war nie die Rede gewesen. In Gebetsmantel und Sterbehemd gewickelt, kann ich schwören, dass niemand sie je erwähnt hat. Einfach einen Menschen verschleppen, das ist doch gegen jeden Anstand! Das ist empörend! Kurz, es ist nicht ihre Schuld, dass man uns betrogen hat, und es ist nicht unsere Schuld, dass man sie betrogen hat. Schuld sind die zwei Schufte, die beide Parteien belogen haben. Sie allein, Senderl, tragen die Schuld. Sie allein sind die Verbrecher.«

»Gut, was sollen wir deiner Ansicht nach tun?«, fragte Senderl.

»Ich möchte, dass wir bald unsere Reise fortsetzen«, antwortete Benjamin. »Wir machen die Partie einfach rückgängig: Die Braut bleibt ledig! Ich denke, das kann uns keiner verwehren. Nach Recht und Billigkeit muss man uns das zugestehen. Wenn du Angst hast, dass man uns nicht weglässt, bedienen wir uns eines einfachen Mittels: Wir machen uns in aller Stille davon. Wer braucht das zu wissen? Wir müssen uns von niemandem verabschieden.«

»Ich bin auch der Ansicht, dass Abschiednehmen überflüssig ist«, pflichtete Senderl bei. »Als wir vor einem Jahr von zu Hause wegfuhren, haben wir auch niemandem, nicht einmal Frau und Kindern, ›Ihr könnt uns mal ...‹ gesagt.«

Nach diesem Gespräch begannen unsere Helden wieder an die Reise zu denken und Fluchtpläne zu entwickeln. Benjamins Blut war in Wallung. Er war voller Unruhe und rannte herum wie eine Henne, die sich im

Frühjahr auf die Eier setzen will. Er war so in seine Gedanken vertieft, dass er weder sah noch hörte, was um ihn herum passierte. Kam ein Ältester vorbei und Benjamin riss sich aus Zerstreutheit nicht die Mütze vom Kopf und kassierte dafür eine Ohrfeige oder einen Schlag in den Nacken, verzog er keine Miene, als ob man ihn gar nicht meinte. Die Kommandorufe während des Exerzierens drangen nicht einmal durch seine linke Schläfenlocke. Er hörte solche Befehle, wie die Czernowitzer an Purim die Lesung der Esther-Rolle hören. Er konnte nur noch an die Reise denken; im Kopf war er sehr weit weg.

Eines Nachts schließlich, als die Soldaten in der Kaserne tief und fest schliefen, kam Benjamin auf Zehenspitzen an Senderls Bett und flüsterte:

»Bist du bereit, Senderl?«

Senderl nickte, griff nach Benjamins Rockschößen, und sie schlichen auf den Hof.

Draußen blies ein warmer Wind. Schwarze und braunblaue Wolken jagten über den Himmel, eine hinter der anderen her, als beeilten sich tausend Fuhrmänner, mit hochbeladenen Wagen beizeiten zu einem himmlischen Jahrmarkt zu kommen. Der Mond begleitete den endlos langen Zug wie ein Aufseher und streckte ab und zu für eine Minute den Kopf heraus, als wollte er nachsehen, was draußen noch so vor sich ging. Dann verbarg er sich wieder für eine ganze Weile und lag irgendwo eingekuschelt unter einer schwarzen, wie mit Teer bestrichenen Wolkenbettdecke.

Unsere Helden stahlen sich im Dunkel über den Hof und hielten auf den Zaun zu. Sie kletterten auf einen Holzstapel, von wo aus sie leichter über die Palisade kommen konnten. Plötzlich hielt Senderl inne und flüsterte Benjamin ins Ohr:

»Oje, Benjamin, ich habe den Sack vergessen. Soll ich umkehren und den Sack holen?«

»Um Gottes willen!«, gab Benjamin zurück. »Umkehren ist schlimm. Wenn Gott einem Menschen helfen will, verhilft er ihm auch zu einem Sack!«

»Jetzt fällt mir wieder ein«, sagte Senderl leise, »wie der Großvater Reb Senderl mich im Traum gewarnt hat. ›Steh auf, Senderl‹, hat er gesagt, ›und lauf weg, wohin die Beine dich tragen!‹ Mögen seine Verdienste uns jetzt beistehen. Er war voll und ganz ein Jude, immer geradeheraus, ohne irgendwelche Schnippchen. Die Großmutter, Friede sei mit ihr, erzählte immer …«

Doch bevor Senderl erzählen konnte, was die Großmutter immer zum Großvater sagte, hörten sie die Stimme eines Soldaten, der auf dieser Seite Wache schob.

Unsere Helden drückten sich an den Zaun, hielten den Atem an und lagen ruhig da. Sie machten auch nicht die leiseste Bewegung und sahen aus wie zwei Häuflein alter Kleider. Etwas später, als es schon wieder ganz still war, zeigten die alten Kleider Anzeichen von Leben und ließen sich sachte am Zaun hinab. Auf allen vieren rückten sie langsam vor, bis Gott ihnen half, den Wachtposten zu umgehen und eine Seitengasse zu erreichen. Unsere Helden richteten sich auf, blieben ein Weilchen stehen, um Atem zu schöpfen, und schauten sich glücklich in die leuchtenden Augen.

»Die Großmutter, Friede sei mit ihr, erzählte immer«, fing Senderl an, »wie der Großvater, Reb Senderl, Friede sei mit ihm, zu seinen Lebzeiten stets von der Absicht sprach, nach Eretz Jisroel zu fahren. In seiner Todesstunde setzte er sich auf und sagte wörtlich: ›Wenn ich es auch in Gottes Augen nicht verdient habe, nach Eretz Jisroel zu fahren, so bin ich doch sicher, dass eines meiner Kinder dorthin gelangen wird.‹ Mein Herz sagt mir jetzt, dass er mich damit gemeint hat. Mag dies aus meinem Mund in Gottes Ohr gelangen!«

Doch aus Senderls Mund erreichten seine Worte ein ganz anderes Ohr! Kaum hatte Senderl seinen Wunsch hervorgebracht, fragte plötzlich jemand auf Moskowitisch: »Wer da?« Als keine Antwort erfolgte, kam er rasch näher und wiederholte die Frage.

Unglücklicherweise streckte der Mond gerade in diesem Moment den Kopf durch die dunkle Wolkenschicht und beschien unsere armen Helden, die sprachlos und totenbleich dastanden, und ihren Barackenältesten, der sich furchtbar aufregte, mit den Händen herumfuchtelte und sie bis zu den Urahnen verfluchte.

Wenige Minuten später saßen unsere beiden Helden bereits als Verhaftete auf der Hauptwache!

Es gibt keine Worte, die auch nur annähernd den Schmerz und die Verzweiflung beschreiben können, die unsere Helden im Gefängnis quälten. Sie magerten schrecklich ab und hörten auf, Menschen zu sein. Senderl wenigstens konnte schlafen, und wenn er schlief, fühlte er für ein paar Stunden seine bittere Lage nicht. Und er hatte weiter gute Träume. Der Großvater Reb Senderl kam nun öfter und spielte mit ihm. Er kam nie mit leeren Händen. Er brachte Pfeil und Bogen, ein Schwert, eine Haman-Ratsche. Er zwickte dem Enkel gewöhnlich in die Backe und sagte mit einem Lächeln: »Spiel damit, du Lausbub. Mach piff-paff-puff, Senderl! …« Einmal kam er mit einem Dreidel, setzte sich und spielte mit seinem liebherzigen Senderlein. Senderl ließ den kleinen Kreisel springen; er drehte, drehte und drehte sich, fiel mit dem G nach oben, und so gewann er vom Großvater einen Groschen. Ein guter Traum tut dem Menschen gut! Ist nicht die ganze Welt ein Traum? Benjamin aber blieb das alles versagt. Er konnte nicht schlafen. Er war völlig verwirrt, seine Gefühle waren in Aufruhr, das Blut kochte in seinen Adern. Durch das Fenster sah er die Sonne lieblich strahlen, das grüne Gras wuchs und gedieh, die Bäume trieben wunderschöne Blüten, Menschen liefen hin und her und Vögel durchzogen frei den Himmel. Jetzt war die richtige Zeit zu wandern. Doch er saß eingesperrt und konnte seine Reise nicht antreten. Es war ihm zum Zerreißen elend. Er war so maßlos gespannt und in so wildem Aufruhr, dass er wie toll herumsprang, sich an den Kopf fasste und schrie: »Was habe ich ihnen GETAN? Was, was, was haben sie GEGEN mich? …«

## DAS VIERZEHNTE KAPITEL

# Die Braut bleibt ledig

Im Gerichtssaal der Militärverwaltung saßen einige Tage nach dem Vorfall mit unseren Helden eine Reihe von Offizieren in Paradeuniform, unter ihnen auch der General und der Oberst. Dicht neben der Tür standen zwei Soldaten mit gesenkten Köpfen. Sie sahen aus wie Mäuse, die man gerade aus einer Schüssel mit Sauermilch gezogen hat. Die Offiziere sahen zu den Soldaten hinüber und musterten sie von Kopf bis Fuß. Danach unterhielten sie sich miteinander, wobei sie ein Grinsen nicht unterdrücken konnten.

»Hör zu, Senderl«, sagte einer der Soldaten leise, während die Offiziere miteinander sprachen, »auch wenn ich wüsste, dass es meinen Tod bedeutet, ich muss ihnen die ganze Wahrheit sagen. Ich bin geladen.«

»Von mir aus kannst du ihnen die Wahrheit sagen, Benjamin«, gab der andere Soldat zurück. Wenn du es so willst, soll es so sein. Was macht mir das aus?«

»Seid ihr die Leute, die sich spätnachts aus der Kaserne gestohlen haben?«, fragte der General streng. »Ihr wisst, wie dieses Vergehen bestraft wird?«

»Ja doch, ja doch«, legte Benjamin auf gut Glück, halb Jiddisch, halb Russisch, mit einer Rede los, angesichts derer Chajkel der Stotterer, der große Redner von

Tunejadewke, sich in ein Loch hätte verkriechen müssen.

Der General wandte sich lachend ab, wedelte mit der Hand, und der Oberst übernahm das Verhör.

»Ihr habt euch eines schweren Vergehens schuldig gemacht. Ihr verdient, hart bestraft zu werden.«

»*Wasche blagorodije!*«,* schoss es aus Benjamin heraus. »Aber Menschen am helllichten Tag aufzugreifen und wie Hühner auf dem Markt zu verkaufen soll erlaubt sein? Und wenn die Armen versuchen, sich zu retten, nennt man das ein Verbrechen? Wenn das so ist, dann ist die Welt vogelfrei, dann gibt es kein Recht mehr und kein Gesetz. Und ich verstehe nicht mehr, was erlaubt und nicht erlaubt überhaupt noch bedeuten soll. Trotzdem, lassen Sie uns doch die Menschen fragen, die hier sitzen. Sie sollen sagen, wer da etwas verbrochen hat. Gesetzt den Fall, man hätte Sie irgendwo auf offener Straße geschnappt und mit Gewalt in einen Sack gestopft. Werden Sie nun schuldig, begehen Sie ein Verbrechen, wenn Sie sich aus eigener Kraft aus dem Sack befreien? Ich sage Ihnen klar und deutlich, das Ganze war von Anfang an eine erzwungene Sache, ein Betrug. Schuldig sind die beiden Juden, wer weiß, was sie alles erzählt haben. Wir tun euch kund – sag auch was, Senderl, rede, was stehst du da wie ein Ölgötze? Rücke mit der Wahrheit heraus, auf gut Glück und ganz ohne Angst, sag's mit mir zusammen: Wir erklären

* »Euer Hochwohlgeboren!«

hiermit und tun euch kund, dass wir von der ganzen Kriegskunst nie etwas verstanden haben, noch heute nichts davon verstehen und auch nichts davon verstehen wollen. Wir sind, gottlob, verheiratete Männer, denken über ganz andere Dinge nach und können uns mit Kriegssachen überhaupt nicht befassen. Sie gehen uns überhaupt nicht in den Kopf. Also was nützen wir euch? Ich denke, ihr selbst müsstet euch wünschen, uns loszuwerden.«

Damit hatte Benjamin tatsächlich recht. Schon lange wäre man sie gern losgeworden. Als die Barackenältesten erstmals unserer Helden ansichtig geworden waren und ihre Kleidung, ihr Benehmen, ihre Sprache und nicht zuletzt ihr eigentümliches Marschieren sahen, war ihnen schnell klar geworden, mit was für sonderbaren Vögeln sie es hier zu tun hatten, und sie hielten sich oft die Seiten vor Lachen. Der Sinn der Sitzung der Offiziere war, unsere Helden einem Verhör zu unterziehen, sie zu prüfen, um endgültig festzustellen, mit wem sie es hier zu tun hatten. Benjamin und Senderl wurden verhört und bestanden, gottlob, die Prüfung glänzend: Die Offiziere brachen in wieherndes Gelächter aus und hatten an ihnen ihren wilden Spaß.

»Nun, Doktor?«, wandte sich der General an einen Offizier, der sich in einem Gespräch besonders lang mit unseren Helden abgegeben hatte.

Der Arzt legte einen Finger an die Stirn und schüttelte den Kopf, als wollte er sagen: Schraube locker.

Das Ergebnis: Nachdem die Offiziere sich beraten und

einen Schriftsatz aufgesetzt hatten, erging der Befehl, unsere Helden aus dem Dienst zu entlassen.

»Geht!«, sagte man zu ihnen. »Geht, wohin der Pfeffer wächst.«

Benjamin verabschiedete sich sehr wohlerzogen mit einer Verbeugung und ging davon. Senderl hob die Beine wie ein Soldat und folgte ihm im Marschtritt.

# Anmerkungen

## Vorwort von Mendele dem Buchhändler

9 *Omer Mendeli moicher sforim, so spricht Mendele der Buchhändler:* Seit der Antike kennzeichnet diese Formel den Beitrag eines Individuums. Schon im Talmud bedeutet die Formel *amar R. Akiva* oder *amar R. Yehudah* (sagt Rabbi Akiva, sagt Rabbi Judah), dass ein Einzelner seine Lehrmeinung vertritt. Die Formel taucht danach in nahezu allen hebräischen Schriften auf. Mendeles Eröffnung mit dieser Formel signalisiert, dass er einer traditionellen Welt jüdischer Gelehrtheit angehört. Allerdings ist seine Formel zweisprachig: Dem hebräischen Original (*amar*, hier in der osteuropäisch-jiddischen Aussprache: *omer*) folgt die jiddische Übersetzung. Der Gebrauch der Formel zeugt von Selbstbewusstsein.

9 *Gelobt sei der Schöpfer:* Traditioneller Lobpreis am Anfang religiöser und homiletischer jüdischer Werke. Allerdings wird die hohe Sphäre sogleich mit einer niedrigen Welt konfrontiert, was unfreiwillige Komik produziert. Dieser Bathos genannte literarische Kniff charakterisiert den ganzen Roman und ist bereits im ersten Satz voll präsent (hohe hebräische Formel, jiddische Deflation).

9 *Wachse! Kriech heraus!:* Abramowitsch rekurriert hier auf einen berühmten Midrasch (erzählerische Interpretation): »Rabbi Simon sagte: Es gibt keinen Grashalm, der nicht auch ein *mazal* [eine Konstellation der Sterne, Engel] im Himmel hätte, das ihn schlägt und ihm sagt: Wachse!« (*Midrash rabbah bereshit* 10,6). Wenn im Verlauf der Erzählung immer wieder von der glücklichen Stunde gesprochen wird, zu der etwas stattfindet,

ist damit dieses *mazal* (jiddisch: *mazel*, Glück) gemeint. Implizit wird die Frage gestellt, ob *mazal* Zufall (Konstellation) oder Vorsehung (Engel) ist.

10 *teure Freunde:* im Original *raboysim*. Das ist die traditionelle Anrede für (gelehrte) männliche Gesprächspartner und Tischgenossen, mit denen man die Gebete spricht. Damit deutet Mendele an, welchen Zuhörerkreis er sich für seine Erzählung vorstellt.

10 *Ein Jude … taucht … in Weltgegenden auf:* Abramowitsch spielt hier an auf Israel Joseph Benjamin (1818–1864), der sich in Anspielung auf den Weltreisenden Benjamin von Tudela (starb 1173) Benjamin der Zweite nannte und mit seinen Reisen in den Nahen Osten, nach Afrika und Amerika und seinen Reisebüchern Aufsehen erregte. Dazu mehr im Anhang unter »Die Bücher Benjamins des Dritten«.

10 *die mappa, will sagen die Landkarte:* im Original lautet der Satz: *Fun itst on vet di mape oder di landkarte bakumen nor a ander ponim* [Gesicht]. Hinter Mendeles scheinbar einfacher Übersetzung *mape*/Landkarte versteckt sich ein enormer Kultursprung. Das englische Wort *map* (Landkarte) kommt vom Lateinischen *mappa mundi* (Weltkarte), wobei *mappa* ein Tuch bezeichnete. In dieser Bedeutung blieb das Wort im Hebräischen erhalten und bezeichnete insbesondere das Tuch, das den erhöhten Tisch bedeckt, auf dem in der Synagoge die Torah-Rolle beim Verlesen zu liegen kommt. In dieser Bedeutung wurde *mapah* (Tischtuch) zum Titel eines bedeutenden religionsgesetzlichen Werks von R. Moses Isserles (Krakau 1570), das Joseph Karos sephardische Kompilation von Gesetzestexten im *Shulḥan arukh* (Der gedeckte Tisch, Safed 1563), um die aschkenasische Tradition erweiterte. »Gedeckter Tisch« und »Tischtuch« erschienen ab 1578 immer zusammen und prägten die jüdische Welt. So wurde *mappa* (jiddisch *mape*, מפה) für osteuropäische Juden gleichbedeutend mit Isserles und einem nach den Religionsgesetzen) gelebten Lebens. Wenn Mendele sagt, *mape* sei eine Landkarte, zwingt er seine Leser, über den Tellerrand ihrer Kultur in die Moderne zu sehen. Für Juden, die auf diese Weise ›auszie-

hen‹, bekommt die *mape*, das Tischtuch, in der Tat ein anderes Gesicht (*ponim*): Aus dem »Tischtuch« wird eine Weltkarte. Dass es Abramowitsch um dieses Wortspiel ging, belegt die Tatsache, dass das jiddische Wort Landkarte (*mape*, מאַפּע) am Ende mit einem *ayin* (ע) und nicht mit einem *he* (ה) geschrieben wird, Abramowitsch aber die hebräische Schreibung (mit ה) für »Tischtuch« wählt.

11 *Benjamin dem Ersten:* Benjamin aus Tudela, einer Stadt im Königreich Navarra, reiste zwischen 1160 und 1173 durch Südeuropa, Nordafrika und den Nahen Osten. Zu seinem Reisebericht mehr im Anhang unter »Die Bücher Benjamins des Dritten«.

11 *Affen:* Abramowitsch nutzt hier die im Mittelalter weitverbreitete Auffassung von den Affen (*malpes*) als Narren und törichte Nachahmer der vernünftigen Menschen. Im *Maastrichter Stundenbuch* (1320) gibt es eine Miniatur von törichten Menschen, die, als Affen dargestellt, in einem Schiff reisen; es ist eine frühe Version des Narrenschiffs. Stowe MS 17 (fol. 76v), British Library, hier zu sehen: http://www.bl.uk/manuscripts/Viewer.aspx?ref=stowe_ms_17_fs001r#

11 *loi bo … Gewächs:* Das Versfragment לֹא בָא כַבֹּשֶׂם הַהוּא (*lo bo kabosem hahu*) erscheint in 1. Könige 10,10: »Dann gab sie dem König 120 Talente Gold und von Gewürzen eine große Fülle sowie Edelsteinen; nie wieder gab es solche Gewürze (*lo bo kabosem hahu*) wie die, welche die Königin von Saba dem König Salomon schenkte« (auch 2. Chronik 9,9). Bei Abramowitsch *hazeh* statt *hahu*.

11 *sich am Honig laben:* schon in der Bibel ein Klischee für angenehme und stärkende Rhetorik. Judah Messer Leon veröffentlichte 1475/76 in Mantua ein Lehrbuch der hebräischen Rhetorik mit dem Titel *Nofet ẓufim* (Fluss der Honigwabe); unter dem gleichen Titel erschien 1865 in Wilna im Verlag Romm eine Zusammenstellung einfacher kabbalistischer Bibelkommentare.

12 *mächtiger ist als meine Lenden:* Mendele führt hier einen Schlag gegen seine nur auf Hebräisch schreibenden Kollegen, die von ihrer vermeintlich feineren Warte aus auf seine literarischen

Unternehmen im Jiddischen herabschauten. Mendeles Vergleich (*vos zeyer mindester finger iz greber fun mayne lendn*) zitiert die arrogante Antwort, die der neugekürte König Rehoboam, Sohn Davids, seinem Volk gibt: »Mein kleiner Finger ist dicker als die Lenden meines Vaters« (1. Könige 12,10). Seine Einstellung führt zum Verlust der Herrschaft über zehn der zwölf Stämme der Israeliten. Ähnlich, so deutet Mendele an, verlieren die hebräischen Autoren die Herrschaft über eine große Leserschaft, wenn sie ihr die Bürde einer hochgestochenen hebräischen Rhetorik auferlegen.

12 *gürtete ... meine Lenden wie ein Held:* Hiob 38,3 und 40,7.

12 *Hokitso ... kriech hinter dem Ofen hervor:* Angespielt wird auf das berühmte hebräische Gedicht *Hakiẓa ami* (1863) von Judah Leib Gordon: »Wach auf, mein Volk, bis wann willst du schlafen? / Die Nacht ist verschwunden und die Sonne erschienen«, das als Hymne der Haskalah, der jüdischen Aufklärung, gilt. In Mendeles ›niedrigem‹ jiddischen Gegenstück erscheint er selbst als das jüdische Volk, und die historische Passivität der Juden wird auf einen Schlaf hinter dem Ofen reduziert. Mendeles deflationierendes *Hokitso* ist bitter-komisches Bathos.

12 *etwas Köstliches, das deine Brüder erfreut:* Anspielung auf Jakob, der für seinen Bruder Esau ein köstliches Gericht kocht und später auf Betreiben seiner Mutter Rebekka zwei Ziegen aus der Herde holt, aus denen sie für ihren Mann Isaak eine wonnige Speise zubereitet, mit deren Hilfe Jakob sich das Erstgeburtsrecht in Abwesenheit seines Bruders Esau erschleicht (Gen. 27,9–25). Ähnlich will Mendele den Segen des blinden Lesers (der ja Benjamins Original nicht kennt) für die jiddische Literatur einheimsen, bevor die hebräischen Schriftsteller aufwachen, die in der älteren, vornehmeren Sprache schreiben.

## Das erste Kapitel

13 *Tunejadewke:* Stadt der Müßiggänger.

14 *Rothschilds Vermögen:* Der Name Rothschild stand zwar schon damals für legendären Reichtum, doch hier spielt Abramowitsch spezifisch auf Lionel de Rothschild an, dessen Londoner Bank 1875 Englands Premierminister Benjamin Disraeli einen Kredit von vier Millionen Pfund einräumte, um England den Erwerb der ägyptischen Anteile am Suezkanal zu ermöglichen. Zu den großen politischen Themen des Romans gehört der Kontrast zwischen Stagnation und Immobilität in Russland und Fortschritt und Mobilität in Westeuropa, an deren Spitze die globale Kolonialmacht England stand und als deren Förderer sich der vierte Benjamin (Disraeli) insbesondere im Suezkanal-Coup erwies. Zum »englischen Thema« mehr im Nachwort.

14 *feindselige Regierungserlasse und Pogrome:* im Jiddischen ein Wort: *gezeyres* (hebräisch: *gezerot).*

14 *die Roten Juden:* Sie sind ein legendäres Sprengsel der zehn verlorenen Stämme Israels. Sie wohnen jenseits des Flusses Sambation hinter den Bergen der Finsternis. In der jüdischen Variante des Mythos befreien die Roten Juden nach dem Erscheinen des Messias die Juden aus ihrer Unterdrückung im Exil und nehmen Rache für ihre Misshandlung.

16 *Matzen-Rädler:* Der Teig für die ungesäuerten Brote (Matzen), die in der Pesach-Woche im Gedenken an den hastigen Auszug aus Ägypten gegessen werden, wird mit einem Metallrädchen gelöchert.

17 *Johannisbrot am Frühlingsfest Tu bischwat:* Abramowitsch schreibt: *a shtikl bokser in khamisho-eser* – »ein Stück Johannisbrot am Fünfzehnten«. Gemeint ist der 15. Tag des Monats Schwat. Zahlen werden im Hebräischen durch Buchstaben repräsentiert. Die Zahl 15 ergibt die Silbe »tu«. Darum heißt dieser Festtag heute Tu bishvat. Es ist der Neujahrstag der Bäume. Es ist Brauch, an diesem Tag entweder eine neue Frucht zu essen oder etwas, das zu den *shivat ha-minim,* den sieben Arten, gehört, die es im Heiligen Land im Überfluss geben soll: Weizen, Gerste, Trauben,

Feigen, Granatäpfel, Oliven und Datteln (Deut. 8,8). Darum schließt sich sofort die Erzählung von der Dattel an.

17 *tolichejnu kommius … essen: Ve-tolikhenu kommyut le-arzenu* (führe uns aufrecht in unser Land) ist eine Zeile aus dem Gebet *Ahava rabbah*, das im Morgengottesdienst dem Bekenntnis zum Einen Gott (*Shma yisrael*) vorausgeht. Der aufrechte Gang ist ein Symbol der Freiheit (Lev. 26,13).

17 *Chumesch:* abgeleitet vom hebräischen Wort *ḥamesh* (fünf), bezeichnet die fünf Bücher Mose (auch: Fünfbuch, Pentateuch, Torah).

17 *Erde des Heiligen Landes:* Gott befahl Abraham, sich eine Grabstätte in Judäa (bei Hebron) zu kaufen; auch die anderen Erzväter und Erzmütter sind bei Hebron begraben. In der Gemara des Traktats *Ketubot* steht: »*Amar* R. Anan: Wer im Land Israel begraben ist, ist wie unter dem Altar begraben. Hier steht geschrieben: ›Einen Altar aus Erde sollst du mir machen‹ (Ex. 20, 21), und dort steht geschrieben: ›Und es sühnt seine Erde für sein Volk‹ (Deut. 32,43).« So wurde es der dringlichste Wunsch frommer Juden, in Israel begraben zu sein oder etwas Erde aus Israel im Sarg zu haben. Die Absurdität hier ist, dass selbst im Traum die Tunejadewker (anders als Benjamin) sich einen wirklichen Umzug ins Heilige Land nicht vorstellen können und lieber den Ersatz mit nach Hause nehmen.

18 *regierte … auf überhebliche Art: [Er] hot grod beyad ramah … gefihrt dos shtetl*: Die erhobene Hand (*yad ramah*) ist ein Zeichen der Überheblichkeit (Num. 15,30–31) der Feinde der Juden (Deut. 32,26–27).

18 *Türken:* Da Abramowitsch sein Buch durch die Zensur bringen musste, wird der Zar hier als Türke maskiert.

18 *Fürst der Ismaeliten:* Ismael war Abrahams Sohn mit Hagar, einer ägyptischen Magd, und gilt als Stammvater der Araber. Hier steht Fürst der Ismaeliten für den Sultan des Osmanischen Reichs und fungiert als Maske für Zar Alexander II.

18 *Mosessöhne … Eldad ha-Dani:* Von den ursprünglich zwölf Stämmen der biblischen Israeliten gingen zehn verloren. Um ihren Verbleib entstanden im Mittelalter viele jüdische und christ-

liche Mythen. Das Auffinden der zehn verlorenen Stämme wurde mit dem Kommen des Messias assoziiert. Eldad ha-Dani, ein nordafrikanischer Reisender des späten 9. Jahrhunderts, berichtete lebhaft über seine Erkundung der vermeintlichen Siedlungsgebiete der verschollenen zehn Stämme. Von den *Bnei Mosche*, den Mosessöhnen (Stamm Levi), erzählte er, ihr Land sei ganz vom Fluss Sambation eingeschlossen. Sie lebten in schönen Häusern, bewirtschafteten fruchtbare Äcker, hielten nur rituell erlaubte Tiere, und keines ihrer Kinder sterbe zu Lebzeiten der Eltern. Die Roten Juden, die Mosessöhne und die zehn Stämme sind in der komplexen jüdischen Reise- und Erlösungsliteratur eng miteinander verwoben und oft identisch. Sie agieren als Armee des Messias.

19 *weder Fleisch noch Milch:* Juden trennen Fleisch- und Milchprodukte. Sie können nicht zusammen gekocht werden; jede Küche hat Geschirr für Milchiges und Fleischiges. Fisch gehört wie alles Gemüse zur dritten, neutralen Kategorie und könnte in beider Art Topf gekocht werden. Zwei Töpfe nur für neutrale Speisen ist in Tunejadewke ein Luxus.

19 *Reb Aisik-Dowid Reb Arn Josseles Sore-Slates:* R. Isaak-David, Sohn R. Aaron-Josefs, Mann, Schwiegersohn oder Sohn von Sarah-Slata. Schon hier klingt das Thema der ökonomischen Potenz der Frauen an. Da die jüdischen Frauen in Osteuropa häufig auf den öffentlichen Märkten aktiv waren, wo sie Waren (auch die handwerklichen Produkte ihrer Männer) verkauften, und weil Frauen oft auch die Geschäfte ihrer verstorbenen Männer weiterführten, übernahmen Männer, sei es als Ehemänner, Söhne oder Schwiegersöhne, häufiger die Namen der Frauen. In diesem Fall übernahm Isaak-Davids Vater den Namen einer Frau in seiner Familie. Ihre ökonomische Potenz wird durch den slawischen Namen Slata, die Goldene, angedeutet.

20 *Der Bauer … Aufstieg der üblen … Macher:* Gustave Flaubert präsentiert in seinem Roman *Madame Bovary* (1857) eine fortschrittliche, nichtjüdische Variante: »Wer stillt denn unsre Bedürfnisse? […] Ist es nicht der Landwirt? Der Landwirt, meine Herren, der mit emsiger Hand die fruchtbaren Furchen unserer

Äcker besät und das Korn gedeihen lässt, welches, zermahlen, mit Hilfe wohldurchdachter Gerätschaft zu Pulver verarbeitet wird, herausrieselt unter dem Namen Mehl und hernach, in die Städte befördert, alsbald anlangt beim Bäcker, der ein Nahrungsmittel daraus bereitet für Arm wie für Reich.« (Teil 2, Kapitel 8; Übersetzung von Elisabeth Edl).

21 *die Reisen … erzählt:* Rabba bar bar Chana war ein jüdischer Gelehrter des 3. Jahrhunderts, dessen phantastische Abenteuer auf dem Meer und in der Wüste im Talmud überliefert sind. Mit den *Reisen Benjamins* ist Benjamin von Tudelas Reisebericht gemeint. Bei den *Preisungen Jerusalems* handelt es sich um eine im 18. Jahrhundert zusammengestellte Anthologie von Berichten über Reisen ins Heilige Land. *Bild der Welt* ist eine Mitte des 16. Jahrhunderts angefertigte, kabbalistisch orientierte hebräische Übersetzung einer französischen Weltbeschreibung aus dem Jahr 1245. Mehr über diese Werke steht im Anhang in »Die Bücher Benjamins des Dritten«.

## Das zweite Kapitel

23 *Rav:* Lehrer, Gelehrter, Meister; davon abgeleitet Rabbi (mein Meister).

26 *Gebetskapseln an den Türpfosten:* An den rechten Türpfosten jüdischer Häuser befindet sich eine kleine Kapsel (Mesusa). Sie umschließt ein Pergamentröllchen mit Bibelversen, die die Juden als Volk Gottes bestätigen (Deut. 6,4–9; 11,13–21). Das Röllchen muss jederzeit unversehrt sein, um als rituell rein (koscher) zu gelten. Ist es irgendwie beschädigt, so ein Aberglaube in Osteuropa, können böse Kräfte ins Haus eindringen.

27 *Freigeister:* im Jiddischen *apikorsim* (Einzahl *apikoros*), abgeleitet vom Namen des griechischen Philosophen Epikur, war schon in der Antike ein Wort für Skeptiker und Abtrünnige.

27 *am Schabbat reisen:* Die Schabbat-Grenze (*teḥum shabbat*) ist etwa ein Kilometer. Benjamin und sein Herausgeber Mendele

messen in dieser Einheit: *dray tkhum-shabes'n* (drei Schabbat-Längen) steht im jiddischen Text.

27 *Pipernotter und den Lindwurm:* Drachen, die aus der deutschen Epik und Volksliteratur in die jüdische Literatur gelangten. Hinter dem Pipernotter steht die deutsche Vipernatter (eine ungiftige Schlange). Lindwurm war ein Name für Drachen schlechthin. Der Drache Fafnir in der Nibelungensage ist ein Lindwurm. Das althochdeutsche *lint* bedeutet Schlange. Für Benjamin sind Pipernotter und Lindwurm nicht Genusbezeichnungen, sondern spezifische Ungeheuer.

28 *Alexander:* Nacherzählung eines Teils der Alexander-Legende aus dem *Sefer Josippon*. Seit dem Buch Daniel wird Alexander als Teil des göttlichen Plans zur Erlösung der Juden angesehen (Dönitz 2011: 21). Die rabbinische Auffassung Alexanders des Großen ist überwiegend negativ; aber mit der Darstellung des Besuchs Alexanders in Jerusalem und seiner Verbeugung vor dem Hohenpriester Jaddus in den *Jüdischen Altertümern* von Flavius Josephus infiltrierte ein positives Verständnis der Rolle Alexanders die jüdische Literatur. Es prägt die Darstellung der Alexander-Legende im *Sefer Zikhronot* (13. Jh.) und in dem immens populären *Sefer Josippon*.

31 *Josef:* Josef, der elfte Sohn Jakobs, wurde von seinen Brüdern aus Eifersucht an midianitische Händler verkauft, die ihn an ägyptische Händler weiterverkauften. So kam er als Sklave in das Haus des ägyptischen Beamten Potiphar, dessen Frau ihn verführen wollte. Josef widerstand. Der Name der Frau wird in der Bibel nicht genannt (Gen. 39,7). Erst im *Sefer hayashar* (Buch des Aufrechten), einer Nacherzählung der biblischen Geschichte von Adam und Eva bis zur Eroberung Kanaans, erscheint der Name als Selicha (זליכה), und so auch bei Abramowitsch. Der Autor des *Sefer hayashar* (Venedig 1625) kannte sehr wahrscheinlich die islamische Tradition, in der Potiphars Frau als positive, zu Gott hingezogene Gestalt unter dem Namen Sulaicha (Suleika) erscheint. Der biblische Benjamin ist der jüngere Bruder Josefs.

33 *Ewig-Verlassene:* Eine Frau, die ohne Scheidebrief von ihrem Mann verlassen wird, kann sich nicht wieder verheiraten. Sie

wird eine *agunah* (jiddisch: *agune*), eine Ewig-Verlassene. Die Flucht verheirateter Männer wurde im 19. Jahrhundert zu einem sozialen Problem.

34 *Koidesch! Koidesch! Koidesch!:* »Heilig! Heilig! Heilig!« (hebräisch: *kadosh,* קדוש) ist der Beginn des 3. Abschnitts des Achtzehn-Bitten-Gebets, des zentralen Gebets in jedem Gottesdienst, das immer stehend gesprochen wird. Beim Ausruf »Heilig …« stellt man sich dreimal auf die Zehenspitzen, um so symbolisch die Himmelssehnsucht auszudrücken. Das Wort *kadosh/koydesh* bedeutet zwar wörtlich »heilig«, bezeichnet als Substantiv aber auch einen Juden, der von Nichtjuden getötet wird, weil er Jude ist, und der darum für Gott (für die Heiligung des Namens, *kidush ha-shem*) starb. In der jiddischen Umgangssprache ist ein *koydesh* ein Einfaltspinsel, der leicht auf etwas hereinfällt, also ein Opfer. *Machen far a koydesh* bedeutet jemanden betrügen oder hereinlegen, einen verprügeln oder um die Ecke bringen. In dieser Szene höchster Ironie, in der Benjamin das »Heilig…« liegend hört, wird er scheinbar als Märtyrer geehrt, aber wirklich als Opfer seiner Einfalt verspottet. Auch Don Quijote wird am Ende seines ersten Abenteuers von einem Bauern auf einem Fuhrwerk und begleitet von seinen Nachbarn nach Hause gebracht (5. Kapitel).

## Das dritte Kapitel

35 *Rose zwischen den Dornen:* Hohelied 2,2. *Shoshana* kann sowohl Rose also auch Lilie bedeuten.

36 *ejsches chajil:* (hebräisch: *eshet ḥayil* אשת־חיל) ist das traditionelle Loblied auf die perfekte Hausfrau, das der Hausherr jeden Freitagabend zu Beginn des Schabbats auf seine Frau ausbringt. Es besteht aus den Versen 10 bis 31 im 31. Kapitel des biblischen Buches »Sprüche« (*Mishle*).

38 *Antikyra:* Stadt am Golf von Korinth. Sie wird schon in Homers *Ilias* genannt. Sie wurde 346 v. u. Z. von Philipp II. von Mazedonien, Vater Alexanders des Großen, zerstört, aber schnell

wieder aufgebaut. Antikyra erscheint hier, weil der Name der Stadt sich von Anticyreus ableiten soll, der Herakles mit Hilfe der lokalen Nieswurz (Helleborus) heilte (Pausanias, *Beschreibung Griechenlands*, Buch 10, Kap. 36).

38 *Isch echod ... Spitzfindigkeit:* Parodie auf den Beginn des Buches Hiob: »Es lebte ein Mann im Lande Uz, sein Name war Hiob. Und dieser Mann war rechtschaffen und redlich, gottesfürchtig und mied das Böse« (1,1).

39 *Tische-bov ... Hoschane rabbe:* Tischa be-Av (der 9. Tag im Monat Av) ist ein Tag der Trauer im Gedenken an die Zerstörung des Tempels in Jerusalem. Trauerritual ist vorgeschrieben (Fasten, keine Lederschuhe, auf niedrigen Schemeln sitzen); Kletten wurden geworfen, um unangenehmes Empfinden zu verursachen. Hoschana rabba ist der siebte Tag des Laubhüttenfestes und der letzte Tag des göttlichen Gerichts, an dem jeder Einzelne das Urteil erfährt.

40 *Kapore:* Geflügel (Huhn oder Hahn), auf das in einer Opfer- und Reinigungszeremonie am Vorabend des Versöhnungstages (Jom Kippur) die Sünden geladen werden.

41 *Senderl die Frau:* im Original: *Senderl di yidene*, Senderl die Jüdin.

41 *Wajehi kawo: Vayehi kavo* ist eine biblische Erzählformel, die Abramowitsch parodistisch verwendet.

41 *trübselig ... übers Meer gefahren war:* Nach der Zerstörung des Tempels in Jerusalem ist die Schechina (die göttliche Präsenz) im Exil (*shekhinta begaluta*). Sie wird als trauernde, verlassene, völlig passive Frau dargestellt und steht auch für das jüdische Volk im Exil. Senderl als Allegorie des unerlösten passiven jüdischen Volkes und Benjamin als sein Erlöser sind von bitterer Komik. Mehr zu diesem Aspekt im Nachwort. In seiner Brautwerbung wird Benjamin darauf verweisen, dass Senderl die Bedingungen des Exils nicht ertragen müsse.

42 *Seele:* Die beiden Kosewörter, die Benjamin abwechselnd für Senderl benutzt, sind das russische сердце (*serdze*, Herz) und das hebräische נשמה (*neshama*, Seele).

43 *Lindwurm:* Da auf dem Tempelberg keine Metallwerk-

zeuge benutzt werden durften, um die Steine für den Altar nicht zu entweihen, entstand die Legende vom Wurm Schamir, der sich durch Steine fraß und mit dessen Hilfe bei der Steinbearbeitung König Salomo den Tempel baute.

44 *Als ich nach Bruti kam … Mosessöhne leben:* Benjamin zitiert hier aus dem Reisebericht des Moses Basola, der Teil der Anthologie *Preisungen Jerusalems* war. Moses Basola, der zwischen August 1521 und April 1523 das Heilige Land bereiste, kam im April 1523 nach Beirut (»Bruti«) und fand die dortigen Juden in Aufruhr, weil Neuankömmlinge (möglicherweise Gesandte des messianischen Aktivisten David Reubeni) Erzählungen über die zehn Stämme verbreiteten und damit die Messias-Hoffnung schürten. Benjamin zitiert Basolas Bericht fast wörtlich (David 1999: 107). Der Sambation umfließt das Gebiet der Mosessöhne. An sechs Tagen schleudert er Sand und Steine und ist nicht passierbar. Am Schabbat ruht er. Da an diesem Tag das Reisen verboten ist, kann der Fluss auch an seinem Ruhetag nicht überquert werden. So bleibt das Gebiet der Mosessöhne unerreichbar.

44 *Nisbon:* In Band 10 der Abramowitsch-Gesamtausgabe letzter Hand (Warschau 1913) steht auf Seite 30 zweimal Gisbon (גיסבון). Ich richte mich in der Schreibung Nisbon nach Oppert 1870: 19 (dort Nisbun). Die Buchstaben G und N (ג, נ) sehen im Hebräischen sehr ähnlich aus. Vermutlich liegt hier ein Fehler des Setzers vor. Benjamin von Tudela erwähnt nur einen Berg Nisbun, Abramowitsch aber spricht von *di berg* (den Bergen). Ich behalte seine Pluralform bei. Efraim Frisch hat in seiner Übersetzung unerklärlicherweise »Gischon«; im elften Kapitel dann allerdings ebenfalls Nisbon (und in der Einzahl).

44 *Abkommen mit den Ungläubigen:* Abramowitsch hat *kofar [kufr] al-Turak. Kufr* ist ein arabischer Ausdruck für einen Ungläubigen (Nichtmuslim). In diesem Fall werden die Türken aus jüdischer Sicht als die Ungläubigen bezeichnet. Der zweite Name des Königs, Amerchol (אמרכל), bezeichnete den offiziellen Hüter des jüdischen Tempels; als Levi gehört der König ohnehin zur Priesterklasse. Zu den *kofar al-Turak* bei Benjamin von Tudela siehe Oppert 1870: 20–21.

45 *zum Vizekönig:* Im 10. Kapitel von Cervantes' *Don Quijote* verspricht der edle Ritter seinem Knappen Sancho Ähnliches: »Habe Er Geduld, denn es werden sich Abenteuer uns bieten, wo ich Ihn nicht nur zum Statthalter machen kann, sondern zu noch etwas Höherem« (Übersetzung: Ludwig Braunfels).

46 *Erst gibt der eine, dann der andere: Gemilut ḥesed* (auch *gemilut ḥasadim,* Akte der Nächstenliebe), ein Grundprinzip der jüdischen Ethik (*Pirke Avot* 1,2), bezeichnet großzügiges empathisches Handeln. Wörtlich bedeutet es »zurückzahlen einer Freundlichkeit« und wurde auch zum Begriff für ein kleines zinsloses Darlehen und schließlich für ein Almosen.

## Das vierte Kapitel

49 *Gebetbuch Weg des Lebens:* Jakob ben Jakob Moses von Lissa, *Sidur derekh haḥayim* (Wilna und Horodno 1833).

49 *Chok'l: Ḥok leyisral* (חק לישראל), eigentlich ein fünfbändiges Werk (entsprechend dem Pentateuch), das das tägliche Studium des Wochenabschnitts (*sidra*) erleichtern sollte. Es bot Auszüge aus Mischna, Gemara, dem *Sohar* (Hauptwerk der Kabbala) und ethischen Werken. Das Werk wurde von Leuten benutzt, die wenig Zeit zum Studieren hatten.

51 *Mejlech eljon: Melekh elyon* ist ein liturgisches Gedicht (*piyyut*) von R. Simon bar Isaak von Mainz (geboren um 950); es ist Teil des Morgengottesdienstes am ersten Tag von Rosch Haschana (Neujahr).

52 *lauerte ich wie der Löwe auf seine Beute:* Psalm 10,9.

53 *Wie ein Reh … Geselle:* Sprache des Hohelieds.

54 *Dnjeprowitz:* Kiew.

## Das fünfte Kapitel

55 *Gefangenschaft:* Der Satz lautet: *un iz poter gevorn aza shveren, biteren goles*. Abramowitsch benutzt für Senderls Los auch hier das Wort *goles* (galut), Exil, und deutet somit an, dass die Helden sich ihre Flucht als religiös sanktionierte Rückwanderung nach Zion zurechtlegen. Efraim Frisch wählte für seine Übersetzung das Wort Gefangenschaft und verwies damit auf die Zeit des Exils in der ägyptischen Gefangenschaft, auf die Abramowitsch auch immer wieder anspielt. Ich schließe mich Frischs Lösung an.

57 *noch ein paar hundert Jahre:* In Senderls jüdischer Zeitrechnung schreibt man das Jahr 5614 (= 1854).

58 *Akdamut-Melodie: Akdamut* ist ein komplexes liturgisches Gedicht in aramäischer Sprache über die Größe Gottes, seiner Torah und seines Volkes, das am Wochenfest (Shavuot, im Mai/Juni) während der Torah-Lesung rezitiert wird. Der Autor, Rabbi Meir ben Isaak, war Kantor in Worms und starb um 1095. Sein Sohn Isaak wurde 1096 in Worms von Kreuzfahrern getötet.

59 *zweihundertachtundvierzig Knochen:* Anzahl der menschlichen Knochen nach dem Babylonischen Talmud, Traktat *Ohalot*, Kap. 1, Mischna 8.

60 *Weschorojes schuso:* Benjamin zitiert die erste Zeile des Gedichts: *Akdamut milin vesharayut shuta* – »bevor ich anfange, diese Worte zu lesen, bitte ich um Erlaubnis«. Die Verbindung zu Eldad ha-Dani und den zehn verlorenen Stämmen entsteht durch eine mittelalterliche jiddische Erzählung, die *Ma'aseh akdamut*, in der der Autor Rabbi Meir ben Isaak zum Sambation reist, um von den zehn Stämmen Hilfe für die verfolgten jüdischen Gemeinden im Rheinland zu holen. Der Gesandte der zehn Stämme, ein kleines Männlein namens Dan, erreicht Worms zwei Tage vor dem Wochenfest. Nach der Befreiung der Gemeinde von einem bösen Mönch befahl Dan der Gemeinde, das Gedicht *Akdamut*, das R. Meir für Dan geschrieben hatte, im Gottesdienst zu sprechen (Hoffman 2009: 161–183).

60 *kein Deutsch können: Do in khuts la'arets ken men zikh begehen mit unzer loshn, mit daytsh, ober dort, muzen zey keyn*

*daytsh avade nisht kenen:* Benjamin benutzt bewusst das Wort *daytsh* statt *yidish* für die Alltagssprache, um zu betonen, dass außerhalb des Heiligen Landes die Juden im »Ausland« sind und sogar Jiddisch (*daytsh*) eine fremde (nichtjüdische) Sprache ist, die die Juden im eigenen Land (Israel) natürlich nicht (mehr) kennen müssen.

63 *Pijewke: Pijawka* (polnisch, ukrainisch, russisch): Blutegel, Blutsauger.

64 *Ruf des Widderhorns: Tekije gedole (tekiyah gedolah):* Der letzte lange, ununterbrochene Ton aus dem Widderhorn (*shofar*) am Ende von Jom Kippur. Der Ruf des Widderhorns signalisiert Benjamin, dass er zur Rechenschaft gezogen wird.

69 *die Liebenden und Buhlen:* Anspielung auf Davids Elegie, mit der er den Tod Sauls und Jonathans betrauert: »Saul und Jonathan, die Geliebten und Holden in ihrem Leben, auch in ihrem Tode waren sie nicht getrennt« (2. Samuel 1,23; Übersetzung von Leopold Zunz).

69 *Tauchbad:* Das Tauchbad (*tvile*) ist nach Ejakulation zur rituellen Reinigung des Körpers vorgeschrieben (Lev. 15,16–18) und schließt hier die Hochzeitsszene ab.

## Das sechste Kapitel

71 *Frevler Titus:* Babylonischer Talmud, Traktat *Gittin* 56b: »Als Titus an Land kam, drang eine Fliege durch seine Nase ein und rumorte sieben Jahre lang in seinem Gehirn.« Titus führte die römische Armee im Ersten Jüdischen Krieg (66–70), belagerte Jerusalem, eroberte die Stadt im Jahr 70 und zerstörte den Tempel.

73 *Satan:* Nach seinem illegitimen sexuellen Abenteuer ist Benjamin von Gewissensbissen geplagt. Was er in den kabbalistischen Büchern gelesen hat, taucht in ihm auf. In der kabbalistischen Lehre entsteht das dämonische Reich, wenn das feminine Attribut Gottes sich vom männlichen löst und ungezügelt in der Welt herrscht. Benjamin hat Angst, dass er den Widersacher auf

den Plan gerufen hat. Darum fällt ihm jetzt ein, was er vergessen hat: eine magische Formel mit Amulett-Wirkung.

74 *Gemore:* Satz aus der Gemara (jüngerer Teil des Talmuds), rabbinischer Lehrsatz.

74 *Pferd:* Alexander hat Bucephalus und Don Quijote hat Rosinante. Beide Pferde erfahren Verwandlung durch ihre Besitzer.

75 *Teterewke:* Schitomir, wo Abramowitsch von 1869 bis 1881 lebte.

78 *zehn Maß Armut:* Babylonischer Talmud, Traktat *Kiddushin* 49b. In diesem Abschnitt wird eine Verbindung hergestellt zwischen Armut und städtischer Arroganz, die die Rabbinen im antiken Babel verkörpert sehen.

78 *die Erde ist voller Raub:* Genesis 6,13.

## Das siebte Kapitel

81 *Sukkot:* Eine Art Erntedankfest und eines der drei Feste, für die man in der Antike zum Tempel wallfahrte. Im Gedenken daran baut jede Familie eine leichte Hütte (*sukka*), in der die Mahlzeiten eingenommen werden.

81 *Tscholentbrett:* Da am Schabbat nicht gekocht werden darf, wird der Gemüseeintopf (Tscholent) im oder auf dem Ofen warm gehalten. Der Topf wird mit einem Brett abgedeckt.

82 *Itzik der Vereinfacher: Itsik Pashtn.* Sein Nachname ist vom hebräischen Wort für einfach (*pashut*) abgeleitet; es bezeichnet hier jemanden, der nur zur einfachsten Interpretation einer Situation in der Lage ist.

82 *Golem:* Aus Lehm geformte Gestalt, die der Hohe Rabbi Judah Löw ben Bezalel (starb 1609) in Prag belebt haben soll, um die Juden des Prager Ghettos vor antijüdischen Angriffen zu schützen.

82 *Vertreter des Kaisers:* Im Krimkrieg (1853–1856) trat eine französisch-englisch-türkische Allianz der russischen Expansion auf Kosten des stark geschwächten Osmanischen Reichs ent-

gegen. Tante Vite ist Königin Viktoria, Tante Roßje Russland. Schmulik Bokser (Johannisbrot) tritt für die Türken ein; Tuwia Mok (der »gute Trottel«) für die Österreicher.

83 *Quartier:* Es war üblich, dass reisende Juden in Gebetshäusern übernachteten und sich dort auch tagsüber zum Talmud-Studium und Gebet aufhalten durften.

85 *Priesterkönig Johannes:* Im 12. Jahrhundert verbreitete sich in Westeuropa die Nachricht, dass in Indien ein Mann namens Johannes ein riesiges christliches Reich beherrsche, aus dem er alle Ungläubigen vertreibe, und dass er mit einer Armee auf dem Weg in den Westen sei, um den Kreuzrittern gegen die Muslime zu helfen. In seiner Weltchronik *Chronica sive historia de duabus civitatibus* (Geschichte der beiden Reiche) siedelte Bischof Otto von Freising (1114–1158), Berater Friedrich Barbarossas, das Reich von König Johannes, den er Johannes Presbyter (*presbyteros:* Hohenpriester) nannte, östlich von Persien an. Die russische Auffassung des Mythos vom Priesterkönig, der mit dem Aufstieg der Mongolen verknüpft wird, stellte Lev N. Gumilev 1988 dar.

## Das neunte Kapitel

93 *Cheder:* Private Schule im Haus eines Lehrers; wird ab dem vierten Lebensjahr besucht. Vermittelt werden Grundkenntnisse im Lesen der Torah.

95 *Kaphtorim:* In der Hebräischen Bibel bezeichnet Kaphtor die Region Kreta; mit Kreta wird griechische Kultur assoziiert; die jiddische Bezeichnung für Griechenland ist *yovn* (hebräisch *yavan*) und die Griechen sind *yevonim;* doch im jiddischen Slang sind *yevonim* auch brutale Kerle und Betrüger (das Wort Ganoven ist davon abgeleitet).

96 *Matisjahu Delecarti:* Mattitiah ben Solomon Delacrut, der Gossouins *L'Image du Monde* ins Hebräische übersetzte. Dazu mehr im Anhang unter »Die Bücher Benjamins des Dritten«.

96 *mit Borsten bewachsen wie Schweine: ...un zey zenen bewaksen mit schtschetines (khazer-hor) vi di khazeyrim:* Ein bitter-

sarkastisches Wortspiel von Abramowitsch. Für das Wort Borsten benutzt er das aus dem Slawischen kommende Wort *shtshetines* (polnisch *szczecina*, russisch *shtshetinki*/щетинки), das für jüdische Ohren dem russischen Wort für Frauen (*zhenshtshini*/женщины) sehr ähnlich ist. Die Geschichte, dass Menschen in England Schweife am unteren Rücken tragen, steht so schon bei Gossouin, der sie wiederum aus einer anderen Quelle hat (Prior 1913: 44, 134).

96 *Zorfat:* Frankreich (bei Gossouin: Bretagne).

96 *bucklige Frauen:* Bei Gossouin ist der Buckel unter dem Kinn (als Kropf). Prior 1913: 44.

96 *nichts Neues unter der Sonne:* Prediger 1,9.

104 *dass ich ihr nicht in die Hände falle:* Hier darf man wieder an den Midrasch aus Mendeles Vorwort denken (3. Anmerkung zu S. 9), dass jeder Mensch ein *mazal* hat, das ihn schlägt und somit antreibt, sich zu bewegen. Das *mazal* des Midrasch wird häufig mit ›Engel‹ übersetzt. Das *mazal* des irdisch orientierten Senderl ist seine Frau, die ihn treibt und vertreibt.

104 *sechus owes:* Verdienst der Väter (*zikhut avot*) bezieht sich auf Gottes Liebe für die Erzväter Abraham, Isaak und Jakob, die sich durch Güte und Fügsamkeit solche Verdienste erwarben, dass Gott wiederholt davon absah, sein Volk Israel für Verfehlungen zu strafen. Im Talmud wird allerdings gesagt, dass das Verdienst der Väter (*owes*) schon zur Zeit des ersten Tempels erschöpft war (Traktat *Schabbat* 55a). Andererseits argumentiert ein Midrasch, dass das Verdienst ewig ist (*Vayikra rabba* 36,6).

## Das zehnte Kapitel

108 *fanden Verständnis in Glupsk:* Der Name Glupsk ist vom russischen Adjektiv für dumm oder närrisch (глупый, *glupij*) abgeleitet. Glupsk steht für Berditschew, wo Abramowitsch von 1859 bis 1869 lebte.

111 *pani storosch:* der christliche Aufpasser (heutiges Jiddisch: *strozh*).

111 *Wächter:* Mendele benutzt für Wächter ein aus dem Hebräischen abgeleitetes Wort (*shmuranik*) und fügt darum die Formel der Unterscheidung (*lehavdil*) hinzu. Die Ironie ist natürlich, dass der *strozh* nur aufpasst, dass ihm selbst nichts entgeht. Die streunenden Taschendiebe interessieren ihn nicht.

112 *Festung:* Abramowitsch benutzt hierfür das großartige russische Wort *krepost* (крепост). Implizit in dieser Wortwahl ist Abramowitschs Kritik an den desolaten Zuständen der Infrastruktur des Russischen Reiches.

113 *Musketenkugel:* Im Original steht *mushketkoyl*. Es ist im Jiddischen doppeldeutig. Frisch und Neugröschel wählen die Bedeutung »Muskatkugel« (66) beziehungsweise »kernel of nutmeg« (240, Muskatnuss). Der französische Übersetzer Arnold Mandel wählte »grosse bombarde« (großes Geschütz, 116); der spanische Übersetzer Solomon Resnick drückt sich um den Vergleich und hat »convertir … una nada en un elefante« (aus einer Mücke einen Elefanten machen, 119); Musketenkugel ist hier sinnvoll, weil veraltete Ausrüstung (Musketen statt der neuen Gewehre mit Polygonallauf) zu den Gründen gehörte, warum Russland den Krimkrieg verlor.

115 *Schwindelhohen:* Im Original *koymemies-zoger: koymemies* bedeutet Unabhängigkeit, Souveränität (zum Adjektiv siehe Anmerkung 20); *koymemies geyn* bedeutet prahlen, aber *koymemies zogn* bedeutet bankrottgehen, also sich frei und ledig erklären. Abramowitsch nutzt hier Ironien, die die jiddische Sprache selbst entwickelt hatte.

115 *jaschlag we'anaf:* אשלג (*ashlag*), Kalisalz; ענף (*anaf*) Zweig.

116 *Segelschiff mit Menschen:* Man darf hier an Sebastian Brants Satire *Das Narrenschiff* von 1494 denken sowie an das verwandte, aber wohl nicht von Brant inspirierte zeitgleiche Bild von Hieronymus Bosch (1490–1500) im Louvre. Auch Bosch benutzt das Baum-Motiv. Ein deutscher Holzschnitt von 1549, der häufig auf Titelblättern von Ausgaben des *Narrenschiffs* zu sehen ist, entspricht recht genau Abramowitschs Beschreibung. Eine Zusammenfassung der Illustrationen des Narrenschiff-Motivs ist hier zu sehen: http://my-albion.blogspot.com/2013/

06/the-mystery-of-maastricht-monkeys-part_11.html, angesehen am 1. April 2017.

116 *aber vor Pesach schwellen sie an:* In dieser Passage geht es um Korruption und Nepotismus. Vor Pesach wurden unter anderem die Lizenzen für das Mehl vergeben, das für die Matzen benutzt werden musste; in vielen Gemeinden erhielt ein Anbieter das Monopol. Bestochen wurde bis in die oberen Ränge. Auf diese Weise werden »sogar von sehr großen Menschen die Hüte beschmutzt«.

## Das elfte Kapitel

120 *Schor:* Ein wilder Ochse (*shor habar*), der für das Festmahl (*seudah*) der Gerechten am Ende der Tage zubereitet wird (Anmerkung 108).

122 *Ungläubigen: Kofar [kufr] al-Turak*, wie in Anmerkung 44.

125 *boire pri ha-majim:* Da es einen solchen Segen nicht gibt, ist für Benjamin bewiesen, dass Wasser keine Blüten treiben kann, und er geht zu seiner eigenen Schlussfolgerung über.

125 *Balejna:* In den Ausgaben von 1913 und 1928 steht כליינ"א, also *k-l-ej-n-"-a* für den Namen des Seeungeheuers. Das ›k‹ kann auch als ›ch‹ gelesen werden, der mittlere Diphthong auch als aj. Das Zeichen " bedeutet Abkürzung oder Fremdwort. In Übersetzungen erscheint dieses Ungeheuer darum bislang als *Kilejna* (Frisch), *khileyno* (Neugröschel) oder *Kileyna* (Spiegel). Auch der Abramowitsch-Kenner Dan Miron hat *Kileyna* (Miron 1973: 224). Ein Seeungeheurer mit diesem Namen gibt es in der jüdischen Mythologie nicht. Nimmt man aber einmal an, dass der Drucker das Manuskript nicht richtig las, weil er das Wort nicht kannte, und ersetzt man den ersten Buchstaben, das כ (kaf), durch das sehr ähnliche ב (bet), erhält man das Wort *baleijne*, das französische Wort für Wal (*baleine*). Damit ist das Ungeheuer als Wal (griechisch *ketos*) identifiziert. Wale als Seeungeheuer erscheinen schon in der Bibel, im Talmud und in der griechischen und römischen Literatur (Lukian, Plinius d. Ä.). Die Geschichte vom

Wal, der eine Insel zu sein scheint und durch eine Kochstelle von Besuchern angeschmort wird, erzählt Bede, ein britischer Theologe des 7. Jahrhunderts, in seiner Chronik der Reise des heiligen Brendan. Sie ist überliefert in Band 60 des *Codex Palatinus Germanicus* (um 1460), der in der Universität Heidelberg aufbewahrt wird. Man kann die Seite hier sehen: http://digi.ub.uni-heidelberg.de/diglit/cpg60/0370. Gossouin übernahm die Geschichte von Bede. Sie wird allerdings schon fünfhundert Jahre vor Bede von Rabbah bar bar Chana erzählt (*Bava Batra* 73b). Dass Abramowitsch das Wort *Balaena* kannte, ist belegt. Das Wort steht als Kapitelüberschrift auf Seite 504 seiner hebräischen Übersetzung der *Gemeinnützigen Naturgeschichte* von Harald Othmar Lenz. Die Übersetzung von Abramowitsch erschien unter dem Titel *Toldot Hateba. Erster Band: Säugethiere* 1862 bei Brockhaus in Leipzig.

126 *Sirena:* Der Name der Meerjungfrauen erscheint im Text als שריינא. Neugröschel liest *shreyno*. Doch ש (*sh*) kann auch als *s* gelesen werden. Dann ergibt die Lautung s-r-ej-n-a. Im Spanischen ist *sirena* noch immer das Wort für Meerjungfrau. Der Ursprung des Mythos der Sirenen wird im phönizisch-semitischen Raum des Altertums gesehen. Phönizisch *sir* und hebräisch *shir* (שיר) bedeuten Lied.

126 *beim messianischen Festmahl Leviathan aufgetragen wird:* Bei Abramowitsch *sude shel levyosn (seudah shel levyatan).* Auf der Basis des Buches Hiob 40,30 entwickelte sich die Mythe, dass am Ende der Zeiten Gott für die Gerechten ein Bankett (*seudah*) veranstalten wird, bei dem die Gerechten den Leviathan verspeisen werden. In einem berühmten jiddischen Volkslied, das heute unter dem Titel *Vos vet zayn az meshiekh vet kumen* bekannt ist, wird dieses Bankett in sechs Strophen besungen: »*Vos veln mir esn af der sudenyu? / dem shor-habor mit dem levyosn*« (Chana Mlotek und Mark Slobin, Hg., *Yiddish Folksongs from the Ruth Rubin Archive*. Detroit: Wayne State University Press, 2007: 130).

## Das zwölfte Kapitel

131 *Wasser über die Hände:* Das Begießen der Hände (*netilat yada'im*) gehört zum jüdischen Ritual des Erwachens und Aufstehens, das im Morgengebet endet.

131 *saugt ihr Blut:* Dnjeprowitz steht für Kiew, wo nur sehr reiche Juden das Wohnrecht hatten. Wer als Jude illegal über Nacht in Kiew bleiben musste, war auf die teuren Herbergen angewiesen, die von Juden unter der Hand betrieben wurden. Ein illegaler Jude musste sehr aufpassen, denn man konnte durch Verrat eines Juden Geld verdienen. Abramowitsch greift in dieser Passage sowohl die russischen als auch die jüdischen »Blutsauger« an: die Kiewer Regierung, die Herbergen-Betreiber, die ukrainischen und jüdischen Verräter.

135 *nahm seinen jiddischen Psalter:* Bei Abramowitsch: *tilim ivri-taytsh. Ivri-taytsh* ist ein stark archaisierendes Jiddisch, das sich ab der Mitte des 16. Jahrhunderts im Verlauf der interlinearen Übersetzungen biblischer Bücher entwickelte. Diese Übersetzungen waren für Frauen und ungebildete Männer gedacht. Die Zuschreibung des Gebrauchs verengte sich (wegen der negativen Stigmatisierung von Unbildung) allerdings sehr schnell auf die Frauen. Dass Senderl hier ein Frauenbuch benutzt, setzt das Motiv seiner Feminisierung fort.

135 *Er sizt in ergis:* Psalm 10,1 und 8–9. Kurz bevor Abramowitsch Mitte der 1870er Jahre mit der Arbeit an den *Reisen Benjamins des Dritten* begann, übersetzte er die Psalmen ins Jiddische. Sie blieben ungedruckt und gingen verloren; man darf vermuten, dass Abramowitsch hier seine eigene Übersetzung zitiert. Das Zitat nimmt das Löwenbild aus dem vierten Kapitel wieder auf, das den armen Senderl als Opfer markiert, führt andererseits das Motiv aus Senderls Traum fort, das die Zukunft prophezeit, und kritisiert die Ausbeutung der Armen.

137 *peinlich genau beachten:* Das Gefäß, aus dem beim rituellen Händewaschen (*netilat yadayim*) vor dem Essen das Wasser über die Hände gegossen wird, sollte zwei Henkel haben.

139 *den Frauen behilflich:* Abramowitsch benutzt die Wörter

*beder* und *bederke* sowie *tukerke* und *vitelmacherin* und nimmt damit auch den weiblichen Badbesuch in den Blick. Damit spinnt Abramowitsch *sub rosa* das Motiv von Senderl der Frau (*Senderl di yidene*) weiter, die nach ihrer Entbindung ins Ritualbad muss. In diesem Abschnitt werden die Funktionen von Ritualbad (*mikva*) und Dampfbad (*merkhets*) miteinander verwoben.

142 *Moskowitisch:* Russisch. Bislang war die Sprache der Nichtjuden, denen Benjamin und Senderl begegnet waren, Ukrainisch.

142 *dass die Juden schon für uns bezahlt haben:* Sehr witzig von Abramowitsch: Denn die russischen Juden insgesamt haben für die Befreiung vom Militärdienst bereits hohe Abgaben entrichtet.

143 *Am Himmel zog:* Abramowitschs politische Utopie eines Strafgerichts über Russland, das erst im Jahr seines Todes, 1917, Wirklichkeit wurde. Wegen der strengen russischen Zensur entwickelten sich in der jiddischen Belletristik Wetterbeschreibungen zu politischen Metaphern. In Abramowitschs Romanen sind sie allgegenwärtig. Parallel dazu stehen Tiere für Menschen (Klingenstein 2014: 62, 257 ff.).

144 *bespasportne:* Ein Mann ohne Pass (russisch Без паспорта (*bez pasporta*, ohne Pass).

144 *als Ersatz … bei den Behörden einzuliefern:* Zu dem 1827 von Zar Nikolai I. geschaffenen und danach stetig verschärften System der Zwangsrekrutierung der Juden sowie ihrer Ausbeutung durch Häscher mehr im Nachwort.

## Das dreizehnte Kapitel

147 *krugom* (russ. кругом)*:* kehrt!

149 *Nach Recht und Billigkeit:* Im Original auf Hebräisch zitiert *hen al pi din vehen al pi yosher* (weder nach dem Gesetz noch nach den Regeln der Billigkeit, entspricht dem Lateinischen *ex aequo et bono*). Abramowitsch wiederholt hier die Situation aus dem dritten Kapitel, in dem Benjamin sich durch Weglaufen, aus

einer Gefangenschaft befreien will (Ehe und Armee sind zwei Seiten einer Medaille). Auch jetzt muss Benjamin wieder um den angepassten Senderl werben. Der Unterschied ist, dass Benjamin dazugelernt hat und in dieser zweiten Situation ein Scheidungsverfahren durchlaufen muss.

150 *wie die Czernowitzer … Esther-Rolle hören:* Czernowitz, am östlichsten Ende des Habsburgischen Kaiserreichs, war von vielen deutschen Juden bewohnt, denen der Ruf anhing, es mit den Ritualen nicht genau zu nehmen. Die Esther-Rolle enthält die Geschichte der Bewahrung der persischen Juden vor einem Pogrom.

153 *Haman-Ratsche:* Wenn beim Verlesen der Esther-Rolle der Name des Judenhassers Haman auftaucht, schwingt die Gemeinde die Haman-Ratschen, auch Grogger genannt, um den Namen durch Lärm auszulöschen.

153 *so gewann er vom Großvater einen Groschen:* Am Lichterfest Chanukka, das die Wiedereinweihung des Tempels in Jerusalem nach seiner Entweihung durch Antiochos IV. Epiphanes feiert, wird mit einem vierkantigen Kreisel (Dreidel) gespielt, dessen Seiten mit den Buchstaben N-G-H-Sch markiert sind (für *nes gadol haya sham:* ein großes Wunder geschah hier). Wenn der Dreidel mit dem G nach oben fällt, darf der Spieler alle in den Topf einbezahlten Münzen kassieren.

# ANHANG

# Nachwort

## I. Der Autor in seiner Zeit

### 1.

Scholem Jankew Abramowitsch wurde am 21. Dezember 1835 in Kapyl, siebzig Kilometer südöstlich von Minsk, geboren. Die achtköpfige Familie bewohnte ein Haus am Marktplatz des etwa dreitausend Einwohner zählenden Ortes, der seit 1832 zu den Besitzungen des russischen Generalfeldmarschalls Ludwig Adolf Peter Graf zu Sayn-Wittgenstein gehörte.

Scholems Vater Chaim Moische Broido kam um 1825 als junger Talmud-Student von Wilna nach Kapyl, um Sore Nesje, die Tochter eines Goldschmieds, zu heiraten. Er mauserte sich bald zum Unternehmer und konnte schließlich sogar die Fleischsteuer pachten. Trotzdem war er in Kapyl aufgrund seines Wissens und seiner Güte ein hochgeachteter Mann. Die von europäischen Fortschrittsgedanken inspirierte zaristische Gesetzgebung von 1844, die den Juden unter anderem das Tragen traditioneller jüdischer Kleidung verbot, zerstörte die regionale Tuchindustrie und Chaim Moisches Kreditgeschäft. Er starb, gerade zweiundvierzigjährig, nach einem finanziell sehr schwierigen Jahr im April 1848.

Mit dem Tod des Vaters stand die Familie am Abgrund der Armut. Sore Nesje musste sich so schnell wie möglich wieder verheiraten. In Frage kamen Witwer, deren Kinder eine Mutter brauchten. Um auf diesem engen Markt attraktiv zu sein, musste sie die Bürde, die sie in die neue Ehe mitbringen würde, so weit wie möglich verringern. Drei Kinder waren schon erwachsen: Der älteste Sohn stieg in ein Geschäft ein, der zweite ging in eine Jeschiwa (Talmud-Hochschule), die älteste Tochter, deren Scheidung von einem sehr jungen Mann mit aufklärerischen Ideen der Vater noch durchgesetzt hatte, verdingte sich in einem Haushalt. Die beiden Jüngsten, erst elf und neun Jahre alt, mussten noch zu Hause bleiben. Scholem Jankew aber, der gerade dreizehn Jahre alt geworden war, konnte sich in einem Nachbarort verstecken. Dort würde er im Bethaus sitzen und lernen; dort würde er auch schlafen. Mit Glück würde er bei mehreren Familien am Ort je einen Wochentag ergattern, an dem er bei ihnen abends essen konnte. *Esn teg* (Tage essen) hieß dieses weitverbreitete System.

Drei Jahre verbrachte der sehr junge Abramowitsch in litauischen Bethäusern und Jeschiwot, saß, lernte, las die klassischen Texte des Judentums, fror, hungerte, wärmte sich im jüdischen Dampfbad, beobachtete seine Mitschüler, ihren zynischen Opportunismus, ihre lethargische Anpassung ans System, ihre Langeweile, ihren moralischen Niedergang, ihre Depressionen. Er beschrieb diese Jahre, als er schon lange Schuldirektor in Odessa und ein berühmter Schriftsteller war, in seinem autobiographischen Roman *Schloimale* (1899).

Im Frühjahr 1851 kehrte er nach Kapyl zurück, fand seine Mutter mit dem verwitweten Pächter einer Mühle verheiratet und seine jüngere Schwester Frejdl, ein gerade erblühtes Mädchen, das die Natur und ihre Freiheit liebte, auf der Schwelle ihrer Verheiratung mit einem Sohn des Müllers, eine Partie, gegen die sie sich sehr wehrte, die sie aber aus finanziellen Gründen eingehen musste. Dem Bruder zerriss es das Herz. Er streifte durch die umliegenden Wälder, schrieb seine ersten hebräischen Gedichte und unterrichtete die desinteressierten Buben des Müllers, um Kost und Logis zu verdienen. Schon im Spätsommer zog er sich zurück ins Lehrhaus von Kapyl, verbrachte dort studierend den Herbst und Winter und litt an seiner Deklassierung und Aussichtslosigkeit. Außer jüdischen Büchern kannte er nichts. Vor ihm lagen Heirat, Kinder, Lehrerdasein, aus. In Litauen gab es Tausende junger Männer wie ihn.

Durch die drei Teilungen Polens 1772, 1793 und 1795 wurden Juden erstmals zu ständigen Bewohnern des Russischen Reiches. Nach einigen Jahren legislativer Ratlosigkeit in St. Petersburg entstand zwischen 1795 und 1835 ein schwer überschaubares, in sich widersprüchliches und regional unterschiedliches Regelwerk, aus dem die russischen Beamten selbst nicht klug wurden, dessen Verständnis aber notwendig war, denn prinzipiell gab es im Russischen Reich keine Bürger mit Rechten, sondern nur Untertanen, deren Existenz durch Privilegien definiert wurde (das galt auch für den Adel). Was nicht ausdrücklich erlaubt war, musste als verboten gelten. Grundsätzlich vergab sich das Russische Reich mit der diskriminierenden Gesetzgebung und der Unterbindung ökonomischer Handlungsfreiheit für Juden von Anbeginn die Chance zum Aufbau einer unternehmerischen Mittelschicht, die die Entwicklung des Landes hätte vorantreiben können. Sie verhinderte dadurch aber auch bis 1917 die Gefährdung der absoluten Autokratie, denn eine solide Mittelschicht hätte mehr Bürgerrechte gefordert.

Das Judenstatut Zar Nikolais I. von 1835 (überarbeitet 1844) schuf hinsichtlich der Behandlung der Juden nur wenig Klarheit, umriss aber immerhin präzise das den Juden zugewiesene Siedlungsgebiet, einen schmalen Korridor am westlichen Rand des Russischen Reiches, der von der Küste Litauens bis zum Schwarzen Meer reichte und in dem zwischen 1835 und 1917 bis zu fünf Millionen Juden wohnten. Innerhalb dieses Ansiedlungsrayons bestand religiöse Autonomie, aber Freizügigkeit, Berufswahl und Handel waren bei gleichzeitiger hoher Abgabenleistung und Verbot der Auswanderung stark eingeschränkt. Im riesigen, notorisch unterbesiedelten Russischen Reich waren die Juden ein Bevölkerungsreservoir, das man potentiell verpflanzen, auf jeden Fall aber finanziell ausbeuten konnte.

Eine kontraproduktive Folge der Unterbindung fast aller Möglichkeiten für Juden, sich wirtschaftlich kreativ und mobil zu betätigen, und ihrer Kaltstellung in einem feudal strukturierten ländlichen Raum, in dessen wichtigsten Produktionszweigen sie sich nur marginal und meist nur als Vermittler (Agenten, Makler, Verwalter) beteiligen durften, war die rapide Verarmung und soziale Aushöhlung der jüdischen Bevölkerung zwischen 1844 und 1917.*

Der wirtschaftliche Leerlauf einer jungen, agilen und schnell wachsenden Bevölkerung führte zu Frustration, interner Aggression, Lethargie und Fatalismus, aber auch zu illegalem Unternehmertum und zu einer wildwuchernden Intellektualität, befördert durch das Prestige geistiger Arbeit bei gleichzeitiger Geringschätzung handwerklicher und merkantiler Tätigkeit. Es gab Zehntausende von Talmud-Studenten und Hunderte von rabbinischen Gelehrten, von denen viele glaubten, selbst noch einen Torah-Kommentar, ein religionsgesetzliches, ethisches, homiletisches oder gar kabbalistisches Werk schreiben zu müssen. Die Flut der im Verlauf des 19. Jahrhunderts in Osteuropa meist in hebräischer Sprache produzierten jüdischen Bücher ist überwältigend. (Im Russischen Reich hingegen konnten um 1855 von 68 Millionen Menschen nur etwa 800 000 lesen.) Auch der immense Zulauf, den der Chassidismus fand, erklärt sich

* *Aushöhlung der jüdischen Bevölkerung*: Die komplexe juristische und wirtschaftliche Lage der Juden in Polen und Russland skizzieren Stanislawski 1983, Klier 1986 und 2005, Nathans 2002, Lederhendler 2008 und Polonsky 2010. Details zu Abramowitschs Leben und Werk in Klingenstein 2014.

zum Teil wohl auch aus einer besonderen Form der spirituellen Not. Die Möglichkeit, die er Männern bot, ab und zu von zu Hause wegfahren und an Schabbat oder Feiertagen am Hof oder gar am Tisch des Zaddiks Dampf ablassen zu können, fungierte auch als kurze, psychisch notwendige Auszeit. In der jiddischen Literatur erscheint sie oft als solche.

Ins Leere laufender Bewegungsdrang, ziellos sich verausgabende Energie, verbale Aggression, Schwermut, Indolenz, Vergeblichkeit, Verfall sowie sarkastische Analysen des jüdischen Versagens, irgendwie zu reüssieren, und ein aus der Not geborener Witz werden zu wichtigen Elementen der jiddischen Literatur über die Zeit zwischen 1860 und 1917. Scholem Alejchems glückloser, sich in wahnwitzigen Plänen erschöpfender Börsianer und Heiratsvermittler Menachem Mendel (1891–1913) und David Bergelsons an einem verödeten Provinzbahnhof jeden Tag erneut hoffnungslos herumstehende Getreidemakler (1909) gehören zu den berühmtesten Verdichtungen der sprichwörtlich gewordenen jüdischen Luftmenschen-Existenz.* Der etwas ältere Abramowitsch hingegen, der diese Zeit noch hautnah mitbekommen hatte, wählte den Bettler als Metapher für das (männliche) jüdische Leben im Ansiedlungsrayon und beschrieb in den *Reisen Benjamins des Dritten* eine sub-

* *Luftmenschen-Existenz*: Scholem Alejchem, *Menachem Mendel*. Übertragen von Siegfried Schmitz. Wien: R. Löwit, 1919; David Bergelson, *Am Bahnhof*. Übertragen von Alexander Eliasberg. Berlin: B. Harz, 1922.

stanzlose Lebensform, die sich im kreativen Schröpfen verausgabte und von der er die eigene Schriftstellerei nicht ausnahm. Als Benjamin und Senderl in Teterewke zum Betteln in die Mietshäuser gehen, treffen sie in der Wohnung der Eierfrau den Autor eines neuen Buchs, der dem Hausherrn so zusetzt, es zu subventionieren, dass die abgerissenen Gestalten in der Tür diesem als Retter in der Not erscheinen.

Abramowitsch sah rückblickend sein Leben als einen einzigen langen Fluchtversuch aus der Sackgasse der ökonomischen und intellektuellen Beschränkung. In seinen jungen Jahren galt ihm der eigene Fluchtweg (wie er später erkennen musste, irrtümlich) als generelle Möglichkeit der jüdischen Selbstverbesserung. Wegen der scharfen Zensur jüdischer Texte (ab 1826) konnte die eigentliche Ursache der finanziellen Auszehrung und gesellschaftlichen Erosion nie genannt werden. Doch Abramowitsch gelang es, sie in *Die Reisen Benjamins des Dritten* zu schmuggeln.

Im Frühjahr 1852 kam der hinkende Avreml, ein professioneller Bettler mit Pferd und Wagen, nach Kapyl. Als er Scholem Jankew im Bethaus sitzen sah, dachte er vielleicht an den Satz *toire is di beste s'choire* (Torah ist die beste Ware). Er lud den jungen Talmudisten ein, mit ihm in den Süden zu fahren. Im April 1852, kurz nach Pesach, ein Fest, das den Auszug der Israeliten aus Ägypten feiert, brachen sie auf. Abramowitsch nahm noch eine verzweifelte Tante mit, deren Mann sie ohne Scheidebrief verlassen hatte, so dass sie sich nicht wieder verheiraten konnte. Sie kam mit in der irrsinnigen Hoffnung, den Entlaufenen zu finden. Kaum hatten sie Kapyl hinter sich gelassen, war die Idylle zu Ende. Avreml setzte seine Passagiere rigoros beim Betteln ein. *Iber di haiser gejn* ist der jiddische Ausdruck für den Bettelgang von Haus zu Haus.

Als sie nach Luzk kamen, versuchte Avreml erstmals, den Talmud-Studenten zu Geld zu machen, indem er ihn als Bräutigam anbot. Käme eine Hochzeit zustande, würde er die Vermittlungsgebühr einstreichen. Begüterte Schwiegerväter schätzten gelehrte Schwiegersöhne, mit denen sie sich schmücken konnten. Talmud-Studenten waren ein litauischer Exportschlager. Doch Scholem Jankew widersetzte sich. In mieser Stimmung zogen sie weiter Richtung Süden durch ein Herzstück der jüdischen Ukraine.

Abramowitsch war gefährdet. Im Jahr 1852 waren erstmals Häscher unterwegs, die unverheiratete, obdachlose Juden als Rekrutenersatz für die Söhne wohlhabender Väter einliefern konnten. Die jüdischen Gemeinden hatten nur die Auflage, eine bestimmte Zahl von Rekruten zu stellen, deren Dienstzeit fünfundzwanzig Jahre betrug. Welche Familien Rekruten stellen mussten, bestimmten die Gemeindevorstände, also die reichsten Leute eines Ortes. Die russischen Beamten hätten sich keinen teuflischeren Plan ausdenken können, um den inneren Zusammenhalt der jüdischen Gesellschaft zu zerstören. Wenn es um die Kinder ging, war jede Familie korrumpierbar. Wer Geld hatte, kaufte seine Söhne frei. Die Last, die Rekruten zu stellen, wurde auf die Armen abgewälzt. Kinder ab acht Jahren konnten eingezogen werden.* Feindschaft zwischen sozialen Klassen entstand, wie es sie in der jüdischen Gesellschaft in dieser Schärfe noch nie gegeben hatte. Einzige Söhne und verheiratete Männer waren vom Kriegsdienst ausgenommen.

Wenn Benjamin vor dem Militärgericht betont, dass er und Senderl, gottlob, verheiratete Männer seien, tut er das, um auf den Rechtsbruch hinzuweisen, der bei ihrem Einzug vorliegt. Überhaupt, so argumentiert er, liege eine Verwechslung vor, denn sie seien gar nicht die, als die man sie der Armee verkauft habe, sondern andere. So löst sich am Ende alles (scheinbar) in Wohlgefallen und Gelächter auf, wie in einer hohen Komödie des Ancien Régime, einer *sub rosa* politisch kritischen Literaturform, auf die Abramowitsch bewusst anspielt.**

* *Kinder ab acht Jahren*: Sie kamen bis zum 18. Lebensjahr in Kantonisten-Schulen. Danach begann ihre 25-jährige Dienstzeit. Zwischen 1827 und 1854 wurden etwa 70 000 Juden eingezogen; gut 50 000 von ihnen waren Kinder. Im Jahr 1856 wurde die Kinderrekrutierung abgeschafft (wirksam erst 1859). Stanislawski 1983: 25; Yohanan Petrovsky-Shtern, »Military Service in Russia«. *YIVO Encyclopedia of Jews in Eastern Europe*, http://www.yivoencyclopedia.org/article.aspx/Military_Service_in_Russia.

** *Komödie des Ancien Régime*: *Figaros Hochzeit* (1784) von Pierre-Augustin Caron de Beaumarchais und *Der zerbrochne Krug* (1811) von Heinrich von Kleist, beide mit Gerichtsszenen, kritisieren unter der Maske der Farce oder *clownerie* die absolute Macht. Es ist insgesamt aufschlussreicher, *Die Reisen Benjamins des Dritten* als einen Roman des 18. Jahrhunderts, und nicht des 19. Jahrhunderts anzugehen. Gesellschaftssatire, Reisemotiv, Ba-

Der Erlass Zar Nikolais I. über die Wehrpflicht vom 26. August 1827 (*ustav rekrutskoi povinnosti*), der Juden erstmals zum Wehrdienst einzog, bildet den Hintergrund des Romans, und zwar in doppelter Hinsicht: Auf der Ebene der Handlung verkürzen die beiden Häscher die Reise Benjamins und geben Abramowitsch Gelegenheit zur klassischen satirischen Behandlung religiöser Heuchler. Wichtiger ist die Ebene dahinter, die Kritik Russlands: In Europa war die neue Einberufung von Juden zum Militärdienst ein Zeichen ihrer Emanzipation (1788 in Österreich, 1790 in Frankreich und danach in den von Napoleon eroberten europäischen Gebieten). In Russland war sie als Form der Unterdrückung konzipiert. Sie war die Umsetzung von Zar Nikolais I. Vorstellung, wie mit den Juden, die er für feig, parasitär und religiös fanatisch hielt, umzugehen sei: Repression und Konversion. Beim Militär kam beides zusammen.

thos (ein Zusammenrücken des Hohen und Niederen, das Komik erzeugt und von Alexander Pope 1727 erstmals definiert wurde), Rekurs auf eine mentale Bibliothek und andere literarische Techniken rücken den Roman strukturell in die Nähe der Werke von Daniel Defoe, Jonathan Swift und Laurence Sterne, also in eine Zeit am Anfang der technologischen Revolution (die erste Dampfmaschine entsteht 1712), die in Russland in der Nachfolge Zar Peters des Großen verpasst wird, da die Zarinnen Anna, Elisabeth und Katharina II. sich auf maximale Prachtentfaltung (Bau des Winterpalasts) und Stärkung der absoluten Autokratie konzentrieren. Obwohl der Roman in den Jahren 1853–1854 spielt, ist die mentale Zeit der Charaktere die des vortechnischen 18. Jahrhunderts.

Abramowitsch hatte Glück. Der hinkende Avreml verriet ihn nicht. Im August erreichten sie Kamenets-Podolsk. Dort traf Abramowitsch einen Verwandten, der ihn auslöste. Er ließ sich im Bethaus des roten Basche nieder (*Basche dem roytens klois*), wo er lernen und schlafen konnte. Die Erfahrungen des Sommers 1852 – das Betteln von Haus zu Haus als Gehilfe eines Profis, die Einblicke in die Häuslichkeit der Armen, die Wahrnehmung des ungeheuren Ausmaßes der jüdischen Verelendung – würden Abramowitsch noch lange in intensiven Albträumen heimsuchen. Er verarbeitete die Erfahrungen des Sommers in seinem Bettlerroman *Fischke der Krumme* (1869). Zeitlebens würde er ein Reinlichkeitsfanatiker sein. Er wirkte stets wie aus dem Ei gepellt. Die Strukturen, die er damals in der ukrainischen Provinz beobachtete – Stagnation und Versumpfung einerseits und zielloses Gewusel andererseits –, setzte sich in ihm als Grundstruktur der jüdischen Existenz in Russland fest. Zielgerichtete intellektuelle Bewegung gen Westen wurde für ihn ab 1852 zum befreienden Gegenpol und zum Fluchtweg. Während er 1875 an den ersten Kapiteln der *Reisen Benjamins des Dritten* arbeitete, schrieb er einen philosophischen Essay in hebräischer Sprache, in dem er erklärte: »Die räumliche Bewegung ist direkt proportional zur intellektuellen Beweglichkeit. In dem Maße, in dem ein Mensch seinen Intellekt, seine Talente und seine Sprachkenntnisse ausbildet, in dem Maße wächst auch seine Fähigkeit, sich in der Welt zu bewegen, an anderen Orten und unter verschiedenen Völkern zu wohnen. [...] Der Ignorant aber bleibt gefesselt; er hat nicht einmal das Lebensnotwendige als sichere Basis; wie bei den Primitiven hängt, was er ergattert, vom Zufall ab. Er hat nur Umgang mit Menschen, die ihm gleichen und seiner Art sind. Darum wird der Radius seiner Bewegung so beschränkt sein wie sein Wissen.«*

2.

Abramowitsch sprach nie darüber, welcher Impuls ihn im April 1852 zum hinkenden Avreml auf den Wagen steigen ließ. In Kamenets-Podolsk trieb dieser Impuls ihn weiter. Er begann säkulares Wissen zu erwerben. Kaum war er im Bethaus installiert, fand er heraus, dass der hebräische Schriftsteller und Aufklärer (Maskil) Abraham Ber Gottlober in der Stadt wohnte. Unverzüglich suchte er ihn auf. Gottlober erinnerte sich später an diesen ersten Besuch: »Im Jahr 1852 schickte mich die russische Regierung nach Kamenets-Podolsk, um dort im zweiten Rang der jüdischen Schule zu unterrichten. In diesem Jahr kam ein junger Litauer zu mir, ein blutjunger Bursche, sechzehn oder siebzehn Jahre alt. Der Bursche konnte Hebräisch schreiben, aber das war auch

* *wie sein Wissen*: Sh. Y. Abramovits, »*Ma anu*« [Was ist es?], *Hashaḥar* 6 (1875): 476–477; dazu auch Miron und Norich 1980: 28–29. *Hashaḥar* (Morgengrauen) war eine hebräische Zeitschrift, die der russische Schriftsteller Peretz Smolenskin (1842–1885) in Wien herausgab.

schon alles. Außerdem war er arm. Er saß im Lehrhaus und lernte. Wie bei den barmherzigen Juden üblich, fanden sich Leute, die ihn unterstützten, so dass er wenigstens nicht hungerte. Er begann mich regelmäßig zu besuchen, lernte sehr viel bei mir und meiner seligen Tochter Rosalie: Hebräisch, Deutsch, Russisch.«* Gottlober führte Abramowitsch in die Schriften der Aufklärung ein. Daneben verschlang Abramowitsch naturwissenschaftliche Werke in den Sprachen, die er gerade erlernte. Die modernen deutschen Philosophen sprachen ihn weniger an als die französischen, unter ihnen besonders Charles Fourier und Pierre-Joseph Proudhon. Insgesamt wird Abramowitschs Studium bei Gottlober (1852–1855) wegen erst entstehender Sprachkenntnisse und fehlender Bücher eher unsystematisch gewesen sein. Aber der Hunger nach Fakten und Einsichten in die moderne Welt jenseits der jüdischen Bücher war erwacht.

Im Bethaus wurden Abramowitsch inzwischen gute Partien vorgeschlagen. Er suchte sich einen Schwiegervater aus, der seine aufklärerischen Neigungen und seine Hinwendung zur säkularen Welt tolerieren würde, denn Neuvermählte lebten in den ersten Jahren immer im Haus der Brauteltern. Er fand einen Mann, den er mochte, und heiratete wohl schon im Herbst 1852 dessen Tochter. Mit Unterstützung des Schwiegervaters besuchte Abramowitsch die staatliche russisch-jüdische

* *Hebräisch, Deutsch, Russisch*: Zitiert in Klingenstein 2014: 76.

Schule, legte 1855 in russischer Sprache das Lehrer-Examen ab und begann selbst zu unterrichten.

Hier wäre nachzutragen, dass Zar Nikolai I. im Verlauf seiner langen Regierungszeit (1825–1855) zwei wichtige Minister hatte, Graf Pawel D. Kisseljow und Graf Sergei S. Uwarow, die mit den Ideen der Aufklärung und den integrativen Maßnahmen der preußischen und österreichischen Regierungen hinsichtlich der Juden vertraut waren. Sie dämpften Zar Nikolais radikale Impulse. Kisseljow argumentierte, dass man mit Unterdrückung bei den Juden nichts bewirken könne, und empfahl Umerziehung und Ausbildung als die besten Mittel, um die Juden vom Talmud, der den Russen die Quelle ihres religiösen Fanatismus zu sein schien, abzubringen und ihre Annäherung (*sblischenje*) an die christliche Gesellschaft einzuleiten. So wurde im November 1844 ein Gesetz »über die Einrichtung staatlicher Schulen für jüdische Kinder« erlassen. Neben säkularen Grundschulen wurden auch zwei staatliche Rabbinerseminare (in Wilna und Schitomir) und der Posten des »Gelehrten Juden« (*utschenii jewrej*) geschaffen.* Juden wie Gottlober, die sich bereits der Aufklärung (Haskala) verschrieben und für diese Schulen gekämpft hatten, begrüßten sie als Indiz der Offenheit der Regierung und meinten, dass nach der »Verbesserung« und Modernisierung der Juden auch bald die Verleihung von Bürgerrechten kommen würde.

* *geschaffen*: Die Bestimmungen werden von Stanislawski (1983: 82–85) genannt.

Diese Hoffnung erfüllte sich nicht. Das Gegenteil war der Fall. Je erfolgreicher Juden sich mit Hilfe dieser Schulen modernisierten, desto weniger war die russische Gesellschaft an einer »Annäherung« oder gar einer »Verschmelzung« (*slianje*) interessiert. Die Mehrheit der traditionellen russischen Juden würde diese Schulen als Instrumente der Assimilation und Säkularisation immer ablehnen, doch in den Städten wurden sie beliebt. Aus diesen Schulen gingen die russisch-jüdischen Intellektuellen hervor, die mit dem Regierungsantritt Zar Alexanders II. 1855 wissenschaftlich, literarisch und politisch aktiv wurden, Zeitungen gründeten, Universitäten besuchten und sich in russischer Sprache vehement an der Diskussion der »jüdischen Frage« beteiligten. Als Abramowitsch im Spätsommer 1852 Gottlober erstmals in seiner Wohnung besuchte, trat er in dieses Milieu ein. Es wurde seine Welt.

Am 15. Juli 1857 erschien in der hebräischen Zeitung *Hamagid* sein erster Aufsatz, »Ein Brief über Erziehung« (*Michtaw al dwar hachinuch*), in dem der gerade Zweiundzwanzigjährige sich bereits als vollgeformter Intellektueller und Schriftsteller zeigte. Der Brief war eine scharfe Kritik am Verhalten der *melamdim* (Lehrer) in den privaten *chadarim* (Grundschulen), die, von Armut, Enge, Lärm und Aussichtslosigkeit frustriert – die Schüler kamen für viele Stunden in den Wohnraum (*cheder*) des Lehrers –, die Kinder anschrien, sie schlugen und zwickten und sich über ihre Bösartigkeit beschwerten. Abramowitsch hielt dagegen, dass dies eine Projektion der Lehrer sei. Die Kinder kämen naturbelassen zu ihnen, und es sei ihre Aufgabe, sie in Erkenntnis ihrer individuellen Befähigung (nicht jeder lerne auf die gleiche Weise) zu lehren. »Was ist ein Lehrer wert, der glaubt, er könne seine Schüler nur mit einem Ochsenstock zur Weisheit führen und nur mit der Rute seiner Wut, seiner Weißglut und seiner Erbitterung jene geistige Veränderung bewirken, in der Wissen Jugend und Wildheit verdrängt? […] Ein deutscher Denker sagte einmal: ›Jede schlechte oder verderbte Eigenschaft, die ein Lehrer bei seinen Schülern entdeckt, sollte er zuerst in sich selbst suchen.‹« Für einen Lehrer gebe es fünf Gebote (ein gutes Herz, guter Wille, Geduld, Gelassenheit und die Gabe, klar zu formulieren) und vier Verbote: Verliere nicht die Fassung (wüte nicht, schreie nicht, schlage nicht); erniedrige die Schüler nicht, behandle sie nicht wie Untergebene und bürde ihnen keine Aufgaben auf, die sie nicht bewältigen können. »Allerdings haben unsere Rabbinen diese und ähnliche Ermahnungen schon in eine einzige Warnung gefasst: ›Der Ungeduldige lehrt nicht‹ (Traktat *Awot* 2,6).«*

* *Allerdings haben unsere Rabbinen*: Sh. Y. ben Ḥayim-Moshe Abramovits, »*Mikhtav al dvar haḥinukh*«. In: *Hamagid* 1.31 (15. Juli 1857): 121–122; eine englische Übersetzung von Ri J. Turner, »A Letter on the Subject of Education«, mit Links zum hebräischen Original steht auf der Website des National Yiddish Book Center: https://www.yiddishbookcenter.org/language-literature-culture/yiddish-translation/letter-subject-education, besucht am 18. Februar 2019. Shmuel Werses, »Jewish Education in 19th Century Russia in the Eyes of Mendele Mokher Sefarim«.

Abramowitschs Essay war selbst eine Übung in kluger Pädagogik. Er goss aufklärerisches und frühromantisches Gedankengut in alte jüdische Schläuche, so dass es vertraut wirkte, annehmbar wurde und anwendbar schien. Einpassung des Fremden und Ungewohnten in die Kultur seiner Leser blieb ein Grundprinzip seines Schreibens. *Awot* war der populärste Traktat des Talmuds; und die Formulierung positiver und negativer *mizwot* (Regeln) war allen Juden bestens vertraut. Gleichzeitig konzentrierte sich Abramowitsch auf das praktische Hauptproblem der *chadarim*, nämlich die Aggressionen der Lehrer, ohne jedoch ihre ökonomischen Ursachen auch nur entfernt anzudeuten, als sei Armut in keiner Weise eine Entschuldigung für solches Verhalten. Das war seine tiefste Überzeugung. Empathie für die Schwächsten blieb zeitlebens sein erstes Gebot. Als er genau ein Vierteljahrhundert später Direktor einer Schule wurde, entließ er sofort alle Lehrer, die Schüler schlugen.

Auch literarisch war der spätere Abramowitsch in diesem ersten Werk schon präsent. Er bediente sich reichlich bei der europäischen Literatur, insbesondere bei Jean-Jacques Rousseau und Naphtali Hirz Wessely, und komponierte aus diesen Anleihen einen jüdischen Text. Sein hebräischer Stil war der damals gepflegten ornamentalen Schreibweise (*meliza*) verpflichtet, doch mit

In: Glenda Abramson und Tudor Parfitt, Hgg., *Jewish Education and Learning*. London: Routledge, 1994.

dem Unterschied, dass er die biblischen Zitate, die die Gelehrtheit eines Autors demonstrieren und seinen Stil erhöhen sollten, so radikal verkürzte, dass zum Teil nur noch einzelne Wörter übrig blieben. Sie waren so prägnant, dass sie als Anspielungen verständlich blieben, fügten sich aber lexikalisch mühelos in einen normalen Satz ein, der dadurch eine weitere temporale Dimension bekam. Im oben angeführten Zitat etwa waren der Ochsenstock (*malmad habakar*) und die Rute der Wut (*schewet api*) dem Buch der Richter (3,31) und dem Buch Jesaja (10,5) entnommen und würden bei der damals üblichen Vertrautheit mit biblischen Texten sofort ihre Kontexte hervorgerufen haben: Schamgars Erschlagung von 600 Philistern mit einem Ochsenstock und die Assyrer, die, so der Prophet Jesaja, Gott als Instrument seiner Wut benutzte, um die Israeliten zu bestrafen. Dadurch bekam der Zorn des Lehrers eine elementare Wucht; aber er war eben doch nur ein *melamed* und seine Feinde waren weder Philister noch alte Israeliten, die fremden Göttern nachhingen (obwohl im übertragenen Sinn beides der Fall sein mochte), sondern fünf- bis achtjährige Knirpse, die lieber im Freien wären. So zielten die Anspielungen letztlich darauf ab, den *melamed* zu verspotten und ihn darauf hinzuweisen, dass Knirpsen gegenüber die Rute nicht angebracht war.

In seinen jiddischen Romanen, besonders in der *Mähre* (1873) und den *Reisen Benjamins des Dritten* (1876–1878), perfektionierte Abramowitsch diese Form des Schreibens. Man musste die biblischen Anspielungen nicht verstehen, um den Romanen folgen zu können, aber wer sie mitbekam, dem eröffneten sie eine weitere, witzige Dimension der Texte. In dieser Hinsicht blieb der wirkliche Abramowitsch letztlich immer ein Autor für Intellektuelle, die den klassischen Kanon kannten.

Der »Brief über Erziehung« machte Abramowitsch im kleinen Kreis der osteuropäischen Hebraisten sofort als originellen Stilisten bekannt. Im Spätsommer 1857 fuhr Abramowitsch in das 260 Kilometer nordöstlich gelegene Berditschew, um Pesje (Polina), die neunzehnjährige Tochter des Notars Salmen Lewin, kennenzulernen. Abramowitsch hatte sich nach dem Tod seiner zwei Kinder und der Gemütserkrankung seiner Frau wohl schon 1855 scheiden lassen. Sein Schwiegervater war damit einverstanden gewesen, obwohl er ihn ungern verlor. Am 19. Oktober 1857 wurde der neue Verlobungsvertrag aufgesetzt; ein Jahr später fand die Hochzeit statt. Abramowitsch beantragte bei der Schulbehörde seine Versetzung nach Berditschew und zog in das Haus des Schwiegervaters. Ein Sohn und vier Töchter wurden dort geboren. Die Eheleute blieben einander zeitlebens zugetan. Abramowitsch war ungemein loyal; wenn er Geld hatte, was selten der Fall war, war er damit großzügig. Er reagierte impulsiv und emotional. Er war scharfsinnig, aber ungeduldig und darum kein systematischer Denker. Mit Urteilen war er schnell bei der Hand. Faulheit, Ungerechtigkeit und Arroganz versetzten ihn in Wut und machten ihn unvorsichtig. Das nächste Jahrzehnt war das feurigste seines Lebens.

3.

Berditschew war die zweitgrößte jüdische Stadt in der westlichen Ukraine. Im Jahr 1861 wohnten dort fast 47 000 Juden, die achtzig Prozent der Bevölkerung ausmachten. Traditionell religiöse Juden und Chassidim waren gleichermaßen vertreten. Zwei riesige Jahrmärkte im Frühjahr und Herbst brachten Waren und Kapital in die Stadt, und zu diesen Zeiten florierten Makler- und Geldleihgeschäfte mit Handelsverbindungen bis ins Innere Russlands. Die Mehrheit der Bevölkerung war arm. Die Niederschlagung des polnischen Aufstands gegen die russische Okkupation 1863 reduzierte die Präsenz der polnischen Adligen in der Region und brachte die wirtschaftliche Existenz jener Berditschewer Juden ins Wanken, die als Verwalter, Pächter, Agenten, Makler, Alkoholbrenner und Fuhrleute für die polnischen Gutsbesitzer tätig gewesen waren. Zudem berührte die neue Eisenbahnlinie Berditschew nicht. Der wirtschaftliche Niedergang setzte ein und jener Leerlauf, der Berditschew in der jiddischen Literatur, angefangen mit Abramowitschs Roman *Dos wintschfingerl* (Der Wunschring, 1865), als Stadt der Luftmenschen exponierte. In seinem subtilen Roman *Di mischpoche maschber* (*Die Familie Maschber*, 1939/1948) skizzierte Pinchas Kahanowitsch, genannt der Nister (1884–1950), der in Berditschew aufgewachsen war, in der realistischen Manier der *Buddenbrooks* den Prozess der wirtschaftlichen Erosion und den Verfall der jüdischen Mittelschicht, der die weitere Verelendung der Armen nach sich zog.

Salmen Lewin gehörte als Notar zur hauchdünnen Mittelschicht, die 1858 gerade noch optimistisch gestimmt war. Sein Schwiegersohn, der in Berditschew wohl keine Lehrerstelle bekommen hatte, wurde mit Lewins Unterstützung als flammender Aufklärer und Reformer sozial, politisch und literarisch aktiv. Er engagierte sich bei der Gründung einer Synagoge, einer Schule, einer Bibliothek und einer Kreditanstalt und lernte die »städtischen Wohltäter« kennen, die er schließlich in seinem Schauspiel *Di takse* (Die Fleischsteuer, 1869) so erbarmungslos kritisieren würde wie das Gros der Berditschewer Armen, die ihre Ausbeutung durch einige wenige Familien wie Schafe hinnahmen. In dieser Zeit war Abramowitsch der Ansicht, dass nichts wichtiger sei als die Konfrontation mit der ungeschönten Wirklichkeit, das heißt die Erkenntnis der materiellen Beschaffenheit und der sozialen Struktur der Welt. Um diese Erkenntnis zu befördern, setzte er gleichzeitig drei sehr unterschiedliche literarische Projekte in Bewegung.

Ein Jahr nach dem Erscheinen von Charles Darwins *Entstehung der Arten* (1859) begann Abramowitsch mit der Komposition einer groß angelegten Naturgeschichte in hebräischer Sprache, *Toldot hatewa,* für die er zunächst die *Gemeinnützige Naturgeschichte* von Harald Othmar Lenz adaptierend übertrug. Doch er schaffte nur drei Bände über Zoologie (1862, 1866, 1872); vom ersten Band (Säugetiere) kaufte die Regierung fünfhundert

Exemplare für die staatlichen jüdischen Schulen. Sprachlich war *Toldot hatewa* eine große Leistung, da Abramowitsch eine hebräische Nomenklatur schaffen musste; außerdem bewies er, dass in hebräischer Sprache möglich war, was er in seiner Literaturkritik forderte: klares und präzises Schreiben.

Im Jahr 1860 veröffentlichte er eine Sammlung polemischer Aufsätze, unter dem Titel *Mischpat schalom* (Urteil des Friedens), in denen er den verzwirbelten Stil der zeitgenössischen hebräischen Dichter, insbesondere des sanften Lyrikers Elieser Zweifel, erbarmungslos rügte und eine Sprache forderte, die die soziale Wirklichkeit spiegelte. Abramowitschs Arroganz löste Empörung aus. Er erinnerte sich später: »Ich fand die [hebräische] Literatur vor wie einen Garten ohne Besitzer. Die Kälber weideten dort und zerstörten die Saat, und die Schweine gruben die Pflanzen aus. Ich sah diese Dinge und schrieb *Mischpat schalom*. Das Buch explodierte unter den selbstzufriedenen Schriftstellern wie gärender Wein. Ich hatte ihren Frieden gestört, ihre Ehre beleidigt, ihren Ruf geschädigt. Aus ihren Reihen erhob sich lautes Klagen. Eine Fehde brach aus.« Abramowitsch fand das gut. Die Aufgabe des Schriftstellers sei es, »unseren Leuten Geschmack und Wissen zu vermitteln, literarische Werke zu verfassen, die das wirkliche Leben des Volkes darstellen, um so dem Volk die Literatur näherzubringen, sowie zu erziehen und zu nützen«.*

* *erziehen und zu nützen*: »Shtrikhn tsu mayn biografye« [Skizze

Es war ein etwas konfuses Programm, denn wozu sollte guter Geschmack ›dem Volk‹ nützen und wer bestimmte überhaupt, was das war, und warum sollte ›das Volk‹ über sich selbst lesen wollen und nicht über Prinzen und Prinzessinnen? Doch Abramowitsch schrieb sogleich selbst einen Roman in hebräischer Sprache, *Limdu hetew* (Lerne das Gute), in dem ein junger Mann, der in Berlin studiert und sich dort der Aufklärung anschließt, in seiner Heimat nicht mehr akzeptiert wird. Die melodramatische Geschichte wurde in der Überarbeitung (1867) nicht besser und auch in der russischen Übersetzung durch Abramowitschs treuen Freund Lew Binschtok, der den Text zu retten suchte, fiel der Roman komplett durch. In einem Brief an Binschtok vom 8. Februar 1867 wütete Abramowitsch, dass man in einer Zeit, in der Autoren sich nicht schämten, die Lebensweise der Baschkiren und Kalmücken darzustellen, auch über arme Juden müsse schreiben dürfen. Aber das Problem war nicht das Sujet (ohnehin lasen nur jüdische Kritiker den Roman), sondern dass Abramowitsch vom Romanschreiben noch keine Ahnung hatte und sich als Erzieher und nicht als Erzähler verstand. Ein Pamphlet, das sich mit einer Geschichte schmückt, ist kein Roman. Dieses Unternehmen ging in die falsche Richtung. Das wusste letztlich auch Abramowitsch. Erst 1886 würde er wieder einen fiktionalen Text in hebräischer Sprache schreiben.

meiner Biographie], *Ale verk fun Mendele moykher sforim*, Bd. 19, Warschau 1928, 161, 163.

4.

In Berditschew war Abramowitsch mit Jehoschua Mordechai Lifschitz befreundet, einem originellen Denker, Hobby-Chemiker und Linguisten, der die jiddische Sprache liebte. Lifschitz veröffentlichte 1869 bei Bakst in Schitomir das erste russisch-jiddische Wörterbuch; der jiddisch-russische Band folgte 1876. Dass Jiddisch »verderbt« sein sollte, entlarvte er als hohles Geschwätz, da es sich wie jede Sprache aus einer anderen entwickelt habe. Die Idee, dass Juden Russisch oder Deutsch sprechen sollten, um ›emanzipierbar‹ zu sein, hielt er für einen Vorwand. Die Juden müssten als Juden mit der ihnen eigenen Sprache anerkannt werden. Wichtig wäre allerdings, die jiddische Sprache mit Hilfe guter Literatur weiterzuentwickeln. Die hebräischen Schriftsteller nannte er weltfremd und narzisstisch. Im Umgang mit Lifschitz entdeckte Abramowitsch das Naheliegende: Wer ›das Volk‹ erreichen will, muss in seiner Sprache zu ihm sprechen. Besser wäre überhaupt: nicht *zu* ihm, sondern aus ihm heraus zu sprechen.*

Lifschitz wollte 1861 eine jiddische Zeitung gründen, denn seit dem Krimkrieg (1853–1856), der Russlands Selbstverständnis bis in die Grundfesten erschüttert und die Karten der Macht in Europa neu gemischt hatte, waren auch die Juden in der Ukraine an Politik interessiert

* *aus ihm heraus zu sprechen:* Y. M. Lifshits, »Di fir klasn«. In: *Kol mevaser,* Nr. 21–25 (6.–16. Juli 1863); Klingenstein 2014: 133–139.

und wollten Zeitung lesen. Erwartungsgemäß bekam Lifschitz keine Genehmigung. Also fuhr er zusammen mit Abramowitsch nach Odessa, um den Publizisten Alexander Zederbaum zu bewegen, seiner hebräischen Zeitung *Hamelitz* eine jiddische Beilage mitzugeben. *Kol mewaser* (Der Bote) erschien erstmals im Oktober 1862 und wurde ein enormer Erfolg.

In Wilna hatte der sanfte und kluge Aisik Meir Dik 1860 damit begonnen, für die hart arbeitenden jüdischen Frauen strukturell einfach gestaltete, aber narrativ phantastische jiddische Erzählungen (*maises*) in Form kleiner Pamphlete von nur vierundzwanzig Seiten zu veröffentlichen. Diese *maise bichlech* verbreiteten sich in Windeseile durch ganz Litauen und wurden meist an Samstagnachmittagen zur Unterhaltung des gesamten Haushalts vorgelesen. Dabei wurde viel gelacht. Diks Pamphlete erreichten zum Teil Auflagen von viertausend Exemplaren. Dieser unerwartete Erfolg dürfte für Abramowitsch ein entscheidender Anreiz gewesen sein, es mit dem Erzählen in jiddischer Sprache zu versuchen.

Am 24. November 1864, ein Datum, das als Geburtstag der modernen jiddischen Literatur gilt, erschien in *Kol mewaser* die erste Folge der ersten jiddischen Erzählung von Abramowitsch. Darin setzte er um, was Lifschitz gefordert hatte. Der Text passte sich völlig in seine Umgebung ein. Auf einen langen Nachruf auf den gerade verstorbenen Leiter des jüdischen Waisenhauses in Berlin und einen dramatischen Bericht über die Lage der Juden in Nordafrika folgte am unteren Ende der Seite die

Überschrift: *»Dos klejne mentschele«*, und darunter in kleinerer Type: *»Ejn lebensbeschraibung fin jizchok awrom takif«*. Die ersten Sätze stellten den Berichtenden vor: *»Alejn bin ich a geboirener fin tswiatschiz, ich hejs mendele der moicher sforim. Johrenlang bin ich kimat unterwegens, do ahin, do aher. Men kenn mich umetum. Ich fohr arim in ganz poilin mit alerlej schitomirer sforim.«** Der fiktive Wanderbuchhändler Mendele wird die Figur, hinter der Abramowitsch, der sich ja schon als säkularer hebräischer Schriftsteller etabliert hatte, seine Identität verstecken und noch einmal neu anfangen konnte. Mendele wurde sein Verbindungsmann zum ›Volk‹. Ein Buchhändler kam überall herum, hatte Umgang mit Kunden, deren Bedürfnisse er bediente, und war doch der geistigen Welt verbunden, da er die Bücher kennen musste, die er verkaufte. Man brachte ihm Manuskripte, die er veröffentlichte, und er besuchte Schriftsteller in der Stadt wie Reb Schloime (Abramowitsch), dem er erzählte, was ihm draußen in der Provinz widerfahren war.

Der Buchhändler Mendele begleitete Abramowitsch bis zum Lebensende und entwickelte über die fünf Jahr-

* *»Dos kleyne mentshele oder eyn lebensbeshraybung fin yitskhok avrom takif.«* In: *Kol mevaser*, Nr. 45 (12.–24. November 1864): 684–685. *»Schitomirer sforim«* sind in Schitomir gedruckte Bücher. Bis 1862 waren in Russland nur zwei hebräische Druckereien genehmigt: Romm in Wilna druckte weltliche und religiöse Texte und stand der Haskalah nahe; Schapiro in Schitomir druckte nur religiöse Werke und Textausgaben und stand dem Chassidismus nahe.

zehnte seiner Existenz eine eigene Biographie und ein konkretes intellektuelles und psychologisches Profil. Als scheinbar volksnaher Erzähler wurde er im Bewusstsein der Leser so dominant, dass Abramowitsch allmählich hinter ihm verschwand. Je weiter die traditionelle Schtetl-Welt unter dem Druck von Verarmung, Pogromen, Abwanderung, Kriegsschäden und Industrialisierung zerfiel, desto stärker sah Abramowitsch sich (nicht zuletzt durch seine entwurzelten Leser) genötigt, die Authentizität Mendeles und seiner Welt durch die eigene Person zu garantieren, so dass er selbst schließlich Mendele wurde und seine Werkausgaben unter dem Namen Mendele Moicher Sforim erschienen. Je unwiderruflicher die Schtetl-Welt unterging, desto prominenter wurde (Abramowitsch-)Mendele als lebendes Monument, das diese Welt in Form von Erzählungen in sich trug. Als Abramowitsch 1910 seine einzige Lesereise durch osteuropäische Städte unternahm, wurde er auf allen Bahnhöfen von riesigen Menschentrauben erwartet und in seinen Unterkünften von Verehrern belagert.

Abramowitsch als Mendele und Garant der Authentizität der untergegangenen Welt wäre nicht möglich gewesen ohne die flexible, elegante, in jeder grammatischen und lexikalischen Nuance überraschende Sprache, die er für diese Welt erfand, in der er sie fixierte und die schließlich, nach dem Untergang der Wirklichkeit, ihre Totalität wurde. Den schlagenden Beleg dafür erbrachte der Schriftsteller David Frischmann. Er ließ seinen großen Essay für Abramowitschs Geburtstagsfeier im

Dezember 1910 mit der Zugfahrt eines jungen Mannes beginnen, der mit anderen jüdischen Reisenden in der vollen dritten Klasse sitzt und ein Buch von Mendele liest. Er schaut auf, sieht sich um, liest weiter, schaut wieder auf und zum Fenster hinaus und wieder ins Buch zurück und bemerkt keinen Unterschied zwischen Text und Welt.* So entstand der Mythos vom Realismus Abramowitschs. Er war eine Erfindung seiner städtischen Enkel. Abramowitschs intellektuelle Fiktionen wurden die ihnen bekannte Vergangenheit.

So begann denn die Erfindung der ostjüdischen Welt an diesem 24. November 1864. Inhaltlich blieb Abramowitsch bei seinem alten Thema. Die Lebensbeschreibung, die Mendele den Lesern von *Kol mewaser* zur Kenntnis gab, war das posthume Bekenntnis eines reichen Ausbeuters, der seinen Werdegang aufzeichnete: Körperliche und seelische Misshandlung in der Kindheit führten zu seiner moralischen Deformation. Der Fortsetzungsabdruck war ein Erfolg. Noch vor Ende des Jahres brachte Abramowitsch den Text bei Romm in Wilna als Büchlein heraus. Im Jahr darauf folgte *Dos wintschfingerl*, in dem Abramowitsch das Thema von *Limdu hetew* aufgriff: Ein Talmud-Student wird zum Maskil erzogen, gewinnt die moderne Welt, verliert aber die alte Heimat. Der Gegenpol der westlichen Moderne des

* David Frishman, »Mendele moykher sforim: Zayn lebn un zayne verk«. In: *Ale verk fun mendele moykher sforim*, Bd. 10: *Kritik* (New York: Hebrew Publishing Company, 1920), 7–11.

Maskils ist die entnervend substanzlose Fluidität Berditschews in der Gestalt des Maklers Reb Ascher.

Nach 1864 verschlechterte sich die wirtschaftliche Lage der Juden in der agrarischen Ukraine. Als Notar spürte Salmen Lewin den Geschäftsrückgang sofort. Abramowitsch suchte nun händeringend bezahlte Arbeit. Ideal wäre eine staatliche Stelle als »Gelehrter Jude« gewesen. Am 2. August 1864 schrieb er an seinen Freund Binschtok:

> Bedauern Sie mich, mein Freund. Die Zeit ist gekommen, in der ich etwas für meine Familie tun muss, und ich weiß nicht, was ich unternehmen soll. Bis jetzt war ich ganz in der Liebe zu unserer heiligen Sprache gefangen. Ich habe Tag und Nacht gearbeitet, um mit meinen bescheidenen Kenntnissen meinen Brüdern zu helfen, und dabei vergessen, dass ich Frau und Kinder habe. Ich habe nur darüber nachgedacht, wie ich meinem Volk nutzen kann, und vergessen, mich um meine Kinder zu kümmern, die ich doch versorgen muss. Jetzt, wo mir meine große Pflicht, meinen Hausstand zu unterhalten, klar vor Augen steht, kommt mir das Zittern, denn gleichzeitig muss ich erkennen, dass mir nach meiner Arbeit und Mühe keiner zu Hilfe kommt. Woher kann Hilfe für mich kommen? Von der holden Regierung! Sie soll mir eine Stelle geben. Wer aber wird mit mir fühlen und daran denken, bei der Regierung ein gutes Wort für mich einzulegen, ihr sagen, dass ich es wert bin, zu ihrer Arbeit heran-

> gezogen zu werden, obwohl ich keine Schule abgeschlossen habe? Wer wird ihr meine Not und Mühe darstellen, auf die ich meine besten Jahre verwendet habe im Dienst an meinen Brüdern? Wer wird sie darüber aufklären, dass ich meine Arbeit ehrlich ausführte wie ein treuer Soldat, der sein Blut auf dem Schlachtfeld der hebräischen Literatur vergoss, bis ihm alle Kräfte schwanden? Wer wird ihr klarmachen, dass, wenn auch sie ihr Gesicht von mir abwendet, ich vor meiner Zeit vor Kummer und Unglück umkommen werde?*

Die Antwort konnte natürlich nur Binschtok heißen. Er war sein bester Freund. In Briefen an ihn zog Abramowitsch immer alle Register des Selbstmitleids und der Selbstbeweihräucherung. Doch Binschtoks Einsatz für Abramowitsch in St. Petersburg und Kiew blieb erfolglos.

Der wirtschaftliche Niedergang verschärfte die Klassengegensätze in Berditschew. Abramowitschs Fortschrittsglaube (Bildet euch!) wurde von einer darwinistischen Weltanschauung abgelöst. In den beiden Werken von 1868, dem Schauspiel *Di takse* und der ersten Fassung von *Fischke der krumer*, verschlingen die Großen rigoros die Kleinen. Die »städtischen Wohltäter« ziehen den armen Schafen mit Hilfe der Fleischsteuer das Fell über die Ohren, und der Krüppel Fischke

* Abramowitsch an Binschtok, 2. August 1864, in: *Mendele un zayn tsayt*, 74–75; Klingenstein 2014: 104–105.

wird von professionellen Bettlern ausgelaugt und weggeworfen. Die Zensurvermerke auf den Erstausgaben von 1869 stammen vom 7. November und 20. Dezember 1868; darum ist klar, dass Abramowitsch diese Werke in seinem schlimmsten Berditschewer Jahr verfasste: Nach der dramatischen Zuspitzung seiner finanziellen Lage erkrankte der Schwiegervater im Frühjahr 1868 und starb im Herbst. Damit wiederholte sich für Abramowitsch die Katastrophe von 1848. Armut wurde zur akuten Bedrohung.

5.

Im Frühjahr 1869 übersiedelte Abramowitsch mit seiner Familie nach Schitomir, um am dortigen staatlichen Rabbinerseminar die Prüfungen abzulegen. Die Absolventen konnten zu Kronrabbinern ernannt werden, staatliche Angestellte, die die von der Gemeinde bestellten wirklichen Rabbiner zu beaufsichtigen und Buch zu führen hatten. Niemand nahm diesen Posten ernst. Er war begehrt, weil er bezahlt wurde. Leider musste Abramowitsch seine Prüfungspredigt über den Wochenabschnitt *Beha'alotecha* (Numeri 8,1–12,16) halten, in dem die Israeliten in der Wüste sich nach den Fleischtöpfen Ägyptens sehnen (11,4). Abramowitsch hielt eine so flammende Rede über die Ausbeutung der jüdischen Massen durch die Pächter der Fleischsteuer, dass der russische Regierungsvertreter, der der Prüfung beiwohnen musste, ihm ausrichten ließ: »Einen Mann, der die Armen gegen die Reichen aufhetzt, kann man nicht als offiziellen Rabbiner einstellen.«*

Nun begannen die zwölf bittersten Jahre für Abramowitsch. Er wohnte in einem Haus am Stadtrand von Schitomir mit Blick auf die Wälder, die er liebte, den Kopf häufig in feuchte Tücher gewickelt, weil er so angespannt war, dass er fast ständig an Kopfschmerzen litt, und kämpfte mit jeder Zeile, die er sich abrang, gegen die Armut. Auch sein Erzähler Mendele musste die Armut mitmachen. In einer Kurzgeschichte vom Sommer 1869 mit dem Titel »*Main letste nesje*« (Meine letzte Reise) fährt Mendele mit den letzten Rubeln nach Kiew, bringt aber keine Geschäfte zustande. Er kann seine Unterkunft nicht bezahlen. Das Wasser steht ihm bis zum Hals. In der Nacht fällt ihm ein, dass er ja sein Pferd verkaufen könnte. Er ringt sich dazu durch, seinen Genossen, sein *ferdl*, mit dem er seit Jahren unterwegs ist, auf den Viehmarkt zu bringen. Als ein Händler ihm vierzig Rubel bietet, weil der Gaul nur tot noch etwas wert ist, schafft er es nicht, das Geld zu nehmen. Abramowitsch hat diese Geschichte nicht veröffentlicht. Sie erschien erst 1939.**

* Shmuel Leyb Tsitron, *Dray literarishe doyres. Zikhroynes vegn yidishe shriftshteler*, Bd. 1 (Warschau: Shreberk, 1921), 115; Klingenstein 2014: 228. Zitron berichtet, Elieser Zweifel habe ihm 1885 gesagt, Abramowitsch habe in Schitomir wieder als Lehrer gearbeitet. Das ist möglich, aber es gibt dafür keine Belege.

** Mendele Moykher Sforim, »Mayn (letste) nesye«. In: *Shtern* [Minsk] (10. Juli 1939): 1–4; Neudruck in *Khulyot* [Haifa] 4 (Sommer 1997): 11–14; Klingenstein 2014: 229–232.

Zwischen 1869 und 1879 war Abramowitsch fieberhaft tätig. Zusammen mit Binschtok adaptierte er Jules Vernes Afrika-Roman *Fünf Wochen im Ballon,* schrieb eine jiddische Abhandlung über Walfische und die Unwahrscheinlichkeit, dass ein Wal den Propheten Jonah verschlungen habe, verfasste den dritten Band von *Toldot hatewa* (Amphibien und Reptilien, 1872), begann einen jährlichen Almanach mit kalendarischen, wissenschaftlichen und kulturellen Informationen herauszugeben (1875–1884), übertrug die spätantike Hymne auf die Schöpfung *Perek schira,* die die Welt in fünfundachtzig Kapiteln vom Himmel bis zum Hund durchquert, in zweitausend gereimte jiddische Verse, übersetzte liturgische Lyrik und Schabbat-Gesänge (*Smires jisroel,* 1875), verfasste eine lange gereimte Allegorie über das Schicksal des jüdischen Volkes (*Judl,* 1875), schrieb hebräische Aufsätze gegen Chauvinismus und Gewalt, übersetzte zusammen mit Binschtok den russischen Erlass zur Einführung der allgemeinen Wehrpflicht (1874) ins Jiddische, verfasste zwei Romane (*Die Mähre,* 1873, *Die Reisen Benjamins des Dritten,* 1875–1878) und wollte immer wieder eine Zeitung gründen, für die er aber nie die Genehmigung erhielt.

Seit der beschämenden Niederlage Russlands im Krimkrieg, der die technologische Rückständigkeit und Strukturschwäche des Landes auch dem Zaren überdeutlich gemacht hatte, war das Land wirtschaftlich, sozial und kulturell in Bewegung geraten. Alexander II. verstand, dass er technische Modernisierung und Industrialisierung vorantreiben musste, wenn er mit den westlichen Imperien mithalten wollte, die im geographischen und wirtschaftlichen Expansionsrausch waren. Dazu brauchte er Arbeiter, Ingenieure und Wissenschaftler. Die Befreiung von dreiundzwanzig Millionen Bauern (1861) schuf für die neuen Fabriken ein riesiges Proletariat; die Gewährung der Freizügigkeit auch für jüdische Absolventen der Universitäten begünstigte die Bildung einer technologisch versierten Mittelschicht; die Abschaffung der Rekrutierung von Kindern, die Einführung der allgemeinen Wehrpflicht und die Verkürzung der Dienstzeit schufen die Grundlage für eine bessere Armee. Die Reformen Alexanders verdankten sich nicht seiner Menschlichkeit, sondern den harten Einsichten aus der Niederlage im Krimkrieg, den er 1855 im letzten Kriegsjahr von seinem Vater Zar Nikolai I. geerbt hatte.

Die neuen Lockerungen, insbesondere die Bauernbefreiung, die Alexander II. gegen den vehementen Widerstand des Adels durchsetzte, belebten die russischen Intellektuellen. Sie begannen wieder intensiv über das russische Volk, Politik, Geschichte und sich selbst nachzudenken und kamen literarisch, musikalisch, journalistisch und philosophisch in Bewegung. Radikale Gruppierungen, nationalrussische Orchesterwerke und große Romane entstanden. Tolstoi und Dostojewski veröffentlichten *Schuld und Sühne* (1866), *Krieg und Frieden* (1869), *Der Idiot* (1868–1869), *Anna Karenina* (1873–1877), *Die Brüder Karamasow* (1879–1880). Michail Saltikow-Schtschedrin schrieb mit *Die Herren Golowljow*

(1880), dessen erste Kapitel in den Jahren 1875–1876 entstanden, den deprimierendsten Roman über die Auswirkung der alexander'schen Reformen auf die kleinen Gutsbesitzer. In Wilna veröffentlichte der Konvertit und Zensor Jakob Brafman 1869 *Das Buch von der Kahal*, eine gehässige Darstellung der vermeintlichen Lebensweise der Juden und ihrer Verschwörungsstrategien zur Wahrung ihrer Macht. Das umfangreiche Werk wurde als Handbuch an die russischen Beamten verteilt.

Abramowitsch erwachte erst im Frühjahr 1871. Am 28. März begann in Odessa ein Pogrom, dessen Ziel zunächst die Wohnungen und Geschäfte der jüdischen Mittelschicht im Stadtzentrum waren. Schlägertruppen stürmten in die Häuser. Die Ordnungskräfte sahen zu. Erst am Nachmittag des dritten Tages griff die Polizei in einigen Bezirken ein. Daraufhin zogen die Trupps in die Moldawanka, das Viertel der armen Juden, zertrümmerten Wohnungen und schlugen brutal auf die Menschen ein. Am vierten Tag nahmen die Krawalle weiter zu, da Gerüchte kursierten, dass »St. Petersburg« nichts gegen die Pogrome habe, solange kein Blut fließe. Soldaten, Handwerker und Kaufleute beteiligten sich nun ebenfalls an der Jagd auf Juden. Feuer wurden gelegt und die Angriffe auf Kinder ausgeweitet. Am Nachmittag des vierten Tages griff die Polizei schließlich durch. Tausende von Juden waren verletzt und obdachlos, der Sachschaden war enorm. Pogrome hatte es in Odessa schon früher gegeben (1821, 1848, 1859). Neu war 1871 die Untätigkeit der Polizei, der Armee und der Behörden, die zustimmende Passivität der russischen Oberschicht und die aktive Zustimmung der russischen Intellektuellen, die den Juden vorwarfen, sie hätten das Pogrom durch wirtschaftliche Unterdrückung der Nichtjuden selbst verschuldet. Das liberale Blatt *Sankt-Petersburgskiia vedomosti* schrieb, das Pogrom beweise die Dringlichkeit der »jüdischen Frage«, die keine religiöse, sondern eine ökonomische sei. Die Juden hätten zu viel Macht; sie monopolisierten die Wirtschaft und hielten ihr Geld durch straffe Organisation zusammen. Im Süden Russlands sei die Dominanz der Juden bis zum Unerträglichen fortgeschritten. Es spielte keine Rolle, dass in Wirklichkeit die überwiegende Mehrheit der ukrainischen Juden, einschließlich der 25 000 Juden in Odessa, völlig verarmt war.

Die jüdischen Intellektuellen waren wie vor den Kopf geschlagen. Die russische Reaktion auf das Pogrom bedeutete, dass die alte Hoffnung der Aufklärer (Integration nach Modernisierung) sich nicht erfüllen würde. Akzeptanz und Gleichstellung der Juden in Russland waren nach wie vor in weiter Ferne, und es bestand keine Aussicht auf eine Verbesserung ihrer Lage. Möglich war die Arbeit in Fabriken und damit ihre Proletarisierung; eine Minderheit würde in den Städten geduldet werden. Mit weiteren Angriffen war unbedingt zu rechnen. Die Mehrheit der jüdischen Intellektuellen verschob das Nachdenken über diesen Sachverhalt bis nach der nächsten Pogromwelle. Sie kam 1881–1882 und war so intensiv, dass sie eine Massenflucht nach Amerika auslöste sowie ein starkes Engagement in zionistischen, sozialistischen und nationalistischen Bewegungen.

Abramowitsch erkannte schon 1871, dass er sein Denken umstellen musste. Jahrzehntelange Selbstverbesserung hatte nicht zur gesellschaftlichen Akzeptanz der Juden geführt. Warum war das so? Und was sollte weiter geschehen? Die Lage der Juden musste historisch und im Gefüge der europäischen Politik begriffen werden. In Westeuropa hatten die Juden lange eine wichtige ökonomische Rolle gespielt und spielten sie auch jetzt als finanzielle, wissenschaftliche und intellektuelle Elite. Aber auch in Westeuropa begann der Antisemitismus sich gerade als politische Kraft zu organisieren. Ein Erfolg dieser Bewegung würde bedeuten, dass die Juden über ihre künftige Bleibe nachdenken müssten. Dazu bemerkte der praktische Senderl: Aber im Heiligen Land sitzt doch der Türke!

Zwischen 1871 und 1878 schrieb Abramowitsch zwei Romane, mit denen er seine jiddischen Leser zum politischen Nachdenken bringen wollte. *Die Mähre* (*Di kljatsche,* 1873) ist eine Allegorie der jüdischen Geschichte und der gegenwärtigen Lage der Juden in Russland. Der Protagonist Jisrolik fällt durch die Aufnahmeprüfung an der Kiewer Universität, weil er in russischer Literaturkritik versagt. Auf dem Heimweg trifft er ein geschundenes Pferd, das einmal ein Prinz war. Die Mähre erzählt ihm ihre lange Geschichte, die zuletzt in dem Irrsinn gipfelt, dass sie tanzen und gute Manieren lernen soll, bevor man ihr zu essen gibt.* Das Buch endet mit einem klassischen Teufelsflug über Europa. Getragen von Aschmodai (Asmodäus) sieht Jisrolik eine höllische Welt: riesige Städte, rauchende Fabriken, menschliches Elend und blutige Pogrome. Für Abramowitsch sind beschleunigte industrielle Entwicklung, soziale Krisen und Antisemitismus miteinander verbundene Elemente der Moderne. Im Vergleich zu Manchester im Jahr 1844 war Tunejadewke fast nicht mehr schlimm. *Die Mähre* wurde sein größter Bucherfolg.**

Im Jahr darauf begann Abramowitsch mit der Komposition der *Reisen Benjamins des Dritten*. Darin setzte er den Gedankengang aus der *Mähre* mit außenpolitischen Überlegungen fort. Wenn die Lage zu Hause unerträglich war, war es dann nicht sinnvoll wegzugehen? Konnten die Juden überhaupt irgendwohin? Die Antwort, zu

* Der Geschlechterwechsel (Prinz wird Mähre) unterstreicht Deklassierung und Unterdrückung, da Frauen niederer standen als Männer. Der russische Schriftsteller Michail Saltikow-Schtschedrin (1826–1889), der als Reformer und Satiriker Abramowitsch sehr ähnlich ist, schrieb in seinen *Satiren in Prosa* (1859–1862): »Man kann nicht denken, man kann sich nicht entwickeln und verbessern, wenn das ganze Denken nur um den Wunsch kreist, nicht vor Hunger zu sterben« (»Но нельзя мыслить, нельзя развиваться и совершенствоваться, когда мыслительные способности всецело сосредоточены на том, чтоб как-нибудь не лопнуть с голоду«, http://az.lib.ru/s/saltykow_m_e/text_0017.shtml).

** Noam Pines, »A Radical Advocacy: Suffering Jews and Animals in S.Y. Abramovitsh's *Di Kliatshe*«. In: *Jewish Social Studies* 23.2 (Winter 2018): 24–47.

der Abramowitsch sich am Ende des Romans durchrang, ließ ihn für sechs Jahre verstummen.

## 6.

Die ersten drei Kapitel der *Reisen Benjamins des Dritten* erschienen 1876 in Abramowitschs hauseigenem Almanach *Der nizlicher kalendar far di rusische juden*. Das Buch erschien 1878 in Wilna. Im Jahr darauf legte Abramowitsch noch eine erweiterte Fassung von *Dos klejne mentschele* vor und dann nichts mehr bis 1884. Abramowitsch war von seiner Armut ausgelaugt und durch seine Ablehnung von Zionismus, Sozialismus und Nationalismus gelähmt. Er konnte sich keine gute politische Alternative vorstellen. Was sollte er da schon schreiben? In einer sehr kurzen Geschichte, die er nicht veröffentlichte, ließ er Mendele ein Pogrom durchleben. Im Jahr 1879 wurde Abramowitschs Sohn Michail in St. Petersburg wegen sozialistischer Umtriebe verhaftet und nach Sibirien verbannt. Im März 1881 wurde Alexander II. ermordet, Pogrome folgten. Just in diesem Jahr erhielt Abramowitsch in Odessa eine Stelle als Direktor einer jüdischen Schule für Kinder aus der Moldawanka. Diese Stelle würde er über drei Jahrzehnte bis kurz vor seinem Tod bekleiden.

In der zweiten Etage der Schule hatte der Direktor eine Wohnung. Im hintersten Teil dieser Wohnung befand sich sein Arbeitszimmer (*kabinet*). In diesem dunklen, mit muffigen Samtvorhängen von der Welt abgeschotteten Raum vollzog sich die Verwandlung Abramowitschs zum Dichter, im Sinne des Verdichtens von Sprache. Obgleich in Odessa, einer Stadt mit zweihunderttausend Einwohnern, mittlerweile fünfzigtausend Juden wohnten, war die alte Welt dort weit weg und Abramowitsch mit seiner Erinnerung allein. In Odessa war Russisch die Sprache der Jungen und der Intelligenzija und zusammen mit Hebräisch die Literatursprache einer kleinen zionistisch und kulturhistorisch orientierten Elite. Jiddisch hatte sich bei ihnen als Literatursprache noch nicht durchgesetzt. Abramowitsch nahm sich seine frühen Werke vor und erschuf sie noch einmal als volle jiddische Romane und als Übertragungen in eine hebräische Sprache von solcher Anspielungsdichte, dass, wer die Texte wirklich verstehen wollte, die Gelehrtheit und den Sprachwitz der untergegangenen Welt an sie herantragen musste.* Auf diese Weise verwahrte Abra-

* In einem Vortrag am YIVO Institute for Jewish Research in New York am 14. September 2017 sagte Dan Miron, der beste Kenner des Werks von Abramowitsch: »Diese spätere Zweisprachigkeit war eigentlich unnötig, denn alle Leser der hebräischen Ausgaben konnten natürlich auch die jiddischen Texte lesen [...] Aber sie lasen die hebräischen Ausgaben wegen der raffinierten Dinge, die in der Übertragung zustande kamen: die Witze, die spezifisch talmudische Denkweise, die Leuten Spaß macht, die die Quellen kennen. Im heutigen Israel versteht das niemand. Niemand. Sie lesen den Text und wissen nicht, worum es geht, worauf sich etwas bezieht. Die Geschichte tritt natürlich hervor, aber die feinen, gelehrten Witze huschen an ihnen vorbei. Übrigens bin ich gerade dabei, Abramowitsch neu zu übersetzen – aus dem Jiddischen, indem ich einfach die hebräische Fassung vergesse.

mowitsch, was ihm persönlich neben Mut und Güte eigentlich immer das Wichtigste gewesen war: einen im langen Studium der jüdischen Literatur geschulten Intellekt. Er würzte sein Leben.

Niemand erwartete, dass Abramowitsch noch einmal literarisch hervortreten würde. Er galt 1884 als erloschener Vulkan. Er stand für das, was nicht mehr war. Doch dann erschienen die erweiterten Fassungen seiner jiddischen Werke, und Abramowitsch begann, zeitnahe Geschichten in einer flexiblen hebräischen Sprache zu schreiben, die die jungen Intellektuellen, unter ihnen der Lyriker Chaim Nachman Bialik und der Verleger Jehoschua Chana Rawnitzky, aufhorchen ließen. Abramowitschs *kabinet* wurde in den 1890er Jahren zum Sammelpunkt jüdischer Literaten, die sich nicht an Russland gebunden fühlten, sondern ihre Identität aus Sprache und Literaturgeschichte neu erschufen. Sie verehrten den schwierigen, oft unbeherrschten, aber sprachlich ungemein kreativen Abramowitsch als springenden Brunnen, der sie an der Vergangenheit teilhaben ließ.*

Es war Scholem Alejchem, der durch einen einfachen Kniff aus dem aufbrausenden Mentor, peniblen Stilisten

Ich kann sie natürlich nicht vergessen, aber ich bemühe mich, nicht an sie zu denken, und versuche, das gesprochene Jiddisch der Originale in einem heute gesprochenen israelischen Hebräisch wiederzugeben. Und was dabei herauskommt, ist sehr anders [als Abramowitschs Fassung].« https://www.youtube.com/watch?v=OwtUcRAPl3E (33:50 – 35:15), besucht am 23. Februar 2019.

* Klingenstein 2014: 418–442.

und soignierten Schuldirektor Solomon Moisejewitsch Abramowitsch einen volksnahen jiddischen Klassiker machte. Scholem Alejchem (1859–1916), der eigentlich Scholem Rabinowitsch hieß, wurde nach dem Tod seines Schwiegervaters 1885 Verwalter eines großen Vermögens, das er 1890 an der Kiewer Börse verlor. In den Jahren dazwischen erschuf er das Phänomen »jiddische Literatur«. Er konzipierte zwei Bände einer Anthologie jiddischer Belletristik unter dem Titel *Di jidische folksbibliotek,* die er 1888 und 1889 herausgab. Mit ihrer Hilfe etablierte er historische und ästhetische Hierarchien, damit die jiddische Literatur als eine der französischen, englischen oder russischen Literatur vergleichbare Erscheinung wahrgenommen werden konnte. »Mendele« wies er die Rolle des Großvaters (*sejde*) zu. Abramowitsch hatte eigentlich keine Lust, den Großvater abzugeben, damit Scholem Alejchem als sein Enkel auftreten konnte, wie Scholem Rabinowitsch es schon in den werbenden Briefen an ihn getan hatte. Aber er begriff, dass ihm der heimische Beiname *sejde* in der amorphen Masse der schnell expandierenden jiddischen Belletristik Eminenz und Volksnähe verleihen würde, die ihn über seine unmittelbaren Rivalen (Isaak Joel Linetzki, Jakob Dineson, Mordechai Spektor, Nachum Meir Schaikewitsch) erhoben. So willigte er ein und trat als Abramowitsch hinter den *sejden* Mendele zurück

Im Oktober 1905 kam es in Odessa erneut zu einem viertägigen Pogrom, das der nun siebzigjährige Abramowitsch zusammen mit seiner Frau im Keller seiner

Schule überstand.* Er war von dieser Erfahrung so erschüttert, dass er die Stadt verließ und nach Genf zog. Eine Tochter arbeitete als Ärztin in der französischen Schweiz. Mit Scholem Alejchem, Bialik und dem Schriftsteller Ben-Ami (Mark Rabinowitsch) wanderte er 1908 durch die Alpen. Obwohl er die Schweiz überirdisch schön fand, zog es ihn zu seinen Juden nach Odessa zurück. Freunde setzten sich dafür ein, dass er seine alte Stelle in der Schule wiederbekam. Abramowitsch starb in Odessa am 25. November 1917. Tausende kamen zu seiner Beerdigung.

## II. *Die Reisen Benjamins des Dritten*

»Jeder liest sein Buch«, sagte Martin Walser immer, wenn er gebeten wurde, zu Interpretationen seiner Werke Stellung zu nehmen. So wird auch hier keine Interpretation geboten, sondern nur ein Auffächern einiger Schichten dieses Textes, um das Vergnügen an ihm zu erhöhen.

### 1. *Bücherwahnsinn*

Zwei verheiratete Juden gehen von zu Hause weg, um in weiter Ferne, östlich des Heiligen Landes, jenseits des Flusses Sambation bei den Bergen der Finsternis, also am Ende der bekannten Welt, die Roten Juden zu finden.

* Klingenstein 2014: 460–461.

Von ihnen hatten frühere Reisende berichtet, und in der antiken Literatur wurde von ihnen gesagt, dass sie als starke Krieger unter Anführung des Messias ben Josef den Juden im Exil zu Hilfe eilen würden, um sie von ihren Unterdrückern zu befreien. Die Idee zu dieser Reise kommt Benjamin, als nach einer schlimmen Phase unter dem neuen russischen Polizeichef (sprich: Zar Alexander II.) in der Gemeinde Möglichkeiten der Rettung diskutiert werden (Kap. 1). Ausgestattet mit allem Nötigen, das heißt mit einer mentalen Karte der Welt und einer praktischen Methode, sich unterwegs zu ernähren, brechen die beiden Juden auf.

Sind sie Verrückte? Einfaltspinsel? Komische Figuren?

Moderne Leser werden verlockt, einen ironisch erzählenden Autor anzunehmen, der vernünftig ist wie sie selbst und mit dem sie sich im Einvernehmen darüber befinden, dass Benjamin ein Narr ist, weil er eine antike und mittelalterliche Literatur wörtlich nimmt, die jeder moderne Mensch längst als Metapher, Fiktion oder Lüge erkannt hat. Dramatische Ironie nennt man eine Erzählhaltung, in der Leser und Autor sich über die Köpfe als naiv belächelter Protagonisten hinweg zuzwinkern, dass sie es besser wissen. Bei Abramowitsch ist die Sache komplizierter.

Modernen Lesern scheint Benjamins Blick auf die Wirklichkeit von der alten Literatur der Weltdarstellung so vernebelt wie der Don Quijotes auf die Windmühlen von La Mancha, die er für Riesen aus Ritterepen hält, und beide müssen froh sein, dass sie praktische Schildknappen haben, die ihre Wunden verbinden und wissen, wie man zu Brot kommt. Abramowitsch selbst förderte diese Lesart durch viele Anspielungen auf den Roman von Cervantes.* Dass einer wörtlich nimmt, was andere als Metapher oder Fiktion erkennen, ist eine klassische Quelle der Komik. Goethe schrieb über Till Eulenspiegel: »Alle Hauptspäße des Buchs beruhen darauf, daß alle Menschen *figürlich* sprechen und Eulenspiegel es *eigentlich* nimmt.«** Auch Mark Twain nutzte diese Komik. Sein Ausreißer Huckleberry Finn (1884) nimmt das religiöse Gerede der »zivilisierten« Ufergesellschaft wörtlich und leidet darunter, dass er dem entlaufenen Sklaven Jim gegenüber anders empfindet, als die Ufergesellschaft vorschreibt. In die Enge getrieben, entscheidet er sich schließlich mit einem »Dann komm ich eben in die Hölle« für seine Empfindung, für Jim und die Fahrt in die (vermeintliche) Freiheit.

Aber Benjamin ist nicht wie Don Quijote, sondern wie Emma Bovary (1857), die mit Katholizismus und Romanzen aufwuchs und genau sieht, dass ihr Leben nicht so ist, wie es den Büchern nach sein könnte oder sollte.

* Die polnischen und spanischen Übersetzungen nannten *Die Reisen Benjamins des Dritten* den »jüdischen *Don Quijote*«. In ihrem gründlichen Aufsatz zu diesem Thema nennt Leah Garret 1997 Benjamin und Senderl zwei Narren in einer homosexuellen Ehe, wobei ihre physisch unproduktive Homosexualität (im Gegensatz zu Sanchos sexueller Lust) ein Attribut der extremen Enge und Sterilität der selbstentmachteten jüdischen Männerwelt zu sein scheint.

** Goethe, *Maximen und Reflexionen*, Nr. 1045.

Auch Benjamin sieht die Diskrepanz zwischen der Wirklichkeit und den Heilsversprechen seit Abraham. Aus der Wahrnehmung der Diskrepanz entsteht bei Emma, Benjamin und Huck Finn der Impuls zum Handeln. Huck will Freiheit, Emma Glück, Benjamin Erlösung.

Soll nun, nur weil die Wirklichkeit nicht der Darstellung in den Büchern entspricht, die Wahrheit der Bücher in Frage gestellt werden? Es ist eine Sache, wenn Cervantes und Flaubert die Bücher verspotten, die ihre Protagonisten zur Selbstzerstörung treiben. Es wäre eine ganz andere Sache, wenn Juden ihre Bücher desavouierten, nur weil das, was ist, (noch) nicht das ist, was sein sollte. Im Gegenteil, je größer die Diskrepanz, desto heftiger wird die Ursache dafür in der eigenen Unzulänglichkeit (»Sünde«) gesucht. Man kann das wahnsinnig nennen oder auch anders (idealistisch zum Beispiel). Abramowitsch führt die Wucht des jüdischen ›Wahnsinns‹ vor, indem er eine Dattel ins Städtchen bringt. Sie wird erst wirklich, das heißt bedeutungstragend, nachdem das Fünfbuch (Torah) ihre Existenz bestätigt hat; dann aber löst sie die Juden aus ihrer engen Umgebung und hebt sie in eine andere Welt: »Ganz Tunejadewke war damals im Heiligen Land.«

Aus der Wucht der Vorstellungskraft, wie die Welt sein sollte, kann Handlung werden, meinten nicht nur die Propheten im Babylonischen Exil und die Puritaner in der Neuen Welt, sondern auch Theodor Herzl. »Auf die treibende Kraft kommt es an«, schrieb er in seinem Pamphlet *Der Judenstaat* (1896). Seinem Roman *Alt-*

*neuland* (1902) gab er auf der Titelseite das Motto bei: »Wenn Ihr wollt, ist es kein Märchen«. Die »treibende Kraft«, die Fähigkeit, sich etwas vorstellen zu können, das noch nicht ist, und es intensiv zu wollen, ist vom ersten bis zum letzten Satz das politische Zentrum von Abramowitschs Roman. Denn wenn die Diskrepanz zwischen dem, was ist, und dem, was sein sollte, von äußeren Umständen verursacht wird, können diese geändert werden, wenn man es will. Benjamin hat Phantasie. Sie treibt ihn. Der Realist und Pragmatiker Senderl passt sich an; ihm ist alles recht; er wird nichts bewegen. Präziser wollte und konnte Abramowitsch wegen der Zensur nicht werden.

Die Unveränderbarkeit der kanonischen Bücher war der Garant der Kontinuität der Juden als Volk, dessen Geschichte mit Ausnahme von Zeiten seiner Kaltstellung (sei es im biblischen Ägypten, sei es im russischen Ansiedlungsrayon) aufgrund von Ausweisungen und Verfolgungen immer von außerordentlicher geographischer Mobilität und intellektueller Dynamik war. Ein unveränderbares Gründungsdokument diente der Verankerung der Identität. Abramowitsch unterscheidet zwischen zwei Arten von Büchern: Werke der Gesetzgebung (Bibel, Talmud, *Arba'a turim, Schulchan aruch* und dergleichen) und Werke der Weltbeschreibung. Die Werke der Gesetzgebung (*Halacha*), die in einer traditionellen Gesellschaft großen Raum eingenommen haben würden, sind in Tunejadewke nicht präsent. Abramowitsch war sehr darauf bedacht, diese Welt nicht anzutasten. Zur Diskussion stehen nur die Werke der Weltbeschreibung, deren Wert Abramowitsch in dieser Zeit der Krise (nach 1871) radikal in Frage stellt. Benjamins Reiseführer durch die sogenannte reale Welt sind Kosmographien aus den Jahren 883 bis 1523. *Bild der Welt* (*Zelem olam*, 1733), das er besonders gern zitiert, geht auf die hebräische Bearbeitung (um 1550) eines französischen Textes von 1245 zurück, dessen Autor, Gossouin oder Gautier de Metz, Reiseberichte benutzte, die bis in die Antike zurückreichen.

Es ist natürlich verrückt, dass Benjamin die alten Kosmographien in seiner Zeit für Informationsquellen hält, und Abramowitsch kritisiert hier selbstredend auch die Selbstabschottung und den stolz kultivierten Traditionalismus der Juden. Aber seine Kritik greift tiefer. In seiner Vorrede platziert der fiktive Herausgeber Mendele seinen Helden Benjamin aus Tunejadewke in der Heerschar der Reisenden, die im 19. Jahrhundert global unterwegs war. Benjamins Bücher stehen auch stellvertretend für Hunderte von Beschreibungen, die diese Reisenden und sogar einige Daheimgebliebene produzierten, sei es, um sich in Szene zu setzen, um Geld zu verdienen oder um Lesern ferne Welten nahezubringen. Abramowitsch selbst hatte als einer der Daheimgebliebenen seinen Lesern mit *Der luft-balon* eine Adaption des Afrika-Berichts eines Autors vorgesetzt, der nie in Afrika gewesen war. In *Toldot hatewa* hatte er Tiere beschrieben, von denen er nur in einem Buch gelesen hatte.

War ein Berditschewer verrückt, wenn er Abramowitschs hebräische Beschreibung eines Elefanten für eine Darstellung der Wirklichkeit nahm? Was ist wahr?

Warum sollte es prinzipiell verrückter sein, mit den *Preisungen Jerusalems* im Kopf in den Nahen Osten zu reisen als mit den Darstellungen Chateaubriands (1811), Lamartines (1835), Nervals (1848) Flauberts (1851) oder mit einem Baedecker von 1876? Die Wirklichkeit änderte sich schneller als die Bücher über sie. Ohnehin war, was ein Reisender von und in einem Land sah, nur das, was er selbst dorthin trug. Jeder sieht sein Land. Lamartine bezeichnete seine *Voyage en Orient* als »grand acte de ma vie intérieure«. Wie viele Reisende (er-)fanden auch die literarischen Franzosen ihren Orient.*

Abramowitsch, der in Schitomir festsaß, sich aus Büchern und von Büchern nährte und selbst welche schrieb, die nichts zu bewirken schienen, fragte in diesen Jahren kurz vor seinem Verstummen nach dem Sinn der Endlosschleife der Literatur: Was kann man wirklich wissen und wann ist etwas wahr? Bücher verankern, wer man ist und wohin man kulturell gehört; aber sie sind auch ein Wahn. Was Huck Finn als wahr empfand, stand in seiner Gesellschaft noch in keinem Buch. Abramowitsch war sich nicht mehr sicher, ob der Weg der Aufklärung, die Bücher über Bücher produziert hatte, der richtige war.

* André Stoll, »Die Entführung des Eremiten in die Wüste«. Nachwort zu Gustave Flaubert, *Reise in den Orient*. Übersetzt von Reinold Werner und André Stoll (Frankfurt: Insel, 1996), 363–417.

Das letzte Gedicht in den *Fleurs du Mal* (1857) widmete Baudelaire dem Schriftsteller und Photographen Maxime Du Camp, der von 1849 bis 1851 mit Flaubert durch den Orient gereist war. Es enthält die Zeilen: »Mais les vrais voyageurs sont ceux-là seuls qui partent / Pour partir, cœurs légers, semblables aux ballons« (Aber die wahren Reisenden sind jene, die aufbrechen, / um aufzubrechen, leichten Herzens, wie Luftballons). In seiner Sehnsucht, frei zu sein wie die Vögel, hat Benjamin manchmal etwas von dieser Leichtigkeit.

Bei kaltem Licht besehen ist Benjamin nichts weniger als verrückt. Seine Ehe empfindet er als Tyrannei. Zur häuslichen Produktivität trägt er wenig bei, und Aussicht auf Veränderung besteht nicht. Also schleicht er sich fort, nimmt noch das Geld der Frau mit und verbrämt seinen unrühmlichen Abgang mit einer altruistischen Mission, damit er nicht so schäbig aussieht. Als er sich am Ende des Romans wegen seines Ausbruchs verteidigen muss, sagt Benjamin sehr vernünftig, was auch Emma und Huck sagen könnten: »Gesetzt den Fall, man hätte Sie irgendwo auf offener Straße geschnappt und mit Gewalt in einen Sack gestopft. Werden Sie nun schuldig, begehen Sie ein Verbrechen, wenn Sie sich aus eigener Kraft aus dem Sack befreien?« Benjamins Rede vor Gericht zeigt, dass er klar denken kann. Er beharrt auf einem fundamentalen Recht zu seiner Person. In der amerikanischen Unabhängigkeitserklärung wird sein Impuls in die »unveräußerlichen« Rechte »life, liberty and the pursuit of happiness« gefasst. Dass die Russen ihn für verrückt halten, spiegelt die ›vernünftige‹ Auffassung ihres Systems, in dem es nur Untertanen gibt. Die Frage ist: Spricht Benjamin für sich selbst oder als Vertreter seines Volkes? Um welche Art von Selbstbestimmung geht es hier?

## 2. *Struktur*

Dass Anfang und Ende des Romans, Ehe und Armee, als tyrannische Regime einander entsprechen, dass die Feminisierung Senderls während seiner Gefangenschaft im Militär wieder verstärkt zutage tritt und zunächst auch Benjamin erfasst (»die Soldatenmütze lag … auf ihren Köpfen wie eine Frauenkappe«) und dass auf Benjamins Frau, die die Tür hinter ihnen zuschlägt und verriegelt, zutrifft, was Benjamin zu den russischen Offizieren sagt: »Ihr selbst müsstet euch wünschen, uns loszuwerden«, ist unschwer zu erkennen.

Wenn das Ende die Konstellation des Anfangs wiederholt, bedeutet das, dass die Reise gescheitert ist? Ist der Roman zyklisch oder linear angelegt? Hat er überhaupt eine Struktur, oder könnte er wie ein Pikaroroman beliebig erweitert werden? Ist das Ende positiv oder negativ zu verstehen? Ist Benjamin am Ende ein Held oder eine lächerliche, erniedrigte Figur?

Abramowitsch hat den schlanken Roman präzise konstruiert. In den vierzehn Kapiteln reisen die Helden linear von Tunejadewke über Teterewke und Glupsk nach Dnjeprowitz (Kiew), und obwohl sie durch den Verrat der beiden Juden einer zweiten Gefangenschaft entgegenreisen (wie Huck und Jim), werden sie am Ende in die Freiheit entlassen, die Benjamin (wie Huck) nicht dazu nutzt, nach Hause zurückzukehren, sondern seine Reise fortzusetzen, wie man aus dem Vorwort Mendeles erfährt. Der Unterschied zwischen der Flucht aus der ersten und der Entlassung aus der zweiten Gefangenschaft ist, dass Benjamin sich Letztere durch eine ›vernünftige‹ Rede verdient, in der er die Argumente für seine Entlassung darlegt.

Um die geographische Linearität durch eine temporale zu verstärken, zeichnet Abramowitsch *sub rosa* eine Liebesgeschichte in die Struktur seines Romans ein, den er insgesamt als Parodie eines Heldenepos anlegt. Die dramatische Liebesgeschichte ist leicht zu übersehen, legt aber die Reihenfolge der Kapitel fest. Nach dem Einleitungskapitel (Jugend des Helden), in dem Benjamin die Idee zur Reise hat (Kap. 1), und einer Nacht im dunklen Wald, einer *selva oscura*, in der er wie Dante den Weg verliert und zu sich selbst finden muss (Kap. 2),* bereitet sich Benjamin auf den Antritt der Reise vor, die er im

* Dantes *Inferno* beginnt mit den berühmten Zeilen: »*Nel mezzo del cammin di nostra vita / mi ritrovai per una selva oscura, / ché la diritta via era smarrita*« (In der Mitte unseres Lebenswegs / fand ich mich in einem dunklen Wald, / denn der rechte Weg war verloren). Wie Dante erwacht Benjamin im Wald aus einer Umnachtung und durchlebt eine Krise; von den drei Tieren, die Dante begegnen, nennt Benjamin zwei (Leopard und Löwe); wie Dante wird er sich danach auf eine Reise begeben. Dante wird geführt von Vergil, Benjamin von seinen Büchern.

Wald gelobt hat. Doch bevor zu seiner *âventiure* (Heldenreise) aufbrechen kann, muss er den Minnedienst absolvieren. Abramowitsch kombiniert ihn mit einer klassischen epischen Brautwerbung (Kap. 3). Benjamins Besuch bei Senderl, der gerade Kartoffeln schält, ist das literarisch dichteste Kapitel des Romans. Abramowitsch verschmilzt Elemente der hohen Ritterepik (Minnedienst und Brautwerbung) mit Klischees der modernen Liebesliteratur (Verführung der Geliebten, Entdeckung durch den Ehepartner und geplante Flucht der Liebenden). Indessen ist die Brautwerbung aber auch eine allegorische Darstellung des Volkes Israel im Exil, das auf seinen Erlöser wartet. Das Bild der trauernden, verlassenen Schechina (die nach der Zerstörung des Tempels unbeheimatete Einwohnung Gottes), die auf ihre Heimführung wartet, würde Abramowitschs Lesern unmittelbarer verständlich gewesen sein als die Strukturen der Ritterepik. Die Gleichzeitigkeit dieser drei literarischen Welten in einer dramatischen Szene, die auf einer Operettenbühne vorstellbar ist, ist von umwerfender Komik.

Dass eine Erzählung auf vier Ebenen gleichzeitig gelesen werden kann, hatte der Buchhändler Mendele im Vorwort zur *Mähre* erklärt. Er verwies darauf, dass das PaRDeS genannte traditionelle hermeneutische Verfahren des vierfachen Schriftsinns (*pschat:* wörtlich; *remes*: metaphorisch, *drasch*: moralisch, *sod*: allegorisch) auch beim Lesen jiddischer Erzählungen angewendet werden kann. Im Brautwerbungskapitel macht Abramowitsch überdeutlich, dass er *Die Reisen Benjamins des Dritten* verschlüsselt geschrieben hatte, und teilt so seinen Lesern mit, dass sie in den nachfolgenden, weniger deutlichen (weil russlandkritischen) Kapiteln nach der Auflösung suchen sollen.

Benjamin und Senderl die Frau (*di jidene*) entlaufen aus Tunejadewke (Kap. 4) und wandern glückselig durch die Landschaft. Erschöpft kehren sie abends in einem jener Wirtshäuser ein, die entlang der Poststraße Orte für Pferdewechsel, Schnapsausschank, Hochzeiten, warme Mahlzeiten und Übernachtungen waren. In einer Ecke des Schankraums träumt Benjamin von einer wilden, sexuell entgrenzten Hochzeit, auf der er der Bräutigam ist. Nach dem Aufwachen erwartet ihn das rituelle Tauchbad (Kap. 5).

Die nächsten vier Kapitel (6–9) spielen in Teterewke. Benjamin und Senderl bestaunen die Stadt (Kap. 6), wohnen in einem Bethaus und werden dort Zeuge einer hitzigen Diskussion über den Krimkrieg, in die Benjamin als politischer Sprecher der Juden hineingezogen wird. Obwohl der Vertreter Russlands Benjamin (als Vertreter der Juden) stark zusetzt, bleiben sie im Bethaus (Kap. 7). Das nächste Kapitel zeigt ihren Alltag, die Bettelgänge von Haus zu Haus (Kap. 8). Die Kapitel 7 und 8 sind als Diptychon angelegt und bilden die Mitte des Romans. Sie skizzieren die außenpolitische Situation (Kräfteverschiebung in Europa und dem Nahen Osten nach dem Krimkrieg) und die gesellschaftliche Lage der russischen Juden. In der Struktur des Liebesromans sind die Tage im lethargischen Teterewke die frühen Ehejahre. Im

Bethaus verschlechtert sich die Beziehung zu Itzik, dem Vertreter Russlands (Kap. 9), so dass Benjamin und Senderl eines Tages vor den von ihm aufgehetzten Gassenjungen fliehen müssen. Sie gelangen auf eine schmale Brücke, auf der ihnen Reb Aisik-Dowid und Senderls Frau entgegenkommen. Ringsum physisch bedroht, befinden sie sich in akuter Not.

Die Brücke ist die Verbildlichung eines berühmten Satzes aus den Schriften Rabbi Nachmans von Bratslaw: »Wisse, dass der Mensch über eine schmale Brücke gehen muss, und das Wichtigste ist, keine Angst zu haben.«* Benjamin und Senderl reißen sich zusammen und entscheiden sich erneut zur Flucht (Auswanderung). Sie gelangen nach Glupsk, wo sie bereits als Rote Juden (politische Erlöser) empfangen werden (Kap. 10). Abramowitsch nutzt dieses Kapitel für eine vernichtende Beschreibung Berditschews und seiner verfilzten Gesellschaft, in der er als Reformer scheiterte.

Die geplante Schiffsreise ins Heilige Land wird auf der Pjatignilewke (Stinkfluss) geübt, hinter der sich sowohl der Berditschewer Gnilopjat als auch der mythische Sambation verbergen (Kap. 11). Erzählungen von Schiffsreisen ins Heilige Land gehörten zu den etablierten Genres der umfangreichen jüdischen Reiseliteratur. Der Prototyp war die Reise des Propheten Jonah nach Ninive (mit

* R. Nachman von Bratslaw, *Likutei moharan* II, 48.2. Der Satz erscheint am Ende einer längeren tröstenden Abhandlung über Verzweiflung.

Sturm und wundersamer Errettung). Benjamin zitiert den Reisebericht Benjamins von Tudela aus dem 12. Jahrhundert, der in kleinen billigen Ausgaben weit verbreitet war, und sieht sich (wie Alexander der Große und Alexander von Humboldt) als Entdecker der Wunder der Welt. Zu den berühmtesten jüdischen Erzählungen einer Schiffsreise gehörte die Darstellung der Pilgerfahrt Rabbi Nachmans von Bratslaw ins Heilige Land (1798–1799). In seinen einflussreichen, verrätselten Erzählungen (*Sipurej masjot*), die 1815 zusammengebunden mit dem Reisebericht (*Seder hanesia schelo le'erets israel*) erschienen, war das messianische Ziel meist die Rückführung der exilierten Schechina nach Zion.* Und natürlich sitzt die Schechina (Senderl) in Benjamins Boot.

Die Nähe der messianischen Erfüllung löst Glücksgefühle in den beiden aus: »Sie lachten und scherzten, schauten einander in die Augen und waren glücklich. Sie glichen einem verliebten Paar kurz nach der Hochzeit, das sich frei im Grünen ergeht.« Es ist die Zeit erhöhter Erwartung, also der Schwangerschaft Senderls. In ihrer Glückseligkeit sind der werdende Vater und seine Braut nicht in der Lage, die Falschheit ihrer Helfer zu erkennen, die zum eigenen Vorteil ihre Ankunft in Zion be-

* Zum Genre der jüdischen Seereise und zu ihren Erlösungsmotiven siehe Ken Frieden, *Travels in Translation: Sea Tales at the Source of Jewish Fiction*. Syracuse, NY: Syracuse University Press, 2016, 48–115. Die Erzählung der Pilgerfahrt R. Nachmans wurde von seinem Herausgeber Nathan Sternharz aus Erzählungen von R. Nachmans Schülern zusammengesetzt.

schleunigen wollen. Auf der Ebene des *pschat* sind die beiden Juden auf dem Wagen natürlich *khapers* (Häscher) der nikolaischen Zeit; aber auf der Ebene des *sod* sind sie falsche Messiasse und üble Bauernfänger, wie sie unter Juden in Zeiten brutaler Verfolgung immer wieder auftraten, zuletzt in Gestalten wie Schabbtai Zwi (1626–1676) und Jakob Joseph Frank (1726–1791). Die beiden ›Helfer‹ hätscheln das messianische Paar: »Sie wachten förmlich über jeden ihrer Schritte. Sie versorgten sie mit Essen und Trinken wie eine Frau im Kindbett.«

Die Gesellschaft steigt in einer illegalen Herberge am Stadtrand von Dnjeprowitz ab (Kap. 12). In der ersten Herberge fand die Hochzeit statt (Kap. 5). Sieben Kapitel später (sieben ist die Zahl der Fülle, Perfektion und Heiligung) setzen in der zweiten Herberge die Geburtswehen ein. Besonders katastrophale Zeiten in der jüdischen Geschichte wurden als die »Geburtswehen des Messias« (*chewlej maschiach*) bezeichnet. Denn es konnte doch nicht anders sein, als dass nach einer absoluten Katastrophe der Erlöser kommen musste, sonst wäre das göttliche Heilsversprechen ja eine Lüge. Darum lachte Rabbi Akiva, als er einen Fuchs in den Ruinen auf dem Tempelberg sah: Wenn die Prophetie der Zerstörung wahr geworden war, musste auch die Prophetie der Erlösung wahr werden (Traktat *Makkot* 24b). Senderl durchlebt in einem Traum ein grauenhaftes Pogrom, das mit einem Schächtmesser an seinem Hals endet. Vor ihm rettet er sich durch Aufwachen. Ebenso müssten die Juden jetzt aus ihrem russischen Albtraum aufwachen.* Benjamin leitet Senderls Erzählung durch einen eigenen Traum ein, in dem sich der als Reformer gefeierte Zar Alexander II. (als Alexander der Große verkleidet) als stinkende Wanze entpuppt. Doch zum Aufwachen und Fortlaufen ist es zu spät. Die Falle schnappt zu; die Helden sitzen in der Armee fest. Wie viele Epen führt die Entdeckungsreise zum Ausgangspunkt zurück. Die Gefangenschaft im totalitären Regime der Armee (Kap. 13) entspricht der Gefangenschaft in der Tyrannei der Ehe; Senderl passt sich an; Benjamin nicht, und er verweigert seine Beteiligung an der täglichen Pflichterfüllung. Sein Ausbruchsversuch schlägt fehl.

Im Gefängnis hat Benjamin Zeit, über seine politische Strategie nachzudenken,** und hält vor der russischen Obrigkeit schließlich die befreiende Rede (Kap. 14). Das letzte Kapitel *»Ois kalle – waiter a moid«* (Die Braut

* Das Schächtmesser ist auch eine Anspielung auf die Opferung Isaaks (Gen. 22,1–13), in die Gott rettend einschreitet.

** Darin hat Benjamin viele berühmte Vorfahren, unter ihnen nicht nur der biblische Josef, sondern auch Cervantes, der im Prolog zu *Don Quijote* bemerkt, dass ihm die Idee zu dieser Erzählung im Gefängnis kam. Auch Senderl hat Visionen im Gefängnis. Er wird wie der 1798 inhaftierte Schneur Salman von Liadi (1745–1812), der Begründer der chassidischen Lubawitsch-Bewegung, im Traum von seinem Vorfahr besucht, der ihm Spielzeuge bringt, die auf die Revolte der Makkabäer gegen die Seleukiden verweisen. Schneur Salman wird von den Begründern des Chassidismus (Baal Schem Tow und Dow Bär von Mesritsch) besucht, die ihn in seiner neuen Ausrichtung des Chassidismus bestärken. Man kann den Chassidismus als religiöse Widerstandsbewegung auffassen.

bleibt ledig) zieht die Bilanz aus der russisch-jüdischen (Ehe-)Geschichte: Anders als in Deutschland waren in Russland Annäherung und Verschmelzung (*sblischenje* und *slianje*) nicht erfolgreich.

## 3. *Erzähler*

Leser, die 1878 das Büchlein *Kizer maso'es binjomin haschlischi* kauften (oder beim Buchhändler für eine Kopeke ausliehen), konnten nicht ahnen, was sie erwartete, denn in Format, Umfang und Titelblatt glich es einem der vielen *maise bichlech* von Dik. Nach dem Aufschlagen wird der Leser sogleich vom Herausgeber Mendele mit seiner Variante eines bekannten Midrasch begrüßt, der das Hauptthema des Buches intoniert: Wie wird aus Indolenz Bewegung?

Für Mendele ist es keine Frage, dass Gott die »erste Ursache« (*primum movens*) ist. Für Aufklärer hingegen war die Verbindung zu Baruch Spinozas *Ethik* unschwer zu erkennen. Dort heißt es in Satz 7 des ersten Teils: »Frei wird das Ding heißen, das einzig kraft der Notwendigkeit seiner Natur existiert und zum Handeln allein durch sich bestimmt wird; notwendig aber, oder vielmehr gezwungen, dasjenige, das von einem anderen bestimmt wird, auf gewisse und bestimmte Weise zu existieren und zu wirken.«* In diesem Sinne geht es in

* Baruch Spinoza, *Die Ethik*. Übertragen von Rudolf Borch. Berlin und Wien: Hans Heinrich Tiilgner, 1924, 9.

Abramowitschs Roman um Freiheit und Selbstbestimmung. Wer von anderen bewegt wird (Senderl), ist nicht frei.

Dominant ist in der Einleitung das Bathos, die erhabene Geste, die bei den Mickrigen (ver)endet. So ergeht es sogar dem Urknall ›Schöpfung‹, der es als Peitschenknall des Schöpfers über göttliche Boten gerade noch schafft, Gräser und Bettler aus ihren Erdlöchern zu treiben. Die Lethargie, die aus der Unfreiheit entsteht, taucht im Roman immer wieder als »Gottvertrauen« (*bitochen*) auf: »Wovon ich lebe? Ich? Ach, es gibt einen Gott, sage ich Euch, der seine Geschöpfe nicht im Stich lässt. Er versorgt und wird auch weiterhin versorgen« (Kap. 1). Diese bequeme Abhängigkeit ist die Zielscheibe von Abramowitschs bitterer Kritik.

Der Anlass des Buches, so Mendele, ist, dass ein Jude es geschafft hat, sich aus der Lethargie zu lösen: »Ein Jude, ein polnischer Jude, taucht ohne Waffen und Maschinen, nur mit einem Bettelsack über der Schulter und einem Beutel für Gebetsmantel und Gebetsriemen unter dem Arm in Weltgegenden auf, die selbst große und berühmte englische Reisende nicht erreichen konnten.« Die unmittelbare Anspielung zielt auf Israel Joseph Benjamin (1818–1864), dessen Reiseberichte in den 1850er und 1860er Jahren kleine Sensationen waren. Doch dahinter geht es um den anderen Benjamin, der es im Verein mit Lionel de Rothschild im November 1875 schaffte, die ägyptischen Anteile am Suezkanal für vier Millionen Pfund für Großbritannien zu erwerben. Damit hatte er ganz ohne Waffen für sein Land eine wichtige Position erobert. Das war eine Sensation und gab allerlei Verschwörungstheorien weiter Auftrieb.

*Die Reisen Benjamins* sind vom Gegensatz zwischen Stagnation und Mobilität geprägt. Der ätzende Sarkasmus, mit dem Abramowitsch über die Armut und Lethargie der jüdischen Bevölkerung schreibt, erklärt sich aus seinem Blick nach Westen. Dort ist sozial, politisch und intellektuell alles in Bewegung: Industrialisierung, Kolonialisierung, technischer Fortschritt, Wissensexpansion durch Forschung bewegten täglich Hunderttausende von Menschen. Diese Bewegungen waren nicht uneingeschränkt positiv. Unterjochung und Ausbeutung in Fabriken und Kolonien waren evident. Dass Disraelis Aufstieg ohne Konversion wohl kaum möglich gewesen wäre und dass der Antisemitismus sich auch im freien Westen manifestierte, waren weitere Probleme. Trotzdem war Bewegungsfreiheit für Abramowitsch die Voraussetzung für alle geistige Entwicklung und Leistung.*

Der Wanderbuchhändler Mendele ist ein rundum mo-

* Miron und Norich 1980: 19–44. Abramowitschs Kapitalismuskritik (insbesondere in der *Mähre*) reflektiert eine schon seit den 1840er (aber verstärkt in den 1850er und 1860er) Jahren unter russischen Intellektuellen des gesamten politischen Spektrums verbreitete negative Einstellung gegenüber der mit der Industrialisierung verbundenen Geldgier. Sie wurde als vulgär, unappetitlich und schmutzig empfunden (so etwa in den Schriften von Wassily Botkin, 1812–1869). In der russischen Gesellschaft verstärkte diese Haltung die Ablehnung der ökonomisch erfolgreichen Juden.

biler Mann, geographisch und mental. Er ist immer allein unterwegs. Er ist vielsprachig, literarisch beschlagen und weiß, was in der Welt los ist. Bevor seine hebräischen Kollegen aufwachen, hat er sich schon den fremdsprachigen Reisebericht Benjamins unter den Nagel gerissen. Er gibt ihn nicht nur heraus, sondern er kürzt und adaptiert ihn. Er richtet ihn ein für die Bedürfnisse seines Publikums. Das ist seit wenigstens dem 16. Jahrhundert die anerkannte Rolle der Herausgeber jiddischer Texte, die auf hebräischen, griechischen oder auch deutschen Vorlagen beruhen. Sie müssen dem Bildungsstand jiddischer Leser angepasst und ihren Bedürfnissen gerecht werden. Der Herausgeber wird dadurch selbst sehr schnell zum Autor: »[Ich] bemühte mich, aus dem großen Schatz Benjamins die Dinge hervorzuziehen, die für die Kinder Israels etwas taugen, und sie frei und auf meine Weise (*frai, kefi main shtejger*) darzustellen.« Mendele (eine Erfindung Abramowitschs) zitiert zwar aus Benjamins (ebenfalls fiktivem) Reisebericht, schreibt aber viele Passagen selbst. So komponiert Abramowitsch bewusst einen stilistisch polyphonen Text, in dem sich Mendeles flüssiges, natürlich wirkendes Jiddisch mit gestelzten Passagen abwechselt, die vorgeben, Übersetzungen von Benjamins gespreiztem Original zu sein. Damit dreht er das Bathos in Mendeles Einleitung um, der dort die Verwandlung einer erhabenen Reisebeschreibung in ein kleines jiddisches Büchlein zum Nutzen einfacher Leser schildert. Bei der Lektüre stellt sich heraus, dass der jiddische Stil dem Stil des Originals überlegen ist.

Als jiddischer Herausgeber ist Mendele sein eigener Herr und kann seinen *Reisen Benjamins des Dritten* die literarische Form geben, die er einem Nationalhelden für angemessen hält, nämlich die des Epos (ironisch gewendet). Er kennt die *Bove-maise*, die immens populäre Prosafassung eines gereimten jiddischen Heldenepos (*Bovo d'Antona*, 1541), das Elia Levita 1507 in Padua auf der Basis eines toskanischen Ritterromans (Bologna 1497) verfasste. Doch Abramowitsch lässt seinen Mendele noch einen großen Schritt weitergehen. Mendele wird selbst zum Weltreisenden, und zwar durch die Literatur. Sein Satz »Also gürtete ich meine Lenden wie ein Held« gehört zu den ältesten Formeln des mutigen Aufbruchs. Schon in der Frühen Neuzeit gehörte sie zum Repertoire von Druckern und Herausgebern, die unter widrigen Umständen Bücher publizierten.*

* Hiob 38,3 und 40,7; Jeremias 1,17. Drei Belege von vielen: (1) Im Kolophon der Quarto-Ausgabe seiner Bibel (Brescia 1494) schrieb der Drucker Gerschom Soncino, dass die Juden zu arm seien, um seine Folio-Ausgabe kaufen zu können, »darum gürtete ich, Gerschom ben Moses, […] meine Lenden wie ein Held und durchforstete mein Wissen«, und druckte eine kleinere Ausgabe. (2) In der Einführung zu *Yalkut shimoni* (Livorno 1649) schrieb der Drucker Jedidiah ben Isaak Gabbai, dass er, um die Schwierigkeiten des Druckgewerbes wohl wissend, seine »Lenden gürtete wie ein Held« und eine Druckerei gründete. (3) Der Bankier Jechiel [Vitale] Nissim da Pisa schrieb in seiner Abhandlung *Ḥaye olam* (Ewiges Leben) über die Vereinbarkeit von Geldgeschäften und Halacha: »Ich sah arme Menschen in großen Schwierigkeiten wie Blinde umhergehen […]. So gürtete ich meine Lenden und schrieb diese kurze Abhandlung mit allen logischen

Mendeles diachrone Reise durch die Literatur berührt alle Epochen und Genres. Er zitiert aus Torah, Talmud und Midrasch. Sein Protagonist Benjamin zitiert für ihn aus Reisebeschreibungen und ›historischen‹ Werken des Mittelalters. Mendeles Anspielungen auf die weltliche Literatur reichen von *Don Quijote* (1605/1615) bis zu Judah Leib Gordons Gedicht *Hakitsa ami* (1863), und er benutzt literarische Strukturen und Topoi aus der Heldenepik, dem Ritterroman, der klassischen Komödie, der Gesellschaftssatire, der Reiseliteratur und dem sentimentalen Roman. Er exerziert eine Reihe von literarischen Genres durch: Erzählung, Anekdote, Lyrikübersetzung, Ortsbeschreibung, Geschichtsdarstellung, Gerichtsrede und Textauslegung (alles parodistisch zugespitzt); er führt die Sprache von Rabbinern, Dienstmädchen und ukrainischen Bauern vor. Er nutzt die Lehre vom vierfachen Schriftsinn, um auf mehreren Ebenen gleichzeitig operieren zu können. In die Enge einer Erzählung von zwei Juden, die auf Reisen gehen, packt Mendele (und hinter ihm Abramowitsch) ein literarisches Kompendium.*

Argumenten.« Quellen: (1) Christian D. Ginsburg, *Introduction to the Massoretico-Critical Edition of the Hebrew Bible*. London: Trinitarian Bible Society, 1867, 879; (2) Marvin J. Heller, *The Seventeenth-Century Hebrew Book*. Leiden: Brill, 2011, xviii; (3) Gilbert S. Rosenthal, *Banking and Finance among Jews in Renaissance Italy: A Critical Edition of The Eternal Life (Ḥaye olam) by Yeḥiel Nissim da Pisa*. New York: Bloch, 1962.

* Miron und Norich schreiben, dass die Anmerkungen in einer sorgfältig kommentierten Ausgabe der *Reisen Benjamins des Drit-*

Es ist unvermeidbar, hier an den raffgierigen Sammelimpuls zu denken, der durch den erfolgreichen Kolonialismus enorm gefördert wurde. Es ist nicht ganz unschuldig, wenn Benjamin mit einem Bettelsack über der Schulter im Nahen Osten auftaucht. Europäische Museen, die die ganze Welt auf kleinem Raum versammeln wollen, entstehen in dieser Zeit. Sie sind moderne dreidimensionale Kosmographien, Resultate der Welteroberung mit Hilfe der neuen Technologien in den Bereichen Transport, Kommunikation und Waffen, die im Krimkrieg erstmals voll zum Einsatz kamen.

Doch Abramowitsch versteht sein literarisches Unternehmen als waffenloses Gegenprojekt. Das kreative Verweben religiöser und säkularer, antiker, mittelalterlicher und moderner, jüdischer, westeuropäischer und russischer Literatur schafft einen grenzenlosen transnationalen Raum ohne Hierarchien, oder anders gesehen, einen dichten Teppich der Intertextualität, vergleichbar den kühnsten Epen der Moderne, James Joyces Roman *Ulysses* (1922) und Samuel Joseph Agnons *Tmol schilschom* (1945, Gestern, vorgestern), nur eben sehr viel konzentrierter. Fünf Jahrzehnte vor Michail Bachtins Theorien zur Dialogik, Chronotopie und Polyphonie literarischer Texte, aus denen Roland Barthes und Julia Kristeva ihre Theorien der Intertextualität entwickelten,

*ten* länger wären als der Text selbst (1980: 54). Miron 1973, 2000 sowie Miron und Norich 1980 leisten die bislang wichtigsten Beiträge zur Auflösung des literarischen und politischen Anspielungsgeflechts.

schuf Abramowitsch bereits ein extrem komprimiertes Werk, das grenzüberschreitende Intertextualität als modernes, antihierarchisches, antinationalistisches und pazifistisches Projekt vorstellte. Es war in der Zeit der breitangelegten nationalen Romane des Realismus eine wilde Phantasie, geboren aus jahrzehntelanger Lektüre. Abramowitsch, ein litauischer Jude, taucht ohne nationale Ansprüche, nur mit zwei Bettlern in literarischen Gegenden auf, die selbst große und berühmte englische Erzähler nicht erreichen konnten. An Selbstbewusstsein fehlte es Abramowitsch nicht.

Am Schluss müssen Mendele und Abramowitsch eine Entscheidung treffen, wie sie mit ihren Helden verfahren wollen. Sie entlassen sie (wie Mark Twain seinen Huck) in eine unstrukturierte Freiheit, in der Senderl untergeht und aus Benjamin ein pompöser Schriftsteller geworden sein soll.

Verbrämt die grandiose Rhetorik eine Perfidie? Man kann während der Lektüre den Gedanken schwer von sich schieben, dass die Reisen Benjamins durch einen Akt der Feigheit ermöglicht wurden. Über der Komik des Romans hängt die berechtigte Frustration und Aggression der schuftenden Frauen wie eine dunkle Wolke. Und ist es möglich, dass Abramowitsch trotz der Pogrome dachte, dass Abhauen aus Russland nicht ganz fair sei?

Metaphorisch gelesen: Wäre das Verlassen Russlands vernünftig oder feige? Was kostet jüdische Selbstbestimmung?

### *4. Jüdische Selbstbestimmung im Weltwahnsinn*

Mit dem Erstarken des Antisemitismus in Europa und Russland als politische und gesellschaftliche Kraft seit 1869 kamen die Juden immer häufiger in die Lage Benjamins und Senderls auf der schmalen Brücke. Flucht ist die instinktive Reaktion der Helden. Wenn dies aber die Lösung für alle Juden sein sollte, musste diese Option politisch durchdacht werden. Das ist die Aufgabe der Gerichtsszene.

Vor den Offizieren muss Benjamin begründen, warum er wegwill. Er will Freiheit und Selbstbestimmung, die im russischen Sack nicht zu haben sind. Die Literatur der Juden verweist ins Heilige Land als Ort der nationalen Selbstbestimmung. Aber dort sitzt doch der Türke! So müsste denn für den eigenen Staat gekämpft werden. Und hier liegt das Problem: Benjamin ist zur Gewaltausübung nicht bereit. Sie ist für ihn eine absurde Vorstellung. Kriegssachen, sagt Benjamin, »gehen uns überhaupt nicht in den Kopf«. Seine Einstellung formuliert ein klassischer jüdischer Witz: Im Ersten Weltkrieg versucht ein Jude, nachts über die österreichische Grenze zu gelangen. Ein Posten bemerkt ihn und ruft: »Halt! Oder ich schieße!« – »Bist du verrückt?«, schreit der Jude zurück. »Siehst du nicht? Hier geht ein Mensch!«

Benjamin will nationale jüdische Selbstbestimmung ohne Waffengewalt. In der politischen Wirklichkeit, in der Russland wegen minderwertiger Waffen gerade seinen Zugang zum Nahen Osten verspielt hatte und in der die Sicherheit eines Volkes nur so groß war wie seine Mittel, sich zu verteidigen, ist Benjamins Haltung so weltfremd, dass die Russen ihn für wahnsinnig halten. Seine Weigerung, den Umgang mit Waffen zu lernen (weil er dann auch zum Blutvergießen bereit sein müsste), macht ihn zur unmännlichen, lächerlichen, verachtenswerten Figur. Seine Entlassung, die Benjamin als Sieg für seine moralische Position versteht, ist in den Augen der Russen eine entwürdigende Niederlage. Nur ein Wahnsinniger oder ein Feigling verzichtet freiwillig auf Männlichkeit und physische Macht.

Nur ein *Koidesch* (ein Irrer oder ein Heiliger) begab sich als Jude »ohne Waffen und Maschinen, nur mit einem Bettelsack über der Schulter und einem Beutel für Gebetsmantel und Gebetsriemen unter dem Arm« in den Nahen Osten, wo ihn niemand wollte und allenfalls der Tod ihn erwartete. Vordergründig entspricht Benjamins Waffenlosigkeit Gottes Gebot, das Land Israel nicht mit Waffengewalt zu erobern.* Dahinter aber steht Abramowitschs prinzipielle Ablehnung von jeder Form von Gewalt. Doch dann konnte er nicht guten Gewissens vorschlagen, dass die Juden nach Palästina auswandern sollten. Eine Nation braucht eine Armee; wer eine Armee hat, wird sie benutzen. In der jüdischen Gesetzge-

* Dieses Gebot ist Teil der vieldiskutierten »drei Eide«: (1) Juden sollen das Land Israel nicht mit Waffengewalt erobern; (2) sie sollen sich nicht gegen andere Völker auflehnen; und (3) die anderen Völker sollen die Juden nicht zu stark unterdrücken (Traktat *Ketubot* 111a).

bung ist Gewalt nicht absolut verboten und manchmal sogar Pflicht.* Doch zu diesem Wahnsinn war Abramowitsch nicht bereit. Alternativ konnten die Juden daheim aktiver werden. Doch das hatten sie schon probiert. So wusste Abramowitsch denn keine Lösung und würde für sechs Jahre verstummen.

* Traktat *Sanhedrin* 72a; Derek J. Penslar, *Jews and the Military*. Princeton, NJ: Princeton University Press, 2013.

# Zur Ausgabe

## Textausgaben

Die ersten drei Kapitel seines fünften Romans veröffentlichte Abramowitsch 1876 im Almanach *Der nitslikher kalendar far di rusishe yuden*, den er selbst in Schitomir herausgab.

Die Erstausgabe erschien 1878 im renommierten Verlag Romm in Wilna unter dem Titel *Kitser masoes binyomin hashlishi* (Gekürzte [Ausgabe der] Reisen Benjamins des Dritten). Der Zusatz *kitser* (ab/gekürzt) war einerseits eine witzige Anspielung auf das abrupte Ende der Reisen Benjamins und andererseits ein rhetorischer Kniff, mit dem Abramowitsch den Wahrheitscharakter der Herausgeberschaft des fiktiven Buchhändlers Mendele zu erhöhen suchte. Denn wenn dies eine gekürzte Ausgabe war, musste es ja ein längeres Original geben, dessen Existenz Mendele in seinem Vorwort behauptet. Erst 1864 war die von Salomon Ganzfried gekürzte Fassung (*Kitsur shulḥan arukh*) von Josef Karos kanonischem Gesetzeswerk *Shulḥan arukh* (1563) erschienen und sofort als autoritativ akzeptiert worden. Jeder jüdische Leser der Zeit würde das gewusst haben. Auf dem Titelblatt der Erstausgabe stehen außerdem die Wörter »Erstes Buch« (*sefer rishon*), doch erschien nie eine Fortsetzung.

Für die erste Gesamtausgabe der Werke Abramowitschs, die von einem Verlegerteam in Warschau und Wilna 1910 zum 75. Geburtstag des Autors in Angriff genommen wurde und darum Jubiläumsausgabe heißt, überarbeitete Abramowitsch viele seiner Werke. In den *Reisen Benjamins des Dritten* änderte er die Einteilung der Absätze und die Nummerierung der Kapitel. Er strich das parodistische Titelblatt der Erstausgabe, das 1878 dazu gedient hatte, den Roman äußerlich in die literarisch einfache moralisch-didaktische jiddische Unterhaltungsliteratur einzureihen, und kürzte den Titel zu *Masoes binyomin hashlishi*. Er strich krud parodistische Sätze und gab der Ironie mehr Spielraum. Er reduzierte lokal gebräuchliche Slawismen und Russizismen zugunsten eines geographisch weniger bestimmten, abstrakteren Jiddisch, das deutsch- und hebräischstämmige Wörter, Ausdrücke und Konstruktionen privilegierte. Der sowjetische Literaturkritiker Meir Wiener warf Abramowitsch darum 1935 Abkehr von den Massen und Pflege einer »nationalistischen Reinheit« vor, die einer bürgerlichen Ästhetik Vorschub leiste. Die 1910 überarbeitete Fassung des Romans erschien 1911 zusammen mit der Erzählung *Shem un yafes in vagon* (Schem und Japhet in der Eisenbahn) als Band 10 in *Ale verk fun mendele moykher-sforim* (17 Bände. Krakau, Warschau, Wilna, New York: Verlag Mendele, 1911–1913). Dies ist die Ausgabe letzter Hand. Sie wird im vorliegenden Band erstmals vollständig ins Deutsche übertragen.

Die New Yorker Hebrew Publishing Company brachte 1909 als Raubdruck einen 640 Seiten starken Band mit dem Titel *Ale shriftn fun mendele moykher sforim* heraus, über den Abramowitsch sich sehr lange aufregte, und warf 1920 unter dem gut eingeführten Titel *Ale verk fun mendele moykher sforim* eine billige zehnbändige Ausgabe auf den amerikanischen Markt, um die Nachfrage nach jiddischen Klassikern zu bedienen.

Im Jahr 1928 veranstaltete der Warschauer Verleger Jakob Lidski, der die Jubiläumsausgabe mitfinanziert hatte, wieder unter dem Titel *Ale verk fun mendele moykher-sforim* eine auf 22 Bände erweiterte Ausgabe, in der *Masoes binyomin hashlishi* in Band 9 als unveränderter Nachdruck der Ausgabe von 1911 erschien. Als Herausgeber dieser Warschauer Ausgabe zeichnete der Literaturkritiker Nachman Maysel (1887–1966), einer der besten Kenner der jiddischen Literatur seiner Zeit.

In den Jahren 1935 bis 1940 erschienen im Moskauer Verlag Emes (Wahrheit) in sowjetischer Orthographie drei Bände einer kritischen Gesamtausgabe mit dem Titel *Gezamlte verk fun mendele moykher-sforim*. Die Herausgeber Aron Gurstein, Meir

Wiener, Moiseï Litvakov und Isaak Nusinov gehörten zur ersten Generation moderner, literarisch professionell geschulter jiddischsprachiger Intellektueller, für die die hohe Qualität der jiddischen Literatur evident war. Abramowitschs scharfe Kritik an der jüdischen Gesellschaft des 19. Jahrhunderts ließ sich relativ leicht mit der sowjetischen Ideologie in Einklang bringen. Gleichzeitig befriedigte Abramowitsch die intellektuellen Ansprüche dieser elitären Gruppe, die unter anderen Umständen im Talmud-Studium brilliert hätte. Für den dritten Band der *Gezamlte verk* wählte Wiener die weniger »nationalistische« Fassung der *Masoes binyomin hashlishi* von 1878 und versah sie mit einer noch heute wertvollen Einleitung. Die sowjetische Gesamtausgabe wurde nicht weitergeführt, da Litvakov 1939 exekutiert wurde und Gurstein und Wiener sich zwangsweise zum Schriftsteller-Bataillon meldeten und schon im Herbst 1941 in Kämpfen gegen die Deutschen fielen. Nusinov wurde 1949 verhaftet und starb 1950 an den Folgen der Verhöre. Auch die Mehrheit der jiddischen Leser war tot. Was an hoher jüdischer Kultur überlebt hatte, wurde nach 1945 durch Stalin zerstört.

Alle jiddischen Ausgaben außer der Erstausgabe können online in der Spielberg Digital Library des National Yiddish Book Center in Amherst, Massachusetts, eingesehen werden. Die Exemplare der Erstausgabe in den Bibliotheken der Harvard University, McGill University und der University of Pennsylvania sind inzwischen so fragil, dass man sie nicht mehr aufschlagen kann, ohne sie zu beschädigen.

## Übersetzungen 1885–1937

Schon 1885 wurde der Roman von Klemens Junosza [-Szaniawski] unter dem Titel *Don Kiszot żydowski. Szkic z literatury żargonowej żydowskiej* ins Polnische übersetzt. Diesen Text übersetzte V.F. Borodzicz im fernen Kasan ins Russische. Er wurde 1898 unter dem Titel *Evreiskii Don Kikhot: proizvedenie evreiskoi zhargonnoi literatury* (Der jüdische Don Quijote: Ein Werk des jüdischen Jargons) an der Kaiserlichen Universität in Kasan gedruckt. Eine weitere russische Übersetzung erschien zwischen 1927 und 1929 bei Putschina, dem letzten privaten Verlag der Sowjetunion.

Abramowitsch kehrte 1886 zum fiktionalen Schreiben in hebräischer Sprache zurück und begann, seine alten jiddischen Werke ins Hebräische zu übertragen, wobei er sie der durch die massiven Pogrome von 1881–1882 veränderten sozialen Lage der Juden anpasste und einen neuen, flexiblen hebräischen Stil entwickelte. Im Jahr 1896 erschien die hebräische Überarbeitung der *Reisen Benjamins des Dritten* bei Moses Elieser Beilinson in Odessa und wurde der dritten Nummer der Zeitschrift *Pardes* als Beilage mitgegeben. Die Herausgeber von *Pardes*, Jehoschua Chana Rawnitzki und Chaim Nachman Bialik, erkannten in Abramowitsch einen Meister des hebräischen Stils und erklärten ihn zum Begründer der modernen hebräischen Literatur. Zu seinem 75. Geburtstag im Dezember 1910 überreichten sie ihm einen Band der ersten hebräischen Gesamtausgabe seiner Werke, die 1909–1912 zunächst dreibändig unter dem Titel *Kol kitve Mendele mokher-sefarim (Sh. Y. Abramovits)* in Krakau und Odessa erschien. Eine auf sieben Bände erweiterte und noch immer von Bialik und Rawnitzki betreute Ausgabe erschien 1922 in Berlin, Jerusalem und Odessa in ihrem Verlag Dvir. Weitere hebräische Ausgaben folgten 1936 und 1947 in Tel Aviv. Im Jahr 1953 erschien in Tel Aviv eine Einzelausgabe der *Mas'ot binyamin hashlishi* mit Illustrationen von Ludwig Schwerin, der 1938 von Deutschland über die Schweiz nach Palästina geflüchtet war.

Im Jahr 1934 erschien in Charkow im Verlag Radians'ka literatura (Sowjetische Literatur) eine Übersetzung ins Ukrainische von B. Raitsin unter dem Titel *Mandri benyamina tretogo* (Die Wanderungen Benjamins des Dritten). Sechs Jahre später folgte im Staatlichen Literatur-Verlag Kiew eine einbändige Ausgabe von drei Romanen Abramowitschs. Sie enthielt *Die Mähre, Fischke der Lahme* und *Die Reisen Benjamins des Dritten*, alle drei übersetzt von B. Raitsin und illustriert von P. Blank. Es ist schwer vorstellbar, dass Ukrainer sich für diese Werke interessiert haben würden. Es ist möglich, dass diese Ausgaben ideologisch motiviert waren. Für die unlängst in die Sowjetkultur integrierten Juden dokumentierten sie eine überwundene Gesellschaftsstufe, über die sie lachen konnten (oder sollten), da jetzt alles besser war.

Die erste deutsche Ausgabe eines Romans von Abramowitsch erschien 1918. Es war *Fischke der Krumme* (Wien: R. Löwit) in der Übersetzung von Alexander Eliasberg. Der Jüdische Verlag in Berlin initiierte 1924 eine deutsche Ausgabe aller Romane unter dem Titel Mendale Moicher Sfurim (Schulem Jaankew Abramowitsch), *Gesammelte Werke*. Es erschienen aber nur drei Romane (*Schloimale, Der Wunschring* und *Die Mähre*) in der sprachlich ungelenken Übersetzung von Salomo Birnbaum. Erst 1937 legte Efraim Frisch *Die Fahrten Benjamins des Dritten* als Band 83 der Bücherei des Schocken Verlags vor. Ziel dieser hundert Bände umfassenden Reihe war es, eine Bibliothek der literarischen Gipfel für assimilierte Juden zu schaffen. Neun Werke entstammten der jiddischen Literatur. Frisch wurde 1873 in Stryj südlich von Lemberg geboren, arbeitete ab 1900 in Berlin als Lektor und emigrierte 1933 in die Schweiz, wo er keine Arbeitserlaubnis bekam und, wie Abramowitsch in Schitomir sechzig Jahre zuvor, unter schwierigsten finanziellen Umständen lebte. Frisch wählte für seine Übersetzung die Ausgabe letzter Hand, strich die Vorrede Mendeles sowie viele der sarkastischen Beschreibungen der jüdischen Gesellschaft, die 1937 nicht angebracht waren. Seine etwas altväterliche Übersetzung umschiffte genial alles Lächerliche und verlieh Benjamin und Senderl eine gewinnende Menschlichkeit und eine ganz eigene Würde.

In den Jahren 1961–1962 vervollständigte der Walter Verlag (Olten und Freiburg), was der Jüdische Verlag 1925 nicht mehr geschafft hatte, und gab die fünf Romane von Abramowitsch in einer zweibändigen Ausgabe unter dem Autornamen Mendele Moicher Sfurim heraus. Mit Ausnahme von *Fischke der Lahme* in der Übertragung von Hubert Witt (Leipzig: Reclam, 1978) erschien keine weitere Übersetzung ins Deutsche. Das gesamte übrige Erzählwerk Abramowitschs blieb unentdeckt. Dafür wurden die alten Übersetzungen ohne Kenntnis der jiddischen Originale immer wieder neu aufgelegt und etablierten das dünne Bild von einem Mendele als jiddischem Autor, der gottergeben über seine fröhlich-armen Landsleute schrieb. Martin Walser sagte noch 2017 im Vorwort einer Neuausgabe von Frischs Übersetzung der *Fahrten Benjamins des Dritten*: »Die Romane von Abramowitsch sind eine einzige Zärtlichkeitsfülle. Seine Menschen, eine gewaltige Schar der Bedürftigkeit und Liebe, […] durchströmt und bewegt von […] Gott-Seligkeit.«

## Zur Übersetzung

Meine Übersetzung zeigt, dass das Gegenteil der Fall ist. Abramowitsch und sein Mendele sind Erzähler von schneidendem Sarkasmus, weil die an Selbstaufgabe grenzende Passivität und Fügsamkeit der Kleinstadtjuden und ihre brutale Ausbeutung sie schmerzte und erzürnte.

Zum ersten Mal auch wird Abramowitsch auf einer Titelseite als Autor genannt. Damit gewinnt Mendele als fiktionaler Herausgeber sogleich eine andere Identität. Seine manipulative Rolle als Übersetzer und »Verkürzer« geht auf eine lange jüdische Tradition des Büchermachens für jiddische Leser zurück und muss durchschaut werden.

Die Anmerkungen zum Text erläutern literarische, liturgische und politische Anspielungen und machen das kulturelle Unterfutter des Romans sichtbar, das von der messianischen Alexander-Legende der Antike bis zu Benjamin Disraelis Nahost-Politik im Jahr 1875 die »Reisenden« Europas umfasst. Im Nachwort werden vier Schichten des Romans erläutert.

Was diese Übersetzung prinzipiell von früheren Übersetzungen der Werke Abramowitschs aus dem Jiddischen unterscheidet, ist, dass ich nicht wie noch Eliasberg, Birnbaum und Frisch Jiddisch als osteuropäische Alltagssprache erfahren habe, sondern Jiddisch wie eine Fremdsprache erlernen musste. Das hat den Vorteil, dass es für mich leichter ist als für meine Vorgänger,

Abramowitschs Roman aus der jiddischen Lebenswelt herauszulösen und als eine rein literarische Konstruktion zu erkennen. Mit dem vielgepriesenen Realismus Abramowitschs verhält es sich ähnlich wie mit dem in Gustave Flauberts Roman *Madame Bovary*. Flaubert erschuf in langjähriger Feinarbeit einen realistisch erscheinenden provinziellen Mikrokosmos, der aber letztlich doch nur aus satirisch zugespitzten Typen besteht, die hart an der Grenze der Karikatur sind. Flaubert lässt sogar eine Figur aus dem mittelalterlichen Moralitäten-Schauspiel auftreten. Der abgerissene blinde Wegelagerer ist eine Allegorie des Todes, die Emmas alter Klosterumgebung entsprungen zu sein scheint. Überhaupt sind Emma und Benjamin vergleichbar in der Art, in der Bücher ihre Lebensauffassungen bestimmen. Zu den großen Themen Abramowitschs und Flauberts gehört das Abwägen der Rolle der Phantasie, die beide Autoren zwar satirisch attackieren (in Emmas und Benjamins Weltfremdheit), aber doch als treibende Kraft unentbehrlich finden. Ohne die Phantasie wären Emma und Benjamin nicht über ihre Umgebungen hinausgewachsen. Flaubert ist nur scheinbar erbarmungsloser in seiner Vernichtung Emmas als Abramowitsch in seiner Erledigung Benjamins.

Der von Büchern geprägte Held ist seit *Don Quijote* in der europäischen Literatur präsent. Er geht zurück auf die nach hehren Idealen handelnden Helden der Ritterepen, deren Karikatur der *ingenioso hidalgo* ist, und hat eine jüdische Entsprechung in der frühen jiddischen Epik (*Bovo d'Antona, Paris un wiene, Ritter Widuwilt*). In der nachfolgenden Romanliteratur ist der von Büchern und ihren Idealen geprägte Held als heroische oder lächerliche Gestalt allgegenwärtig. Walter Scotts Edward Waverley (*Waverley*, 1814), Jane Austens Catherine Morland (*Northanger Abbey*, 1803/1817), George Eliots Maggie Tulliver (*The Mill on the Floss*, 1860) und noch Ruth Rendells Alan Groombridge (*Make Death Love Me*, 1979) haben wie Don Quijote, Emma Bovary und Benjamin von Tunejadewke sehr viel und sehr undiszipliniert gelesen. Ob das gut oder schlecht ist, wird von den Autoren nicht eindeutig beantwortet. In Iwan Gontscharows Debütroman *Eine alltägliche Geschichte* (1847) vertritt Onkel Peter jenes Realitätsprinzip, das Ehefrau und Armee in Abramowitschs Roman repräsentieren. Onkel Peter zündet sich mit einem Gedicht seines literarisch vernebelten Neffen Alexander eine Zigarre an. Gontscharows Debüt sorgte in St. Petersburg für Aufregung und machte ihn berühmt.

Der Vorteil meiner sprachlich distanzierten Situation ist, dass es mir selbstverständlich ist, Abramowitsch im Kontext der europäischen Literatur zu sehen und es angemessen zu finden, dass *Die Reisen Benjamins des Dritten* in einer Reihe mit Werken von Flaubert, Turgenjew und Joseph Conrad erscheinen dürfen. Westeuropäische Autoren wie Cervantes, Swift, Rousseau und Jules Verne sind für die Einschätzung der literarischen Intention und Leistung Abramowitschs so wichtig wie russische Autoren seiner Zeit, allen voran Gogol, Gontscharow und Saltikow-Schtschedrin. Im Nachwort wird das literarische Netzwerk aufgespannt und die epische Struktur des Werkes skizziert.

Der Nachteil meiner Nachsprachlichkeit (*postvernacularity*) ist der Verlust der sprachlichen Unmittelbarkeit. Andererseits ist etwa die Kenntnis, wie in Weimar um 1800 gesprochen wurde, für das Verständnis von Goethes *Wahlverwandtschaften* nur bedingt hilfreich. Sprachverlust erkannte der sowjetische (aus Krakau stammende) Literaturwissenschaftler Meir Wiener schon 1935 als Problem, denn er fügte seiner kritischen Ausgabe von *Kitser masoes binyomin hashlishi* ein Glossar mit über fünfhundert Einträgen an, in dem er insbesondere hebräischstämmige Wörter erklärte, die durch die sowjetische, nur der Aussprache, nicht aber der Etymologie folgenden Schreibung nicht mehr als solche zu erkennen waren und deren Verständnis in der radikal antireligiösen (und antijüdischen) Kultur der Sowjetunion verloren ging. Wiener erklärte diese Wörter, als handelte es sich um eine nur noch museale Kultur.

Ich habe die Arbeit von fünf weiteren Übersetzern in meine Überlegungen einbezogen. Moshe Spiegel, Joachim Neugröschel, Sohn des Dichters Mendel Naigreschl, und Hillel Halkin, Neffe des Lyrikers Shimon Halkin, übersetzten 1949, 1978 und 1996 *Die Reisen Benjamins des Dritten* ins Englische (Halkin wählte die Erstausgabe). Salomon Resnick übersetzte sie 1939 ins Spanische (*Viajes de Benjamin III. El Quijote judio*) und Arnold Mandel 1960 ins Französische (*Les Voyages de Benjamin III*). In keiner der Übersetzungen tritt der intellektuelle und literarische Charakter des Romans hervor. Da die Übersetzungen für spezifische kulturelle Milieus entstanden, reichen die Tonarten von Mandels unscharfer Nostalgie, die in seine Pariser Szene passte, in der Überlebende sich an das Vergangene klammerten, bis zu Halkins salopper Frotzelei, die Amerikanern einen lebhaften Schelmenroman anbieten wollte.

Schon 1919 hatte der Essayist Fritz Mordechai Kaufmann (1888–1921) grundsätzliche Überlegungen »Über Mendale und die Übersetzbarkeit seiner Dichtungen« angestellt: »Die Sprache eines solchen Künstlers lässt sich nur in das Deutsch jener Vorzeit übertragen«, schrieb er, das »auch im Satzbau kecker, reicher an Einfällen und Absonderlichkeiten ist als die Sprache in ihrer jetzigen Abgegriffenheit und Glätte. Dabei braucht man nicht an ein spielerisches Archaisieren zu denken; es genügt, wenn der Übersetzer etwa den J. P. Hebel gründlich kennt und aus den gar nicht klotzigen Satzungetümen Jean Pauls gelernt hat. [...] Eine derartige Bearbeitung [...] verlangt danach, dass ein Stil besonderer Art herausgefeilt wird.« Kaufmann verweist jeden, der »sich mit unanfechtbaren Mustern wirklicher Kunst der Übersetzung vertraut machen will«, auf Rudolf Borchardts Übertragung des *Lysis*-Dialogs, »als einer höheren Ordnung zugehörend«, und auf die »Baudelairedichtungen« Stefan Georges. An Eliasbergs Übersetzung ließ er kein gutes Haar: »Wo ist hier das krause, farbige Gefüge der übereinandergetürmten Satzglieder, in dem sich die interjektionalen, beteuernden, fragenden und ausschreienden Sätze gegen die ruhig berichtenden Stellen stemmen und in dem mit allem Bedacht die Satzfolge sich erwartungsvoll staut, um danach desto frischer sich in Bewegung aufzulösen? Wohin gerieten die gehäuften Konjunktionen und Partikel, die das scheinbare Satzungetüm von innen her stützen, spannen und gliedern und den oft fabelhaften Eindruck schwebender Leichtigkeit hervorrufen?«

Eine bessere Beschreibung von Abramowitschs Stil gibt es nicht. Sie offenbart die Schwierigkeit, vor die sich der Übersetzer gestellt sieht. Es empfiehlt sich heute nicht mehr, diesen filigranen Stil nachzudichten, zumal der deutschen Sprache die diachrone Dimension der Vielsprachigkeit fehlt, in der bei Abramowitsch die reale Lebenswelt (Slawismen) und die antike Literatur (Hebräisch, Aramäisch) gleichzeitig präsent sind. Vielsprachigkeit ist ein essentielles Element in Abramowitschs Stil, der Sprachen gegeneinander ausspielt. Ein weiteres Problem sind die vielen biblischen Anspielungen. Abramowitschs Leserschaft genügte ein Wort oder ein halber Satz, um Bibelstellen und ihre Kontexte aufzurufen, da die Bibel der verbindliche Basistext war. Heute ist es im Deutschen nur noch punktuell möglich, Lesern biblische Kontexte durch ein Bild oder ein prägnantes Wort ins Gedächtnis zu rufen. Dadurch verliert die Übersetzung sogleich einen wichtigen Resonanzraum.

Die vorliegende Übersetzung privilegiert das heutige Lesevergnügen und wählt eine Sprache, die in Rhythmus und Wortwahl so natürlich wie möglich ist, aber der Höflichkeit, ja Vornehmheit des Tons, den Mendele wählte, Rechnung trägt. Wörter, die im Deutsch des späten 19. Jahrhunderts nicht gängig waren, werden nicht benutzt. Die syntaktischen Einheiten bleiben, soweit ästhetisch vertretbar, bewahrt; die wichtigsten Anspielungen werden in den Anmerkungen erklärt.

Rätselhafte Stellen konnte ich mit dem Linguisten Dr. Harry Bochner (Boston) besprechen, dessen Eltern bis 1939 in Chrzanów wohnten. Sie überlebten die Lager Gleiwitz, Ravensbrück, Retzow, Grünheide und Groß-Rosen (Markstädt und Fünfteichen). In Buffalo, NY, sprachen sie ihr polnisches Jiddisch. Dr. Bochners profunde Kenntnis der jiddischen Sprache und der Kultur diverser jüdischer Milieus in Osteuropa ermöglichte die Auflösung einiger schwieriger Stellen. Seit drei Jahrzehnten sprechen wir von Zeit zu Zeit über jiddische Literatur. Ihm sei an dieser Stelle für stete Freundschaft und verlässliche Hilfe auch einmal herzlich gedankt. Dank gebührt auch Wolfgang Matz für die erste Aufnahme eines jiddischen Autors in eine Reihe der Weltliteratur und für ein einfühlsames und kluges Lektorat. Alle verbleibenden Unebenheiten sind von mir zu verantworten.

## Buchlisten und Zeittafel

Benjamin entflieht seinen bedrückenden Lebensumständen in eine Parallelwelt der imaginativen Literatur, die ihm ein anderes Lebensmodell anbietet. Um die Orientierung in seiner Bücherwelt und der seines Autors zu erleichtern, werden drei Bücherverzeichnisse angeboten: eine Liste der Bücher Benjamins in chronologischer Abfolge, eine Liste hilfreicher Bücher über Benjamins Bücher und eine Liste von Büchern über Abramowitsch, sein Werk und die Lage der Juden in Russland, die wesentlich zu den Gedanken im Nachwort beigetragen haben. Eine Zeittafel verzeichnet die wichtigsten Ereignisse im Leben Abramowitschs. Eine volle Darstellung bietet mein Buch *Mendele der Buchhändler: Leben und Werk des Sholem Yankev Abramovitsh* (2014).

## Transkriptionen

Im Text des Romans und im Nachwort werden hebräische, jiddische, ukrainische und russische Wörter mit deutschen Lautwerten geschrieben, um die Leserfreundlichkeit zu erhöhen.

In den Anmerkungen und in diesen Ausführungen werden jiddische Zitate, Buchtitel und Namen in der vom Jüdischen Forschungsinstitut *YIVO Institute for Jewish Research* in New York standardisierten Transkription wiedergegeben (https://yivo.org/yiddish-alphabet), die in der internationalen Jiddistik gebräuchlich ist. Für hebräische und russische Titel und Zitate wird eine vereinfachte Variante des Systems der United States Library of Congress benutzt (https://www.loc.gov/catdir/cpso/roman.html).

Die in Osteuropa gängige Aussprache des Hebräischen war eine aschkenasische Variante (ת = s). Das Jiddische hatte in Osteuropa seit dem 17. Jahrhundert drei verschiedene Dialekte entwickelt, die sich vor allem durch die Vokalisation unterschieden. Abramowitsch wuchs mit dem litauischen (nördlichen) Jiddisch auf, aber seine Charaktere würden ein ukrainisches (südöstliches) Jiddisch gesprochen haben. In dieser Ausgabe werden jiddische Wörter in der standardisierten Aussprache des YIVO, hebräische Wörter im Romantext in der jiddischen Aussprache der Charaktere, in den Anmerkungen aber in der heute in Israel gängigen sephardischen (ת = t) Aussprache wiedergegeben.

## Zur Aussprache

z = stimmhaftes s wie in säuseln

kh = hartes ch wie in ach und Buch

ḥ = leichtes ch wie in ich

ẓ = ts

ž = weiches sch wie in Journal

alle Diphtonge werden getrennt gesprochen blien = bli-en

# Bibliographie

## 1. Die Bücher Benjamins des Dritten

*Torah* bezeichnet die ersten fünf, Moses zugeschriebenen, Bücher der jüdischen Bibel, auch *Chumesch*, Fünfbuch (Pentateuch), genannt; sie enthalten die Erzählung von der Volksgründung (von Adam bis Moses) sowie die religiöse und soziale Gesetzgebung der Israeliten. Die Torah ist eingeteilt in 54 Wochenabschnitte, die im Verlauf eines Jahres in der Synagoge vorgelesen werden. Die Torah wird ab dem 4. Lebensjahr in der Elementarschule studiert.

*Tanach* bezeichnet die gesamte hebräische Bibel. Tanach ist ein Akronym aus den Anfangsbuchstaben von *Torah, Nevi'im* (Propheten) und *Ketuvim* (Schriften). Der Tanach enthält 24 Schriften und wird darum auch *Arba ve'esrim* (die Vierundzwanzig) genannt. Zu den *Ketuvim* gehören die *Psalmen* sowie die fünf *megillot* (Rollen), von denen Benjamin insbesondere das *Buch Esther* sowie das *Hohelied* zitiert. In diesen drei Werken ist das Erlösungsmotiv auf unterschiedliche Weise stark ausgeprägt.

*Talmud* ist eine 60-bändige, weitläufige, in 63 Traktate gegliederte Sammlung von religionsgesetzlichen Kommentaren, unterteilt in die *Mischna* (1. bis 3. Jahrhundert) und die *Gemara* (3. bis 6. Jahrhundert); weitere Kommentare kamen im Lauf der Zeit hinzu.

*Die Erzählungen Rabbah bar bar Chanas* sind eine Gruppe phantastischer Geschichten in der Gemara im Traktat *Bava batra* (73b, 74a), die von einem Gelehrten des späten 3. Jahrhunderts erzählt werden. Für diese Erzählungen wurde er von seinen rabbinischen Kollegen als Esel gerügt. Es bestehen Ähnlichkeiten mit den Erzählungen *Sindbad des Seefahrers* aus *Tausendundeiner Nacht.*

*Sefer Josippon* ist eine Chronik der jüdischen Geschichte von Adam bis Titus. *Sefer Josippon* galt lange als authentische Geschichtsdarstellung von Flavius Josephus. Doch wurde es erst in der Mitte des 10. Jahrhunderts in hebräischer Sprache von einem Mitglied der griechischsprechenden jüdischen Gemeinschaft in Süditalien zusammengestellt. Es gibt auch eine arabische Fassung aus dieser Zeit, die eine andere Tradierung durchlief. *Sefer Josippon* wurde im 14. Jahrhundert durch den bulgarischen Juden und Weltreisenden Judah Leon ben Moses Mosconi erweitert. Die hebräische Fassung enthält die für den Tunejadewker Benjamin wichtige Alexander-Legende, in einer Fassung, die älter ist als die des Pseudo-Kallisthenes, die aus dem 11. Jahrhundert stammt und lange als Quelle für die Interpolation der Alexander-Legende in den *Josippon* galt. Der Erstdruck des hebräischen *Sefer Josippon* erschien 1476 in Mantua; die erste jiddische Ausgabe erschien 1546 in Zürich; viele weitere hebräische und jiddische Ausgaben folgten. Abramowitsch konnte die hebräischen Ausgaben aus Fürth (1767), Prag (1784) oder Warschau (1874) gekannt haben.

*Sefer Eldad ha-Dani* Eldad der Danite tauchte erstmals 883 in Kairouan (Tunesien) auf. Er gab an, aus einem ostafrikanischen Land zu stammen, in dem sich der jüdische Stamm Dan niedergelassen haben soll (in Frage käme Äthiopien, das biblische Kusch), und die Wohngebiete der zehn Stämme jenseits des Sambation bereist zu haben. Sein Bericht erfreute sich ungeheurer Beliebtheit. Er existiert in acht hebräischen Manuskriptfassungen und wurde erstmals 1480 in Mantua gedruckt. Weitere Drucke folgten; eine Ausgabe mit begleitender Übersetzung ins Jiddische erschien 1648 in Fürth. Billige hebräische Ausgaben waren im jüdischen Osteuropa des 19. Jahrhunderts weit verbreitet.

*Die Reisen Benjamins von Tudela* Die *Masa'ot shel rabi binyamin* waren, im Gegensatz zum *Sefer Eldad ha-Dani*, ein wirklicher

Bericht von einer Reise, die Benjamin ben Jona aus Tudela (1130–1173) durch den Mittelmeerraum und die islamische Welt unternahm. Dieser erste Benjamin verließ Saragossa 1165 Richtung Heiliges Land; möglicherweise handelte er mit Edelsteinen. Er besuchte 300 Städte, darunter auch Susa, Sura und Pumbedita. Es existieren fünf Handschriften seines Berichts; die erste Drucklegung unternahm Elieser ben Gerschom Soncino 1543 in Konstantinopel; die zweite Drucklegung erfolgte 1556 in Ferrara, die dritte 1583 in Freiburg im Breisgau. Abramowitsch konnte die hebräischen Ausgaben aus Sulzbach (1783), Żołkiew [Zhovkva] (1806), Warschau (1844) oder Lemberg (1859, 1874) gekannt haben.

*Preisungen Jerusalems (Shivkhe yerushalayim)* ist eine von Jakob ben Moses Chaim Baruch wohl erstmals 1785 in Livorno herausgegebene Anthologie von hebräischen Texten über das Heilige Land. Sie enthielt nicht nur die »Reisen Benjamins« (von Tudela), sondern auch eine anonyme und gekürzte Fassung des *Sefer Maseot* (Buch der Reisen) des Moses ben Mordechai Basola (1480–1560) über seine Fahrt ins Heilige Land (1521–1523). Es erschienen sechs Ausgaben. Abramowitsch konnte die Ausgaben aus Livorno (1785), Wilna (1816/17), Warschau (1825, 1840) oder Lemberg (1869) gekannt haben.

*Bild der Welt (Sefer tsel ha-olam)* ist eine hebräische Übertragung des Buches *L'image du monde* (Bild der Welt) des französischen Gelehrten Gossouin de Metz (Gautier de Metz) aus dem Jahr 1245 (Prosafassung; ihr ging eine gereimte Fassung voraus). Gossouin trug aus der antiken und mittelalterlichen Literatur alles zusammen, was über die Welt gewusst werden konnte, und schmiedete daraus eine große Kosmographie, in der Faktisches und Phantastisches eng miteinander verschlungen waren. Es war ein visionäres Buch eines intensiv denkenden Menschen, der Welterfahrung aus Büchern zog. Der polnisch-jüdische Gelehrte Mattitiah ben Solomon Delacrut, der um 1550 in Bologna lebte und dort Kabbala studierte, unternahm eine Übersetzung ins Hebräische; er kürzte das

Werk und organisierte es in Kapitel, die er »Tore« nannte, durch die man in das Innere der Weltschöpfung gelangen konnte. *Sefer tsel ha-olam* erschien 1733 in Amsterdam. Abramowitsch konnte die hebräische Ausgabe aus Lemberg (1804) oder Warschau (1840) gekannt haben.

*Bove-maise* (auch *Bobe-mayse* und *Bove-bukh* genannt) ist eine späte Prosafassung des gereimten jiddischen Heldenepos *Bovo d'Antona*, das der hebräische Grammatiker Elia Levita 1507 in Padua auf der Basis eines toskanischen Ritterromans verfasste und 1541 in Isny (Allgäu) druckte. Im Unterschied zu vielen anderen Heldenepen ist Drusiane, die Frau des Ritters Bovo, aktiv an den Abenteuern beteiligt. Im 18. Jahrhundert war das *Bove-bukh* besonders bei Frauen und Mädchen enorm beliebt. Zwischen 1796 und 1878 erschienen wenigstens zehn Ausgaben, unter anderem in Wilna (1836, 1857), Lemberg (1851), Czernowitz (1862) und Warschau (1861, 1878).

*Benjamin der Zweite* Israel Joseph Benjamin (1818–1864) wuchs in Moldawien auf, heiratete jung und verlor sein Vermögen im Holzhandel. Er beschloss zu reisen, um sich über die Lage der jüdischen Gemeinden in der Welt zu informieren und sie verbessern zu helfen. Im Jahr 1845 reiste er über den Nahen Osten nach Indien und von dort per Schiff durch die Straße von Malakka nach China. Sechs Jahre später bereiste er Nordafrika. Zurück in Paris, schrieb er einen Reisebericht in hebräischer Sprache, den er ins Französische übertragen ließ. Er erschien unter dem Autornamen Benjamin II. 1856 bei Michel Lévy frères (Paris) unter dem Titel *Cinq années de voyage en Orient*. Die deutsche Übersetzung erschien 1858 im Selbstverlag in Hannover unter dem Titel *Acht Jahre in Asien und Afrika* mit einem Vorwort des 1829 in Hannover geborenen Historikers und Rabbiners Meyer Kayserling. Eine hebräische Übersetzung von David Gordon wurde 1859 im ostpreußischen Lyck (Ełk) unter dem Titel *Mase yisreel* (Israels Reisen) gedruckt. Diese Ausgabe kannte Abramowitsch vermutlich. Für Benjamin aus Tunejadewke spielt das Buch keine Rolle, weil er seine Reise ja 1853–1854 unternimmt. Doch sein Herausgeber Mendele nennt Benjamin den Zweiten als Beispiel eines jüdischen Reisenden.

Wie Benjamin aus Tunejadewke gab auch Benjamin der Zweite seinen Reisen einen gemeinnützigen Anstrich. Im Vorwort der deutschen Ausgabe schrieb er über die jüdischen Gemeinden Asiens: »Ich habe es versucht, durch eine getreue Schilderung ihrer heutigen Lage, durch Erforschung ihrer alterthümlichen Traditionen, sie aus der Nacht der Vergessenheit hervorzuziehen, und würde mich glücklich schätzen, wenn ich hoffen dürfte, einige Erleichterung ihres materiellen Zustandes, einige der Wohlthaten der Civilization, insbesondere religiöse Duldung, für sie zu erlangen« (p.x).

## 2. Bücher über die Bücher Benjamins

### *Akdamut*

Hoffman, Jeffrey. 2009. »Akdamut: History, Folklore, and Meaning«. In: *The Jewish Quarterly Review* 99.2: 161–183.

### *Alexanderroman*

Dönitz, Saskia. 2011. »Alexander the Great in Medieval Hebrew Traditions«. In: David Zuwiyya, Hg., *A Companion to Alexander Literature in the Middle Ages*. Leiden: Brill, 21–39.

### *Benjamin von Tudela*

Adler, Marcus Nathan. 1907. *The Itinerary of Benjamin of Tudela. Critical Text, Translation and Commentary*. London: Henry Frowde.

Asher, Adolf. 1841. *The Itinerary of Rabbi Benjamin of Tudela*. 2 Bde. Berlin und London: A. Asher.

Benjamin, Sandra. 1995. *The World of Benjamin of Tudela: A Me-*

*dieval Mediterranean Travelogue*. Madison, Wisconsin: Fairleigh Dickinson University Press.

Jacobs, Martin. 2014. *Reorienting the East: Jewish Travelers to the Medieval Muslim World*. Philadelphia: University of Pennsylvania Press.

*Bovo-bukh*

Frakes, Jerold C. 2014. *Early Yiddish Epic*. Syracuse, NY: Syracuse University Press.

Rosenzweig, Claudia. 2015. *Bovo d'Antona by Elye Bokher: A Yiddish Romance*. Leiden und Boston: Brill.

Timm, Erika. 1996. *Paris un Wiene: Ein jiddischer Stanzenroman des 16. Jahrhunderts von (oder aus dem Umkreis von) Elia Levita*. Tübingen: Max Niemeyer.

*Eldad ha-Dani*

Epstein, Abraham. 1891. *Eldad ha-Dani. Seine Berichte über die X Stämme und deren Ritus in verschiedenen Versionen nach Handschriften und Drucken*. Bratislava [Pressburg]: Adolf Alkalay.

Müller, D[avid]. H[einrich]. 1892. *Die Recensionen und Versionen des Eldad had-Dânî nach den alten Drucken von Constantinopel, Mantua und Venedig und den Handschriften von London, Oxford, Parma, Rom, St. Petersburg und Wien veröffentlicht und kritisch untersucht*. Denkschriften der Kaiserlichen Akademie der Wissenschaften, Philosophisch-Historische Classe. 41. Bd., Abhandlung 1. Wien: F. Templsky.

*L'image du monde*

Prior, O. H. 1913. *L'image du monde de maître Gossouin. Rédaction en prose. Texte du manuscrit de la Bibliothèque Nationale/ Fonds Français Nr. 574*. Lausanne und Paris: Librairie Payot.

*Priesterkönig Johannes*

Gumilev, Lev Nikolaievich. 1988. *Searches for an Imaginary Kingdom: The Legend of the Kingdom of Prester John*. Aus dem Russischen von R. E. F. Smith. Cambridge: Cambridge University Press.

Kaltenbrunner, Gerd-Klaus. 1993. *Johannes ist sein Name. Priesterkönig, Gralshüter, Traumgestalt*. Zug: Graue Edition.

Knefelkamp, Ulrich. 1986. *Die Suche nach dem Reich des Priesterkönigs Johannes. Dargestellt anhand von Reiseberichten und anderen ethnographischen Quellen des 12. bis 17. Jahrhunderts*. Gelsenkirchen: A. Müller. https://d-nb.info/860934128/04.

Oppert, Gustav Salomon. 1870. *Der Presbyter Johannes in Sage und Geschichte: Ein Beitrag zur Völker- und Kirchenhistorie und zur Heldendichtung des Mittelalters*. 2. Auflage. Berlin: Julius Springer [Exkurs über den Reisebericht Benjamins von Tudela: pp. 17–25].

*Rabbah bar bar Hannah*

Eisenstein, Judah David. 1937. *The Tales of Rabbah bar-bar Hannah. The Aramaic Text with Hebrew Translation*. New York: Behrman's Jewish Book House.

*Rote Juden, Sambation, zehn verlorene Stämme*

Kasdoi, Zevi. 1928. *Shivte ya'akov unetsure yisrael (The Tribes of Jacob and the Preserved of Israel)*. Haifa: Warhaftig.

Stein Kokin, Daniel. 2013. »Toward the Source of the Sambatyon: Shabbat Discourse and the Origins of the Sabbatical River Legend«. *AJS Review* 37.1: 1–28.

Voß, Rebekka. 2012. »Entangled Stories: The Red Jews in Premodern Yiddish and German Apocalyptic Lore«. In: *AJS Review* 36.1: 1–41.

—. 2010. »Propter seditionis hebraicae. Judenfeindliche Apokalyptik und ihre Auswirkungen auf den jüdischen Messianismus«. In: Wolfram Brandes und Felicitas Schmieder, Hgg., *Antichrist: Konstruktionen von Feindbildern*. Berlin: Akademie Verlag, 197–217.

*Sefer Josippon*

Dönitz, Saskia. 2013. *Überlieferung und Rezeption des Sefer Yosippon*. Tübingen: Mohr Siebeck.

—. 2015. »Josephus im jiddischen Gewand – die jiddische Übersetzung des *Sefer Yosippon*«. In: *Aschkenas* 25.1: 53–61.

Flusser, David. 1980–1981. *The Josippon. [Josephus Gorionides]*. Jerusalem: Bialik Institut (in Hebräisch).

Sela, Shulamit. 2009. *Sefer Yosef ben Guryon ha-Arvi*. 2 Bde. Jerusalem: Mekhon Ben-Zvi (in Hebräisch).

*Shivḥe yerushalayim*

David, Abraham. 1999. *In Zion and Jerusalem. The Itinerary of Rabbi Moses Basola (1521–1523)*. Jerusalem: Bar-Ilan University.

*Talmud*

Fromer, Jakob. 1923. *Der babylonische Talmud*. Berlin: Brandussche Verlagsbuchhandlung.

Steinsaltz, Adin. 1984. *The Essential Talmud*. New York: HarperCollins.

Strack, Hermann L. 1921. *Einleitung in den Talmud*. 5., neu bearbeitete Auflage. München: C.H.Beck.

Wimpfheimer, Barry Scott. 2018. *The Talmud*. Princeton, NJ: Princeton University Press.

## 3. Bücher über Abramowitsch und seine Zeit

### *Abramowitsch*

Aberbach, David. 1993. *Realism, Caricature, and Bias. The Fiction of Mendele Mocher Sefarim*. London: The Littman Library of Jewish Civilization.

Frieden, Ken. 1995. *Classic Yiddish Fiction. Abramovitsh, Sholem Aleichem, and Peretz*. Albany, NY: State University of New York Press.

Garrett, Leah. 1997. »The Jewish *Don Quixote*«. In: *Cervantes: Bulletin of the Cervantes Society of America* 17.2: 94–105.

—. 2003. *Journeys beyond the Pale. Yiddish Travel Writing in the Modern World*. Madison, WI: University of Wisconsin Press.

Kaufmann, Fritz Mordechai. 1919. »Über Mendale und die Übersetzbarkeit seiner Dichtungen«. In: *Vier Essais über ostjüdische Dichtung und Kultur*. Berlin: Welt-Verlag.

Klingenstein, Susanne. 2014. *Mendele der Buchhändler. Leben und Werk des Sholem Yankev Abramovitsh*. Wiesbaden: Harrassowitz.

Litvak, Olga. 2006. *Conscription and the Search for Modern Russian Jewry*. Bloomington, IN: Indiana University Press.

Maysel, Nachman. Hg. 1959. *Dos Mendele-bukh*. New York: IKUF.

*Mendele un zayn tsayt: Materialn tsu der geshikhte fun der yidisher literatur in XIX yorhundert*. Moskau: Der emes, 1940.

Miron, Dan. 1973. *A Traveler Disguised. The Rise of Modern Yiddish Fiction in the Nineteenth Century*. New York: Schocken.

—. 2000. *The Image of the Shtetl*. Syracuse, NY: Syracuse University Press.

—. 2010. *From Continuity to Contiguity: Toward a New Jewish Literary Thinking*. Stanford, CA: Stanford University Press.

Miron, Dan und Anita Norich. 1980. »The Politics of Benjamin III«. In: *The Field of Yiddish*. Hg. von Marvin I. Herzog et al. Philadelphia: Institute for the Study of Human Issues, 1–115.

Niger, Shmuel. 1936. *Mendele moykher-sforim. Zayn lebn, zayne gezelshaftlekhe un literarishe oyftuungen*. Chicago: L.M. Stein.

Seidman, Naomi. 1997. *A Marriage Made in Heaven. The Sexual Politics of Hebrew and Yiddish*. Berkeley, CA: University of California Press.

Viner, Meir. 1935. *Etyudn vegn mendelen in di zekhtsiker un zibetsiker yorn*. Moskau: Ferlag »emes«.

Walser, Martin. 2014. *Shmekendike Blumen. Ein Denkmal / A dermonung für Sholem Yankev Abramovitsh*. Reinbek: Rowohlt.

Wiener, Meir siehe unter Viner, Meir.

*Russisch-jüdische Geschichte*

Klier, John Doyle. 1986. *Russia Gathers Her Jews: The Origins of the »Jewish Question« in Russia, 1772–1825*. DeKalb, IL: Northern Illinois University Press.

—. 2005. *Imperial Russia's Jewish Question, 1855–1881*. Cambridge: Cambridge University Press.

Lederhendler, Eli. 2008. »Classless: On the Social Status of Jews in Russia and Eastern Europe in the Late Nineteenth Century«. In: *Comparative Studies in Society and History* 50 (2): 509–534.

Nathans, Benjamin. 2002. *Beyond the Pale: The Jewish Encounter with Late Imperial Russia*. Berkeley, CA: University of California Press.

Petrovsky-Shtern, Yohanan. 2001. *Jews in the Russian Army, 1825–1914*. Dissertation, Brandeis University.

Polonsky, Antony. 2010. *The Jews in Poland and Russia*. Bd. 1: *1350–1882*; Bd. 2: *1881–1914*. Oxford: Littman Library of Jewish Civilization.

Stanislawski, Michael. 1983. *Tsar Nicholas I and the Jew: The Transformation of Jewish Society in Russia, 1825–1855*. Philadelphia: Jewish Publication Society of America.

# Zeittafel zu Biographie und Schaffen

Die Daten in der Zeittafel folgen dem julianischen Kalender (alter Stil), da Russland erst am 14. Februar 1918 zum gregorianischen Kalender (neuer Stil) wechselte. Der Zeitunterschied betrug 1835 zwölf Tage. Nach dem neuen Stil wäre Abramowitschs Geburtstag also am 2. Januar 1836.

1825 13. Dezember: Nikolai I. wird Zar.

1827 26. August: Statut über die Wehrpflicht (*ustav rekrutskoi povinnosti*). Die Dienstzeit für alle Rekruten war 25 Jahre.

1835 Geburt Abramowitschs am 21. Dezember in Kapyl, Weißrussland.
Neues Judenstatut (ersetzt das Statut von 1804), Verschärfung der restriktiven Gesetzgebung; genaue Definition des jüdischen Ansiedlungsrayons an der Westgrenze Russlands.

1837 Der russische Erziehungsminister Sergei S. Uwarow legt Zar Nikolai I. seinen Bericht »Über die Erziehung der Juden« vor.

1844 Neues Judenstatut. Weitere Verschärfung der restriktiven Gesetzgebung; Einrichtung säkularer staatlicher jüdischer Schulen; Abschaffung der jüdischen Selbstverwaltung (*Kahal*).

1848 11. April: Tod des Vaters; sofortige Verarmung der Familie. Abramowitsch wird in litauische Talmud-Hochschulen geschickt, um die Mutter zu entlasten.

1852 Frühjahr: Abramowitsch kehrt nach Kapyl zurück; wohnt im Lehrhaus.
Sommer: Er schließt sich einem professionellen Bettler an

und zieht durch die Ukraine; wird im August in Kamenets-Podolsk von einem Verwandten ausgelöst; studiert bei Abraham Ber Gottlober; heiratet vermutlich im Spätherbst.

1853 Juli: Russland besetzt die Donaufürstentümer Moldau und Walachei; Österreich stellt sich gegen Russland auf die Seite des Osmanischen Reichs; Beginn des Krimkriegs.
Abraham Mapu, *Ahavat tsion* (Liebe zu Zion), erster hebräischer Roman.

1854 März: Kriegseintritt Frankreichs und Englands.

1855 18. Februar: Tod Zar Nikolais I.; Alexander II. wird Zar.
26. April: Abramowitsch besteht das staatliche Lehrerexamen; Scheidung von seiner Frau nach dem Tod seiner beiden Kinder.

1856 Russland wird im Krimkrieg vernichtend geschlagen.
26. August: Aufhebung der Zwangsrekrutierung von Kindern.

1857 Mai: Erste Veröffentlichung: »*Mikhtav al dvar haḥinukh*« (Brief über Erziehung) in der hebräischen Zeitschrift *Hamagid* (Lyck, Ostpreußen)

1858 Herbst: Neuverheiratung mit Pesje Lewin, Tochter eines Notars in Berditschew; zieht in das Haus des Schwiegervaters; engagiert sich in der kommunalen Politik zugunsten der Armen.
Mapu veröffentlicht den Roman *Ayit tsavua* (Der Heuchler).

1859 17. Februar: Graf Alexander G. Stroganows Vorschlag, den Juden volle Bürgerrechte zu verleihen, wird abgelehnt.

1860 Abramowitsch veröffentlicht *Mishpat shalom* (Urteil des Friedens/Scholems), eine herbe Kritik am Stil des allseits geschätzten hebräischen Dichters Elieser Zwi Hakohen Zweifel.

1861 Aufhebung der Leibeigenschaft.

1862 Abramowitsch überredet den Verleger Alexander Zederbaum in Odessa, seiner hebräischen Zeitung eine jiddische Beilage mitzugeben; veröffentlicht in Warschau den hebräischen Roman *Limdu hetev* (Lerne das Gute) und bei Brockhaus in Leipzig *Toldot hateva*, Bd. 1: *Hayonekim* (Naturgeschichte. Bd. 1: Säugetiere; Vorwort von Julius Fürst).

1863 Abramowitsch ist Mitgründer der Kreditgesellschaft *Maskil el dal.* Sie organisiert Mikrodarlehen für Juden in akuter Not.

1864 Abramowitsch veröffentlicht seine erste jiddische Erzählung, *Dos kleyne mentshele,* in Zederbaums Beilage *Kol mevaser* (Stimme des Boten); erscheint als Buch bei Romm in Wilna.

1865 Zweite jiddische Erzählung *Dos vintshfingerl* bei Romm in Wilna.

1866 *Eyn mishpat* (Quelle des Urteils), eine Sammlung kritischer Aufsätze in hebräischer Sprache; *Toldot hateva,* Bd. 2: *Haof* (Vögel), erscheint in Schitomir.

1867 *Sefer divre hayamim livne harusim* (Geschichte des russischen Volkes), Abramowitschs (unvollständige) Übersetzung der *Kratkie ocherki russkoi istorii* (1861, Kurzgefasste Geschichte des Russischen Reichs) des bedeutenden Historikers Dmitri Iwanowitsch Ilowaiski (1832–1920) erscheint bei Zederbaum in Odessa. Die erweiterte Fassung von *Limdu hetev* erscheint in Lev Binschtoks russischer Übersetzung unter dem Titel *Otsi i deti: iz evreiskago bita* (Väter und Kinder: Aus dem jüdischen Leben) in St. Petersburg. Isaak Joel Linetskis antichassidische Satire *Dos poylishe yingl* erscheint bei Zederbaum in Odessa und wird ein Bestseller.

1867–1868 Schwere Hungersnot in Litauen nach langer Dürre (bildet den Anfang von *Fishke der krumer*)

1868 Tod des Schwiegervaters; Verarmung der Familie. Die erweiterte Fassung von *Limdu hetev,* neu betitelt *Ha'avot vehabanim* (Die Väter und die Söhne), erscheint in Odessa. Abramowitsch übersetzt und adaptiert zusammen mit Binschtok Jules Vernes *Fünf Wochen im Ballon* unter dem jiddischen Titel *Der luft-balon.*

1869 Umzug von Berditschew nach Schitomir; Einschreibung am Staatlichen Rabbinerseminar. Abramowitsch besteht die Prüfungen, bekommt aber wegen einer sozialkritischen Predigt vom russischen Aufseher der Schule das Rabbiner-Zertifikat nicht. Er veröffentlicht in Schitomir den Roman *Fishke der krumer*, das Schauspiel *Di takse oder di bande shtot baley-toyves* (Die Fleischsteuer oder die Bande der städtischen Wohltäter) und zusammen mit Binschtok *Der fish vos hot ayngeshlingn yoyne hanovi* (Der Fisch, der den Propheten Jonah verschlang), ein Versuch religiöse Juden zum naturwissenschaftlichen Denken zu führen.

Der Konvertit Jakob Brafman veröffentlicht das militant kritische *Buch der Kahal. Materialien für eine Studie des jüdischen Lebens*, das für die russischen Beamten zum antisemitisch gelesenen Handbuch über die Juden wird (Deutsch 1928).

Richard Wagner bringt *Das Judenthum in der Musik* als Buch heraus.

17. November: Der Suez-Kanal wird eröffnet.

1871 28. März – 1. April: Pogrom in Odessa.

Abramowitsch veröffentlicht »*Et ledaber*« (Zeit zu reden), eine scharfe Polemik gegen Moses Leib Lilienblum, der 1868 und 1869 wegen der Hungersnot in Litauen moderate Reformen jüdischer Gesetze vorschlug.

1872 *Toldot hateva*, Bd. 3: *Hazoḥalim* (Reptilien), erscheint in Wilna, ebenso eine Neuausgabe der *Takse*.

In St. Petersburg erscheint als russischer Sonderdruck *Der jüdische Friedhof in Prag und der Rat der zwölf Stämme Israels*, ein Auszug aus dem Roman *Biarritz* von Sir John Retcliffe, Pseudonym des preußischen Antisemiten Hermann Ottomar Friedrich Goedsche, der eine Besprechung jüdischer Weltverschwörer darstellt.

1873 Abramowitschs vierter Roman, *Di klyatshe* (Die Mähre), eine Allegorie über die Lage der Juden in Russland und den aufsteigenden europäischen Antisemitismus, erscheint in Wilna.

9. Mai: Wiener Börsenkrach; Beginn der Gründerkrise; Radikalisierung des Antisemitismus.

1874 Das Statut über die Einführung der allgemeinen Wehrpflicht in Russland (*Zakon o vsesoslovnoi voinskoi povinnosti*) verkürzt die Wehrzeit auf sechs Jahre. Abramowitsch und Binschtok übersetzen den Erlass ins Jiddische unter dem Titel *Der ustav iber voinski povinost* (erscheint in Odessa).

1875 Abramowitsch veröffentlicht *Yudl: A siper ha-mayse in shirim* (Jüdlein: Eine Erzählung in Versen), eine allegorische Darstellung des jüdischen Volkes als Nation im Exil; *Peyrek shire*, eine gereimte Übertragung einer mittelalterlichen Hymne auf die Schöpfung; *Zemires yisroel: shabos'dige zemires*, eine Versübertragungen von Schabbat-Liedern mit hebräischen Anmerkungen; den hebräischen Essay »*Ma anu?*« (Was ist es?) in *Hashaḥar*, in dem er sich gegen Waffengewalt und Chauvinismus ausspricht; und den Aufsatz »*Hagoy lo nikhsaf*« (Schamloses Volk; der Titel zitiert Zefanja 2,1) in *Hamagid* über Antisemitismus.
November: Benjamin Disraeli erwirbt mit Hilfe von Baron Lionel de Rothschild die ägyptischen Anteile am Suezkanal für Großbritannien.

1875–1876 Abraham Goldfaden und Isaak Joel Linetski geben in Lemberg die jiddische Zeitung *Yisrolik* heraus, die über die russische Grenze geschmuggelt wird. Abramowitsch veröffentlicht darin 1875 *Yudishe kinder*, einen Monolog des verrückten Jisrolik, dem Erzähler in der *Mähre*.

1876–1884 Abramowitsch gibt den Almanach *Der nitslikher kalendar far di rusishe yuden* heraus. In der ersten Ausgabe bringt er die ersten drei Kapitel der *Reisen Benjamins des Dritten*.

1876 Goldfaden gründet in Jassy (Rumänien) die erste professionelle jiddische Theatertruppe. Sie führt seine Stücke auf. Neuauflage des russischen Sonderdrucks *Der jüdische Friedhof in Prag und der Rat der zwölf Stämme Israels* (eine Quelle für die *Protokolle der Weisen von Zion*, 1903).

1877 Jakob Dineson veröffentlicht in Wilna den sentimentalen Roman *Der shvartser yungermantshik* (Der schwarze junge

Mann), mit dem er sich gegen das intellektuelle Erzählen Abramowitschs stellt. Er wird ein Bestseller.

1878 *Kitser masoes binyomin hashlishi* (Die Reisen Benjamins des Dritten) erscheint in Wilna.
Abramowitschs Aufsatz »*Ahava le'umit veletoldoteha*« (Patriotismus und seine Geschichte) über Chauvinismus, Gewalt und ihre Wurzeln in der Erziehung erscheint in *Hamelitz*.
13. Juni – 13. Juli: Berliner Kongress (als Spätfolge des Krimkrieges): Russland bekommt keinen Zugang zum Mittelmeer; das Osmanische Reich hält sich gegen Russland mit Hilfe seiner Alliierten. Die Regelungen für den Balkan stellen die Weichen für den Ersten Weltkrieg.

1879 Abramowitsch erweitert seine Erzählung *Dos kleyne mentshele* zum Roman für eine geplante Gesamtausgabe. Häusliche und jüdische Probleme führen zu schweren Depressionen und einer sechsjährigen Schreibblockade. Sein Sohn Michail (Meir) wird in St. Petersburg verhaftet und nach Sibirien verbannt.
Februar: Wilhelm Marr bringt in Berlin sein Pamphlet *Der Sieg des Judenthums über das Germanenthum* heraus und gründet die *Antisemitenliga*.

1879–1881 Abramowitsch ist auf monatliche finanzielle Zuwendungen von Baron Horaz Ginsburg (St. Petersburg) angewiesen.
Berliner Antisemitismusstreit.

1881 1. März: Tödliches Attentat auf Zar Alexander II.
15. April: Pogrom in Elisavetgrad. Es folgen 258 weitere Pogrome im westlichen Russland und der Ukraine. Sie dauern bis zum Sommer 1882. Die Maigesetze von 1882 verschärfen die jüdische Armut auf den Dörfern und führen zur Landflucht.
Abramowitsch wird Direktor einer Talmud-Torah (unentgeltliche jüdische Schule) für arme Kinder in Odessa.

1882 Tod der Tochter Raschel in St. Petersburg, wo sie Kunst studierte.

Der Odessaer Arzt Leon Pinsker veröffentlicht in Berlin sein protozionistisches Pamphlet *Autoemanzipation! Mahnruf an seine Stammesgenossen von einem russischen Juden.*
Winter: Goldfadens Operette *Shulamis* wird in Odessa gespielt.

1883 Verbot jüdischer Theateraufführungen in Russland.

1884 Abramowitsch veröffentlicht in Odessa eine geniale jiddische Übersetzung von Pinskers *Autoemanzipation!* unter dem Titel *A segule tsu di yudishe tsores* (Eine Arznei für die jüdischen Probleme) und findet zum Schreiben zurück. In St. Petersburg erscheint sein Drama *Der priziv* (Die Einberufung).

1885 Polnische Übersetzung der *Reisen Benjamins des Dritten.*

1886 *Beseter ra'am* (Im Schutz des Donners), erste hebräische Erzählung seit 1868; Hinwendung zur hebräischen Literatur.

1888 Eine erweiterte Fassung von *Fishke der krumer* erscheint als erster Band einer von Abramowitsch geplanten Gesamtausgabe seiner Werke mit dem Titel *Ale ksovim fun mendele moykher sfurim.*
Scholem Alejchem hofiert Abramowitsch. Eine erweiterte Fassung von *Dos vintshfingerl* erscheint in Scholem Alejchems Anthologie *Di yudishe folks-bibliothek.* Scholem Alejchem kürt Abramowitsch zum Großvater der jiddischen Literatur.

1889 Eine überarbeitete Fassung von *Di klyatshe* (Die Mähre) erscheint als zweiter Band von *Ale ksovim fun mendeli moykher sfurim.* Abramowitsch kann die Gesamtausgabe aus finanziellen Gründen nicht weiterführen.

1890–1917 Hebräische Erzählungen und Aufsätze; Überarbeitung der jiddischen Werke und Übertragung ins Hebräische.
Abramowitschs Wohnung in der Talmud-Torah wird zur Anlaufstelle für eine jüngere Generation jüdischer Literaten, die sich nach der Vertreibung der Juden aus Moskau 1891 in Odessa sammeln.

1896 *Mas'ot binyomin hashlishi,* die hebräische Fassung der *Rei-*

*sen Benjamins des Dritten*, erscheint in Odessa (als erste erfolgreiche hebräische Übertragung eines jiddischen Werks).

1899 Der autobiographische Roman *Shloyme reb khayims* erscheint als Fortsetzungsabdruck in der Zeitschrift *Der yid*. Abramowitsch wird ihn nur bis zum Jahr 1852 führen und dann aufgeben.

1903 Schweres Pogrom in Kischinau; Beginn der jüdischen Selbstwehr.

*Protokolle der Weisen von Zion* (Erstausgabe in russischer Sprache).

1905 Pogrom in Odessa. Abramowitsch und seine Frau werden vom ukrainischen Hausmeister der Schule im Keller zwischen alten Möbeln versteckt. Abramowitsch ist erschüttert und verlässt Odessa.

1905–1907 Abramowitsch lebt in Genf.

1907 Erweiterte jiddische Fassung von *Fishke der krumer* (Odessa).

1908 Februar: Rückkehr nach Odessa; Wiedereinstellung als Schuldirektor.

Begegnung mit dem Verleger Schlomo Schreberk, der die erste jiddische Gesamtausgabe veranstalten wird.

1909 Triumphale Lesereise durch osteuropäische Städte, wo ihn Zehntausende von Lesern als *zeyde* (Großvater) der jiddischen Literatur feiern. Auf jedem Bahnhof erwartet ihn eine Menschenmenge.

1909–1912 Erste hebräische Gesamtausgabe: *Kol kitve Mendele mokher-sefarim*, herausgegeben von Ch. N. Bialik und J. Ch. Rawnitzki.

1910 Dezember: Große Geburtstagsfeier für Abramowitsch in Odessa mit unzähligen Ehrbezeigungen und Gratulationsbriefen aus aller Welt.

1911–1913 Erste jiddische Gesamtausgabe: *Ale verk fun mendele moykher-sforim*, von Schlomo Schreberk und Jakob Lidski.

1913, 1915, 1916 Drei Kapitel *Fun mayn seyfer ha-zikhroynes* erscheinen in Zeitschriften. Abramowitsch konnte dieses Buch der Erinnerungen nicht zu Ende schreiben.

1917 Abramowitsch stirbt am 25. November. Trotz Revolution und Kälte kommen Tausende von Menschen zu seiner Beerdigung in Odessa. Unter den Studenten und Soldaten, die mitmarschieren, herrscht nicht Trauer, sondern Aufbruchsstimmung.

# Inhalt